COLOC AVEC UN INCONNU

LILI MALONE

COLOC
AVEC UN INCONNU

Luv

Merci à Lydie, Leïla et Maryline,
mes petites nanas en or…
Et à mon mari,
soutien inestimable dans cette aventure…

1

Élodie
20 décembre

– Tenez, mademoiselle Godichon, voici votre clé.

– Super, merci !

Le petit homme juché sur son tabouret derrière le comptoir me tend un trousseau. Je guette sur son visage une trace de raillerie à la mention de mon patronyme, mais non. On ne choisit pas son nom, malheureusement. Ça fait partie des raisons qui poussent ma famille à me voir mariée… Changer de nom. Moi, ça fait belle lurette que les quolibets débiles ne m'atteignent plus. « Godichon, gros nichons » étant le plus fréquent dans ma jeunesse. Ce qui se révèle faux qui plus est, ma poitrine étant équivalente à deux clémentines. Petites, les clémentines. Mais il faut voir le bon côté des choses, ça fait des économies de lingerie.

– Vous descendez l'allée de droite depuis le parking, le chalet numéro 24 est le dernier sur votre droite. Celui qui se trouve près de la forêt. Vous n'aurez, par contre, pas la place pour passer avec votre voiture.

Génial. Le dernier chalet sur la droite. On dirait vraiment le titre d'un film gore. Je frissonne encore malgré moi. Je sens que la nuit va être longue…

Je prends la clé, le dossier d'état des lieux et toute la documentation qu'il me tend en évitant de le regarder dans les yeux. Il me fait un peu peur. Je vais me dépêcher de tout décharger avant qu'il fasse trop noir… Il ne manquerait plus que je sois obligée de m'éclairer juste à la lumière de mon téléphone.

La mauvaise nouvelle de la journée, c'est que mes deux amies sont coincées en chemin à cause de violentes chutes de neige. J'ai moi-même eu du mal à parvenir jusqu'ici ; la route ponctuée de nombreux lacets et virages serrés m'a donné quelques sueurs froides. Amanda et Kelly sont hébergées dans un gymnase local jusqu'à la fin des intempéries. Ça commence bien… Il faut dire que je suis très impatiente de les revoir. Nos emplois du temps respectifs ne nous permettent pas toujours de nous retrouver autant qu'on le souhaiterait, alors ces vacances sont très précieuses pour nous.

Mais je vais passer cette première nuit seule dans notre chalet… Autant le dire tout de suite, je suis une trouillarde dans l'âme. Je ne m'aventure nulle part, même dans mon propre appartement, sans un maximum de lumière. J'ai tendance à avoir peur de mon ombre… Je vérifie même sous mon lit avant d'aller me coucher. Ça fait vingt-six ans que c'est comme ça, je crois que c'est trop tard pour changer… Alors passer cette nuit en solitaire ne me rassure pas beaucoup. Mais ce n'est pas comme si j'avais le choix.

Sur le parking de la réception, je prends tout de même un instant pour savourer la sérénité de l'endroit. Pas un bruit ne vient troubler le calme, sinon celui de mes pas. Une épaisse couche de neige recouvre déjà le paysage et le jour qui tombe donne un air dangereux et mystérieux à ces reliefs montagneux. J'inspire longuement l'air pur et me réjouis de ces jours à venir.

J'ai plusieurs voyages à faire pour apporter tous mes bagages au chalet.

Pourquoi j'ai emporté tout ça, déjà? Ça pèse un âne mort...

Une fois tout mon chargement rapatrié à l'intérieur, je suis en nage. Au moins je me suis un peu réchauffée.

J'allume toutes les lumières et fais le tour du logement qui sera le nôtre pour les quinze jours à venir. C'est très joli. Tout ce bois donne au lieu une atmosphère vraiment chaleureuse qui me fait sourire. La déco est un peu désuète avec ses carreaux rouges et blancs, mais moi, ça me plaît énormément. J'imagine déjà quelques guirlandes çà et là pour le réveillon, un petit sapin dans le coin de la grande pièce à vivre. Ça va être génial, j'ai hâte!

Le mois de décembre est ma période préférée de l'année... Les chocolats, les guirlandes, le sapin, Noël... J'adore la magie des fêtes, les lumières, les marchés... la raclette et les petits plats de l'hiver! Je suis une inconditionnelle de Noël et une gourmande totalement assumée, pas une de ces brindilles qui se contentent d'une feuille de salade mâchouillée du bout des dents. Chocolat chaud, pain d'épices, cannelle, je compte bien profiter de tout ce que la gastronomie des fêtes a à m'offrir !

Je repère la cuisine à gauche : simple, fonctionnelle. Une grande table en bois clair pouvant accueillir facilement huit personnes trône au milieu de la pièce. Une petite télé à l'autre bout et deux canapés meublent l'espace détente.

Je poursuis ma visite du rez-de-chaussée et tombe sur une grande salle de bains avec une baignoire… Parfait, j'adore ! Je découvre une autre salle d'eau en haut d'un escalier en bois qui craque affreusement, ainsi que les deux grandes chambres qui occupent tout l'étage.

Il n'y a que deux lits simples par pièce, mais ils feront parfaitement l'affaire. Je choisis de mettre mes affaires dans la chambre de droite qui a l'air plus grande. Il faudra de l'espace pour ranger toutes nos affaires, d'autant plus que Kelly va certainement trimballer sa valise d'esthéticienne, comme à son habitude.

Elle va encore me faire remarquer que mes sourcils sont une insulte à la gent féminine, mais il n'y a rien à faire, je n'arrive pas à m'épiler seule à cet endroit… D'ailleurs, ça me fait penser que ça fait belle lurette que mes jambes n'ont pas connu une bande de cire et que ma forêt amazonienne n'a pas vu âme qui vive.

Je commence à ouvrir ma valise et range mes effets personnels sur les étagères. Ça prend beaucoup plus de place que prévu, on va sans doute devoir utiliser la deuxième chambre comme dressing. Mon meilleur ami vibrant en silicone trouve une place parfaite dans un des tiroirs de la table de chevet. Voilà, je suis installée.

Depuis que j'ai vu la baignoire en bas, je n'ai qu'une

envie : prendre un bon bain bouillant. Juste histoire de conserver encore un peu mes orteils qui sont complètement congelés. Et de passer le temps, car j'ai le sentiment que je suis bien partie pour une nuit blanche…

Je me débarrasse de mes vêtements dans la chambre, attrape ma liseuse, mon nécessaire de toilette et descends en tenue d'Ève dans la salle de bains. Heureusement, le chalet est plutôt bien chauffé. Pendant que l'eau chaude coule en formant un gros nuage de mousse parfumée à la violette, je pars à la recherche de serviettes. Mince, elles sont toutes petites, même pas de quoi s'enrouler confortablement dedans.

Je me glisse dans l'eau brûlante en soupirant de délice. Je me crame un peu les fesses au passage, mais rien ne vaut ce sentiment de détente intense qui m'envahit instantanément. En plus, ma petite taille me permet de m'allonger entièrement dans la baignoire. Que c'est bon… Mon corps se relâche enfin et je laisse ma tête partir en arrière, savourant les sensations. Je me dis qu'à cet instant, ça vaudrait presque un orgasme.

Après quelques minutes, je me sèche les mains et prends ma tablette. J'ai acheté pas mal de bouquins, il me faudra bien ça, le temps que les reines de la glisse dévalent les pistes. Que de la romance, c'est mon truc du moment. Des histoires d'amour, du sexe à gogo, des menottes à la sauce *Cinquante nuances*… De quoi me mettre dans l'ambiance pour Pedro, qui m'attend sagement dans le tiroir. Il faut avouer que ça aide vachement à traverser des semaines de désert sexuel. Pas envie de sortir, trop de boulot, trop crevée… Ça ne favorise pas les rencontres torrides, tout ça.

J'entame donc une histoire sans prise de tête entre un boxeur et sa kiné, jusqu'à ce que l'eau tiédisse. Je suis captivée par le roman, faisant danser des images plus ou moins catholiques dans ma tête…

Du bout du pied, je m'apprête à remettre de l'eau chaude dans ma trempette quand j'entends soudain un grand fracas dans l'entrée, suivi d'une voix grave et indéniablement masculine.

– Merde, putain !

C'était quoi, ça ?

Complètement flippée, je bondis comme un ressort hors de l'eau, déclenchant un tsunami dans la salle de bains, et même dans le couloir. Ma serviette minuscule coincée sous mes aisselles, je déboule comme une furie dans l'entrée, mon sèche-cheveux à la main en guise d'arme improvisée. Je n'ose pas imaginer de quoi j'ai l'air. Je ne suis même pas sûre que le tissu-éponge recouvre bien l'essentiel de mon anatomie.

Je hurle à m'en faire péter les tympans, et les siens sans doute, quand je tombe littéralement nez à torse – on ne va pas se mentir, dire « nez à nez » serait ridicule du haut de mon mètre cinquante-sept – avec un colosse mal rasé. Dans le couloir mal éclairé, on dirait presque un boucher de film d'horreur venu découper sa victime. Ne lui manque que le couteau. Heureusement pour moi, ce n'est pas un couteau qu'il a entre les mains, mais… deux valises.

Des valises ?

Quand mes cordes vocales crient enfin grâce, le géant

n'a pas bougé. Il me regarde avec des yeux arrondis par la surprise, avant que je me rende compte qu'il les promène sans vergogne sur mon corps à peine couvert. Je brandis mon arme de fortune devant moi.

– Putain, qu'est-ce que vous foutez là? C'est mon chalet! Et ne vous gênez pas, surtout, pour reluquer, hein!

– C'est plutôt à moi de vous demander ce que fait une exhibitionniste hystérique dans MON chalet, non?

Exhibitionniste? SON chalet? Oh, non, non, non, mon coco!

Qui que soit cet abruti, il va retourner d'où il vient. Il vient de gâcher mon bain et la scène torride que j'étais en train de lire. Impardonnable.

Incrédule, je le vois ôter son bonnet, son épais manteau et les suspendre au crochet dans l'entrée. Il secoue ses cheveux noirs un peu en bataille pour chasser l'humidité. Non mais, il se croit où, lui, exactement?

Je prends mon courage à deux mains et fais mon possible pour empêcher ma voix de trembler. Il me fout un peu les jetons, le bûcheron. Vu comme il est taillé, je ne fais clairement pas le poids à côté.

– Je crois que vous faites erreur. Ici, c'est le chalet 24, que j'ai loué pour quinze jours.

– J'ai la clé numéro 24, me répond-il en brandissant triomphalement son trousseau. Et mes amis et moi avons payé ce logement jusqu'au 3 janvier.

Ses amis?

C'est quoi, ce bordel?

Je couine une réponse inintelligible en resserrant ma

serviette autour de moi et en reculant prudemment vers la salle de bains avec la ferme intention de m'y enfermer.

Seulement mon plan n'est pas bien échafaudé. Je glisse sur l'eau savonneuse et me retrouve les quatre fers en l'air, ma serviette passée aux oubliettes, le tout devant un colosse en chemise à carreaux, complètement hilare.

– Jolie vue, commente-t-il avec un sourire narquois.

Tu crois qu'il m'aiderait à me relever, ce connard ?

Bon, c'est vrai que je n'aurais pas accepté son aide, vexée jusqu'au trognon. Mais quand même... Le visage en feu, je me hâte de refermer mes jambes et bats en retraite à quatre pattes dans la salle de bains inondée. Sans déconner, que vient-il de se passer ? Je me sèche à toute vitesse. Je frotte mes fesses endolories. Je me suis fait super mal en tombant, je parie que je vais avoir un bleu énorme dès demain.

Je dois éclaircir ce mystère avant que l'intrus s'imagine qu'il peut s'installer. Je récupère ma liseuse baignant dans une flaque, espérant de toutes mes forces qu'elle n'a pas rendu l'âme. Puis je me rends compte que je suis descendue à poil depuis l'étage.

Zut !

Je n'ai aucune tendance naturiste, mais là il semblerait que j'aie tout de même un léger problème.

Passant la tête par l'entrebâillement de la porte, je vérifie discrètement que le couloir est libre. Personne. Parfait ! Je me rue à toute vitesse vers les escaliers. Mais il faut croire que le sort s'acharne quand je LE vois descendre les marches. Clairement, l'escalier n'est pas assez large pour deux. L'un de nous va devoir reculer.

Levant fièrement le menton, je tente d'ignorer le fait que je suis complètement nue devant un parfait inconnu. Je le fusille du regard, mais je réussis tout juste à lui tirer un sourire. Ça l'amuse, le bougre.

– Je propose que vous vous rhabilliez pour qu'on puisse éclaircir ce mystère. J'ai très envie de savoir comment vous avez atterri dans mon chalet. Vous n'arriverez pas à me convaincre de partir maintenant, surtout avec d'aussi maigres… atouts.

Sa voix grave me fait frissonner malgré moi.

Non, ça, Élo, c'est parce que t'es à poil au milieu d'un escalier en plein hiver. Rien à voir.

Attends ! Mes maigres atouts ?

Malotrus ! Connard !

Furieuse mais frigorifiée, je le bouscule avec toute la force dont je suis capable et rejoins la chambre. Il a raison sur un point : on doit vite démêler cet imbroglio. Je n'envisage pas une seule seconde que cet énergumène mal embouché vienne saboter mes vacances et encore moins mon Noël.

2

Luc

Si je m'attendais à ça !

Pour des vacances reposantes, on repassera... Il faut être lucide, cette situation pue à plein nez la double réservation. Ils ont surbooké la station, je ne vois pas d'autre explication à la présence de cette furie à poil à l'étage. Un peu trop de poils d'ailleurs pour ce que j'en ai vu... Mais on ne va pas chipoter, la vue était tout de même plus que plaisante, une fois l'effet de surprise passé. On ne va pas se mentir non plus, hein, un petit canon qui se dévoile devant moi, bah... je regarde. C'est vrai, j'aurais pu me retourner. J'aurais pu...

Je profite de ce qu'elle se rhabille et retrouve un semblant de dignité pour faire un peu le tour du propriétaire. C'est kitsch à souhait. Trop de bois, trop de rouge... Pas trop mon truc, mais il suffira de virer les nappes à carreaux et les rideaux pour que ça devienne respirable. Il va juste falloir trouver un moyen de faire déguerpir la naturiste. Il est hors de question que je me sois tapé six heures de route pour faire une croix sur mes vacances maintenant. Logan et Max ont eu du mal à me convaincre de descendre ici, à SuperDévoluy, mais à présent que je suis là, je compte bien en profiter.

Je l'entends dévaler les escaliers en marmonnant. Je ne comprends rien à ce qu'elle dit, mais c'est sans aucun doute dirigé contre moi. En temps normal, je ne suis pas un grand boute-en-train, mais là je ne peux résister à la tentation de me cacher dans le recoin de la salle à manger pour la surprendre. Au moment où elle débarque dans la pièce, je sors brusquement de ma cachette.

– Bouh, fais-je simplement d'une voix forte.

Son hurlement me vrille les tympans et je plisse les paupières. Elle a du coffre en tout cas. J'avoue, je l'ai cherché. Et son regard serait terrifiant si mon interlocutrice m'arrivait plus haut que le torse. Là, elle a juste l'air d'un chaton en colère. Ses cheveux noirs sont encore mouillés et pendent en longues mèches dans son dos. Et ses yeux noisette sont furieux.

– Mais vous avez quel âge, espèce de crétin?!!!

Je prends alors le temps de la détailler vraiment.

Mais qu'est-ce que c'est que cette tenue? C'est la première fois que je vois une nana porter un truc pareil.

Elle est affublée d'un pyjama en pilou bleu marine avec des imprimés de pingouins sur des luges. Et ses pieds ont disparu dans d'énormes chaussons en forme de bottes de Père Noël. Sérieux? Et elle vient me parler de mon âge mental?

– Eh bien, à peu près le même âge que vous, si j'en crois cette magnifique tenue de soirée…

– Soirée que j'aurais dû passer seule, monsieur Je-me-tape-l'incruste !

– Je vous répète que j'ai réservé ce chalet.

– Prouvez-le !

Je sors mon papier de réservation et le lui colle sous le nez. Elle va bien se rendre à l'évidence, c'est elle qui doit dégager. Mais je déchante bien vite quand, après avoir lu attentivement les quelques lignes, elle sort le même imprimé d'une pochette.

Quinze jours. Chalet 24. Trois personnes. OK.

– Il est hors de question que je m'en aille. Mes amies arrivent demain, ça fait des semaines qu'on attend ces vacances !

– Idem.

Elle me fixe droit dans les yeux, belliqueuse au possible, quand une lumière s'allume dans ses iris noisette. Elle lève un index devant son visage, comme pour me demander de patienter, et se lève d'un bond de sa chaise.

Je ne comprends pas son manège jusqu'à ce que je l'entende grimper les escaliers à toute vitesse. Et là, je percute. Petit calcul mental niveau maternelle… Réservation pour trois personnes, trois invités surprises, deux matelas par chambre… Putain, les matelas ! Il n'y a que deux lits par chambre et demain nous serons six dans ce chalet… Je me précipite à sa suite en envoyant valser ma chaise par terre dans ma hâte. Avant même d'avoir atteint la dernière marche, je vois un bout de matelas disparaître dans la chambre de droite.

La garce !

Elle veut ouvrir les hostilités? Soit. Il est évident qu'aucun de nous ne cédera sa place et ses vacances. Après tout, elle a payé comme moi pour ce séjour. Mais mes potes et moi, on a de quoi leur compliquer la vie…

Fière d'elle, un sourire triomphalement niais sur le visage, elle ressort de la pièce en prenant grand soin de fermer à clé derrière elle. Elle passe devant moi avec un petit air de snobinarde en fourrant le sésame dans la poche de son pyjama, celle qui se trouve sur sa poitrine.

– 1-0, le bûcheron!

Je grogne pour toute réponse.

En redescendant, je la trouve affalée dans un des canapés, un paquet de biscuits au chocolat dans les mains. C'est vrai qu'il est tard et que je commence aussi à avoir faim. J'étais censé arriver après les mecs et trouver les placards pleins de conneries à manger. Mais elle me gonfle un peu, la pimbêche de service, alors si je peux lui taxer un peu de nourriture… Je suis plein de mauvaise foi quand je lui demande:

– Où avez-vous trouvé ces gâteaux?

– Ce sont les miens.

– Les placards sont vides. Il n'y a rien à cuisiner pour ce soir, fais-je remarquer.

– Et alors?

– J'ai faim!

– Pas mon problème…

OK, je vois le genre de nana. Elle doit être le parfait archétype de la gonzesse chieuse à souhait, centrée sur son petit nombril, superficielle, égoïste. La même engeance que mon ex. J'ai tiré un trait sur ce genre de filles, trop de problèmes. Celle-ci, toute canon qu'elle soit, n'échappera pas à la règle.

Je la regarde quelques instants... Allongée sur le sofa, les pieds relevés par l'accoudoir et le paquet de biscuits posé sur son ventre, elle s'empiffre et des miettes tombent sur son pyjama. Complètement indifférente à ma présence ou à ce que je pourrais penser de la voir comme ça. Décomplexée. Quel tableau tue-l'amour! Et en même temps, je l'envie un peu de se foutre totalement de l'opinion des autres. C'est loin d'être mon cas. Avec l'éducation rigide que j'ai reçue, il était tout bonnement impensable de manger ailleurs qu'à table.

– Il me paraît évident que nous allons devoir cohabiter pendant ce séjour, lui lancé-je mielleusement.

Ah! J'ai toute son attention. Enfin, quand je dis « toute »... Je vois son regard abandonner l'écran de son téléphone pour se tourner lentement vers moi. Sa nonchalance m'agace.

– Quelques règles de vie me semblent indispensables. Surtout quand je vous vois manger...

– En plus, on va se taper le maniaque de service... soupire-t-elle, dépitée. Bien, puisque c'est décidé, c'est vous qui ferez le ménage!

– Mais on n'a rien décidé du tout!

– Vous trouverez toujours un truc à redire, alors autant le faire vous-même...

Bon, elle n'a pas tout à fait tort. J'aime l'ordre. Mon appartement est toujours nickel et je passe un temps non négligeable à le nettoyer. C'est important l'hygiène, mais j'en ai sûrement fait une déformation professionnelle vu que je suis infirmier.

Elle me fixe avec attention. Pour un peu, je verrais presque les rouages de son cerveau tourner à plein régime. Il faut que je me méfie, elle va m'embobiner, c'est sûr.

– OK, les mecs et moi, on fera le ménage. Mais vous vous occuperez des courses et de la cuisine.

– Vendu. Mais c'est nous qui déciderons des menus.

Ça me va, je ne suis pas difficile. À condition qu'il n'y ait pas de fromage. Mais je vais attendre que la situation soit plus calme avant de faire des remarques.

– Je prends la salle de bains avec la baignoire, décrète-t-elle, soudain. Les mecs, ça prend pas de bain.

– Non mais, ça va les préjugés ! Bien sûr que si, on prend des bains !

– Vous ne rentrez pas dans la baignoire, elle est trop petite.

– OK, mais on remet un matelas dans la chambre des mecs.

Elle me regarde avec des yeux grands comme des soucoupes.

Quoi, qu'est-ce que j'ai dit ? Elle voulait négocier, non ?

– Vous allez oser faire dormir des filles par terre ?

– C'est bien vous qui demandez l'égalité, non ? ricané-je.

– Alors là, ça n'a rien à voir !

Elle est outrée de ma remarque et ça me fait marrer. Je sais être galant. Mais quand bien même, je ne vais pas lui laisser ce matelas sans me battre.

– On le jouera aux cartes quand vos amis seront là.

– Elle est où, l'entourloupe ?

– Nulle part. Arrêtez de vous sentir persécuté.

– OK, va pour les cartes. Mais on enlève les rideaux et la nappe à carreaux.

– Pourquoi? C'est très joli!

– C'est vieillot et ça agresse mes yeux.

– Ça fait un peu Noël, je trouve.

– J'aime pas Noël, asséné-je durement.

Une nouvelle fois, elle me regarde bouche bée. Oui, ça fait toujours un choc d'entendre quelqu'un dire qu'il n'aime pas Noël. Mais tout le monde n'est pas obligé d'adorer cette fête remplie d'absurdités enfantines. C'est juste bon pour ceux qui ne veulent pas grandir.

– J'en ai assez entendu pour ce soir, dit-elle en se relevant brusquement. Le dernier point, c'est: pas de greluches ici. Vous baisez où vous voulez, mais pas dans ce chalet.

Là, c'est elle qui me scotche. Ramener une fille pour une nuit n'était même pas au programme. Du moins, dans le mien. Papillonner de fille en fille, c'est plutôt le style de mon pote Maxence. Moi… eh bien, je cherche plutôt une femme gentille, douce, prête à construire quelque chose de stable. Autrement dit, tout le contraire de cette harpie en face de moi.

– Je ne veux pas me lever le matin et trouver une brindille à poil dans la cuisine, insiste-t-elle.

– C'est vrai. Une seule fille avec des tendances exhibitionnistes dans ce chalet suffira largement, me moqué-je.

Elle me regarde en levant les yeux au ciel. Je prends soudain conscience que je ne connais même pas son prénom. Les présentations ne se sont pas exactement faites dans les règles de l'art. Je lui tends la main en gage de paix provisoire.

– Moi, c'est Luc.

– Tant mieux pour vous. Vous allez me dire que votre nom, c'est Skywalker? me raille-t-elle.

– Hein?

– *Star Wars*, les Jedi… Ça vous parle?

– Non. Je n'affectionne pas vraiment la science-fiction.

– Je sens qu'on va bien se marrer avec vous…

Un peu étonné de la tournure de notre conversation, je la regarde disparaître dans le couloir. Ce petit bout de nana a un caractère détonnant. Ce séjour est décidément plein de surprises. Et je ne connais toujours pas son prénom. Elle est coriace.

Je me pose lourdement dans le canapé, la place est encore chaude. Et pleine de miettes… Putain! Je les ramasse en soupirant avant d'aviser le paquet de gâteaux sur la table. Bon, elle a eu pitié de moi, elle n'est peut-être pas si mauvaise. Je m'en empare, l'estomac grondant douloureusement. Je secoue le paquet pour faire tomber les précieux biscuits. Un. Elle m'en a laissé un…

***

21 décembre

Je suis tiré du sommeil par une cacophonie sans nom. J'ai très mal dormi, ma nuit ayant été peuplée de cauchemars absurdes mêlés à des visions assez explicites de la fille de la chambre voisine. Je ne sais d'ailleurs pas pourquoi j'ai rêvé d'elle, je ne suis pas attiré par les filles exaspérantes dans son genre et ça m'agace légèrement de me réveiller avec une image de cette harpie dans la tête. Même si je dois dire que je suis de mauvaise foi quand j'avance qu'elle ne possède que de maigres atouts… Ce que j'ai entrevu a visiblement suffi à enflammer mon imagination nocturne. J'espère vivement que le mauvais caractère qu'elle m'a montré hier n'était dû qu'à la contrariété, sinon le séjour va être mouvementé !

Je m'étire en grognant comme un animal, les muscles endoloris par un matelas trop mou et les jambes ankylosées. Le lit est un peu petit pour ma grande taille, j'ai dû plier les jambes toute la nuit. Je me dis que j'avalerais bien un bon litre de café ce matin pour me sortir du brouillard, avant de me souvenir que je suis dans un chalet en montagne dont les placards sont vides. Génial.

Je descends lourdement les marches et, en arrivant en bas, je mets enfin des images sur le bordel qui m'a sorti de ma nuit agitée. Imaginez un instant une fille de la taille d'un elfe, dans un pull rouge qui clignote, chantant faux et à tue-tête une version très personnalisée… et massacrée de « Last Christmas ».

Mais où est-ce que je suis tombé ? Je dors encore… je suis en plein cauchemar, ce n'est pas possible autrement.

3

Élodie

Ce matin, les ronflements atroces de mon indésirable voisin ont eu raison de mon sommeil. Charmant. Ne tenant plus, je suis descendue, un peu contrariée de n'avoir pas pu faire de grasse matinée. Mais voyons le bon côté des choses, je vais avoir tout mon temps pour décorer le chalet avant l'arrivée de mes folles. Je suis comme ça, je vois toujours le verre à moitié plein. Mon optimisme à toute épreuve en agace plus d'un, mais dommage, je ne compte pas changer.

J'ai reçu un texto vers huit heures dans lequel Amanda et Kelly m'annonçaient que les routes étaient suffisamment praticables pour qu'elles puissent me rejoindre dans la journée. Ça suffit amplement pour me redonner le sourire, et c'est pleine d'entrain que j'entame cette journée.

En fille prévoyante, j'ai pensé à apporter ma bouilloire, et un bon thé chaud aux épices de Noël infuse tranquillement pendant que je déballe mon carton de décorations. Oui, je sais, je suis un peu excessive dans ce que je fais.

Mais Noël sans la déco, c'est plus vraiment Noël, non? J'ai embarqué avec moi un petit carton, vraiment petit, juste de quoi égayer notre intérieur.

Shootée à l'odeur de gingembre et de cannelle, je mets un peu de musique sur mon Smartphone. Rien de mieux que de la musique pour mettre de bonne humeur! D'habitude, je suis plutôt fan de rock et des riffs de guitare électrique, mais là j'ai envie de me fondre dans mon ambiance préférée. L'incontournable « All I Want for Christmas » pour commencer, il n'y a que ça de vrai...

J'entame une petite danse en me déhanchant comme une folle autour de la table. J'ai même mis mon pull rouge à guirlandes clignotantes pour satisfaire mes envies « noëllistiques ». Une guirlande dorée sur le meuble de la télévision, hop! Un bougeoir Père Noël au-dessus du frigo, voilà! J'accroche au mur une tête de bonhomme de neige qui bouge son nez-carotte quand on lui souffle dessus, c'est trop drôle!

Quand George Michael entame « Last Christmas », je chante franchement. J'adore cette chanson! J'attrape un gros bâton de sucre d'orge en mousse en guise de micro et me trémousse comme si j'étais sur scène.

Il ne me manque que mes deux amies et ce sera parfait. Si je fais abstraction du bûcheron qui roupille encore en haut. J'ai hâte de goûter les nouveaux cocktails de folie d'Amanda. Elle est barmaid et tente toujours des mélanges hallucinants. Bon, parfois ça ne matche pas, mais on ne peut pas être gagnant à tous les coups. Dans ses crises de folie créative, on répond toujours présent pour jouer les cobayes. Avec des conséquences plus ou moins désastreuses le lendemain matin… Plus ou moins de souvenirs aussi.

Toute à ma chanson, je ferme les yeux sur les dernières notes, essayant d'arracher des aigus corrects à mes cordes vocales. Bon, la *Nouvelle Star*, ce ne sera pas pour aujourd'hui. Je ne prends conscience de la présence de l'intrus que quand je percute assez brutalement son torse d'acier. Mon sucre d'orge s'en va méchamment lui gifler le visage, lui arrachant un grognement assez effrayant au passage. Quel ours mal léché, ce mec, vraiment !

En reculant de quelques pas, je peux enfin le regarder dans les yeux. Bordel, ce qu'il est grand ! Il détaille d'un air tout bonnement horrifié les décorations qui jonchent la table. Ses yeux s'attardent sur le bonhomme de neige au mur et reviennent se fixer sur moi, incrédules. Je sais bien qu'il m'a dit qu'il n'aimait pas Noël, mais il ne peut pas détester à ce point, si ? Oh, et après tout, je m'en fiche ! Si ce bûcheron a besoin d'un balai dans le cul pour se tenir droit, c'est son problème. Je ne le laisserai pas gâcher mes vacances. J'ai l'intention de m'amuser, de faire les choses à ma manière pour une fois, qu'il soit d'accord ou pas.

Si je suis venue passer les fêtes de fin d'année ici, loin de ma famille, c'est parce que je ne supporte plus qu'on me dicte quoi faire. « Élodie, pense à ton avenir… Élodie, tu devrais te trouver un mari… Élodie, tu vieillis, pense à me faire des petits-enfants ! » Ma dernière relation ayant été un cuisant échec, je ne suis pas prête à réitérer l'expérience, croyez-moi. Alors pour moi, les hommes, c'est juste pour une nuit, et bye bye! Et ça me convient parfaitement. Moins on s'attache, moins on souffre…

En plus, il m'a l'air d'être le genre de mec que je déteste. Non pas que d'habitude je m'attarde sur leurs traits de caractère, en une nuit c'est impossible. Et pas du tout ce que je cherche, soyons réaliste. Mais il me fait l'effet d'un bon macho rétrograde, élevé à coups de « Homme travailler, Femme rester dans cuisine ». Sa rapidité à se débarrasser de la corvée des repas a d'ailleurs largement parlé pour lui hier. Mon féminisme s'est hérissé en entendant ses propos, mais il était bien tard pour entamer un débat avec un plantigrade sans jugeote. Est-ce que j'ose lui demander si le dernier Pépito était à son goût?

– C'est une plaisanterie?

Sa voix est encore rauque de sommeil et arrache des frissons à mon épiderme.

Non, mais n'importe quoi, Élo…

Je suis sûre que si je m'étais servie de Pedro hier soir, je ne réagirais pas comme ça ce matin. Note pour plus tard: ne jamais laisser passer plus de trois mois entre deux galipettes. Ça risque de me jouer des tours. Comme trouver craquants les cheveux noirs en bataille et les yeux bleus hallucinés d'un bûcheron macho au réveil.

Je fais papillonner mes paupières d'un air innocent. Je sais qu'il veut savoir quel genre de bordel je compte faire avec mes guirlandes multicolores, mais son air grognon me donne une folle envie de l'emmerder un peu plus. Oui, oui, dès le matin.

– De quoi parlez-vous? Vous voulez un thé?

– C'est ça qui pue comme ça?

Il a un sacré don pour me mettre en rogne en très peu de mots, lui. C'est pénible, un tel rabat-joie.

– Ça sent la cannelle, répliqué-je, acerbe.

Il esquisse une moue dégoûtée. J'ai envie d'enfoncer un peu le clou. J'aime vivre dangereusement. Et j'ai toujours mon sucre d'orge pour me défendre s'il pète un câble.

– Vous pensez quoi de ma déco? C'est joli, non? Et là-bas, entre les deux canapés, nous allons mettre un petit sapin...

– Non mais ça ne va pas, la tête? Un sapin? Et puis quoi encore? On va aller mettre une guirlande lumineuse sur le toit tant qu'on y est?

– Eh bien... en parlant de ça... Comme vous êtes plutôt grand, je me suis dit que ce serait moins dangereux que ce soit vous qui la mettiez...

J'ai l'impression de voir de la fumée sortir de ses narines tant il fulmine. Je crois qu'il prend vraiment sur lui pour ne pas salement m'envoyer balader avec mes guirlandes. Il s'apprête à répliquer quand on entend de petits coups résonner contre la porte d'entrée. Déjà les filles? Impossible. Je vois qu'il se pose la même question. Je n'ai pas envie de tomber nez à nez avec ses copains, alors j'attends qu'il se décide à aller ouvrir. Mais il ne fait pas un geste dans ce sens, me regardant comme si c'était une évidence que j'y aille.

Eh bien... il sort de quel siècle, celui-là? J'espère que ses potes n'en viennent pas, eux aussi...

Rageuse, je vais quand même ouvrir, car les coups redoublent d'intensité contre le battant. J'entrebâille prudemment la porte et me retrouve quasiment le nez contre celui d'une petite dame assez âgée pour être ma grand-mère. Oh, quel soulagement ! Une diversion est plus que bienvenue pour empêcher l'ours d'exploser de rage.

– Bonjour, fais-je joyeusement, heureuse de cette intrusion inopinée.

– Bonjour, petite demoiselle ! Mon Henri est allé en raquettes jusqu'à l'épicerie ce matin. On a vu que vous étiez arrivés tard avec votre mari. On est dans le chalet à côté. Alors je me suis dit : ma petite Huguette, ces deux-là n'auront pas eu le temps de remplir le Frigidaire. Et me voilà ! Je vous apporte un peu de pain et des brioches. En attendant que le chemin soit dégagé. Oh, mais ça sent divinement bon ici !

Ouh là ! J'ai du mal à suivre le rythme de la dénommée Huguette, qui s'invite dans l'entrée. Tout ce que je sens, moi, c'est la délicieuse odeur de brioche qui monte jusqu'à mes narines. Je suis une grande gourmande, je l'assume. J'ai de la chance de pouvoir manger tout ce que je veux sans grossir, alors j'en profite. Oui, je sais, la vie est injuste.

Elle me fourre son panier bien rempli dans les bras et poursuit son chemin jusqu'au salon, comme si elle était chez elle.

– C'est adorable de votre part, Huguette ! Merci infiniment !

Je serre le panier contre moi en voyant le regard plein de convoitise de l'homme des cavernes qui loge avec moi. Mon mari, hein ? Jamais de la vie ! Plutôt être condamnée à ne plus connaître que Pedro pour le restant de mes jours ! Même sans les piles !

– Je vous offre un thé ? C'est une composition spéciale de Noël.

Derrière la vieille dame, Luc me fait de grands signes pour me faire comprendre qu'il veut qu'elle s'en aille. Quelle impolitesse ! Et parce que je veux l'emmerder encore un peu plus, je sors une tasse du placard avec un sourire diabolique et verse une rasade d'eau chaude à ma nouvelle amie. Du menton, je désigne à mon nouveau coloc la guirlande électrique qui n'attend que d'élire domicile sur notre toit. Je n'ai pas besoin d'en dire davantage, il a vite pigé : la guirlande contre le départ anticipé d'Huguette.

Il fronce méchamment les sourcils et souffle sa contrariété.

– Regardez, Huguette ! J'ai trouvé ce bonhomme de neige dans un dépôt-vente, il bouge sa carotte quand on souffle dessus.

Du coin de l'œil, je vois Luc ricaner. Cet arriéré doit y voir une allusion sexuelle, à coup sûr. Quoique… En y regardant de plus près, je suis prise d'un énorme doute quant au bon goût de cette décoration murale. Cette carotte m'a l'air un peu tendancieuse. Je regarde Luc d'un air plein de défi, faisant l'aller-retour entre lui et la guirlande. Puis en haussant une épaule, je me mets à picorer la brioche, le panier toujours à l'abri dans mes bras, m'attirant un nouveau coup d'œil meurtrier.

Notre petite joute oculaire est bien gentille, mais je sais ce que je veux. Et là, c'est le voir grimper sur le toit du chalet pour poser cette foutue guirlande. Il capitule plutôt facilement, sans doute tenaillé par son estomac et son envie de voir déguerpir l'envahissante Huguette. Qui, soit dit en passant, ne s'est pas arrêtée de parler, sans que j'arrive vraiment à suivre.

– Bien, encore merci, ma belle Huguette, fais-je en passant mon bras sous le sien. Je vous raccompagne, mon mari et moi devons impérativement aller faire quelques achats.

– Oh, oui, je vois. À votre âge, on ne se nourrit plus d'amour et d'eau fraîche !

Je suis vexée. À mon âge ? Qu'est-ce que ça veut dire ? Et entendre Luc éclater de rire dans mon dos ne m'aide pas.

Abruti.

– Oui, et vous savez comment sont les hommes, ma pauvre Huguette… Quand l'estomac est vide, ils ne sont bons à rien du tout. Mon pauvre mari, c'est la première fois qu'il me faisait le coup de la panne cette nuit…

Dans mon dos, le rire s'étrangle. Je jubile.

Bien fait !

Huguette se marre, comprenant sans mal l'allusion grivoise. Un peu coquine, la mamie, dites donc !

– À bientôt, ma petite…

– Élodie.

– Quel joli prénom pour une si belle jeune femme. N'hésitez pas à venir me voir si vous avez besoin de quelque chose !

– Merci encore, Huguette !

Bon, une bonne chose de faite. La porte refermée, je

me retourne et me heurte de nouveau le front à un torse imposant.

– Bon, le golem, il ne faudrait pas que ça devienne une habitude. Je tiens à mes neurones, fais-je en frottant le point d'impact.

– Je peux enfin goûter à cette brioche?

Je sais que je peux être une vraie peste parfois et je suis vraiment, mais genre vraiment, tentée de lui répondre qu'il y aura droit une fois que mon ornement aura trouvé sa place sur le toit du chalet. Mais je me raisonne. L'obliger à monter là-haut sans rien dans le ventre serait très dangereux. Et je me connais, la culpabilité finirait par me ronger s'il se blessait.

Sans un mot, je vais poser le panier sur la table, en signe provisoire de paix.

– Est-ce que vous aurez besoin d'aide pour la guirlande?

– Surtout pas! Je ne tiens pas à avoir une emmerdeuse comme vous dans les pattes!

– Bon. Dans ce cas, débrouillez-vous tout seul comme un grand! Je vais aller faire quelques achats.

– Faites donc ça.

Il est terriblement revêche. Je lui tends la main et il me regarde sans comprendre.

– Quoi? Égalité, non? Vous comptez aussi que je paie pour vous remplir le ventre?

Embarrassé, il s'en va fouiller son manteau et finit par y dénicher un billet de vingt euros.

– Vous comptez sortir habillée comme ça?

– Mon pull ne vous plaît pas? Il ne clignote pas assez,

c'est ça ? fais-je avec un grand sourire hypocrite.

Cet abruti me fait presque l'effet de retomber en enfance, ambiance cours de récré. Et c'est en lui tirant la langue que je referme la porte d'entrée pour aller jusqu'à l'épicerie.

Crétin.

4

Luc

Un pied en équilibre sur le rebord enneigé du toit du chalet, l'autre sur une chaise, elle-même posée sur la table en bois d'extérieur, je me demande pour la centième fois au moins pourquoi j'ai accepté de poser cette connerie de guirlande. C'était un déplaisant mélange entre une envie de virer la vieille, d'effacer le sourire démoniaque de la face d'elfe de la dénommée Élodie et le besoin urgent d'ingurgiter un litre de café.

Putain, j'espère qu'elle va penser au café…

Je ne suis pas un buveur d'eau chaude et l'odeur de cannelle de son maudit thé, tout à l'heure, a réveillé de mauvais souvenirs en moi. Ce parfum ne me rappelle pas des Noëls heureux, comme c'est visiblement le cas pour elle. Pour moi, il a l'arrière-goût amer de l'absence. De fêtes passées seul au pensionnat ou avec ma gouvernante, mes parents étant retenus par des obligations mondaines dont mon âme d'enfant n'avait rien à faire.

Je chasse ces mauvais souvenirs de ma tête et me concentre sur ma tâche. J'ai les doigts qui s'engourdissent, je dois me dépêcher de finir. Je coince une autre portion de cordon électrique entre deux morceaux de bois et m'assure que ça tient. Elle est passée où, la pénible de service ? Elle ne s'est pas perdue au moins ? Ça fait des heures qu'elle est partie.

Je descends de mon perchoir, pousse la chaise un peu plus loin et recommence l'opération. Je reste concentré pour finir au plus vite, mais ça ne m'empêche pas d'entendre soudain deux personnes parler dans mon dos. Vu ma position digne d'un équilibriste du Cirque du Soleil, je ne peux même pas tourner la tête pour les voir, mais je suis quasi certain qu'il s'agit de deux femmes.

– C'est gentil de sa part de décorer les chalets pour Noël, fait la première voix, un tantinet trop aiguë.

– Je crois plutôt qu'Élo a encore eu raison de la patience d'un pauvre mec, lui répond une voix plus rauque, mais indéniablement féminine.

– Oh, tu crois ? En tout cas, il a de belles fesses.

– Kelly !... Ouais, t'as raison, en fait. Il a l'air grand !

Putain, c'est de moi qu'elles parlent, là ? On dirait deux commères qui font leurs courses et qui détaillent la marchandise.

Je grogne dans leur direction, mais ça ne les arrête pas pour autant.

– Tu crois que c'est vrai ce qu'on raconte sur les grands mecs ? reprend la voix aiguë.

– Quoi donc ?

– Bah, tu sais bien… Que plus ils sont grands, plus leur péniche est grande…

– Euh… Ça n'a pas plutôt un rapport avec la taille de leurs pieds?

– Bah, c'est toi, la barmaid, tu devrais savoir ça, non?

– Je vois vraiment pas le rapport!

Non mais, elles sont sérieuses, là? Elles sont vraiment en train de parler de la taille éventuelle de ma queue? C'est qui, ces deux allumées?

Le jour se fait soudain dans mon esprit… Ces deux cinglées ne peuvent qu'être les copines d'Élodie. Elles ne se sont sûrement pas trouvées pour rien, toutes les trois, et vu l'échantillon que j'ai eu de leur copine exhibo, je sens que le séjour va prendre une tournure apocalyptique. En fin de compte, on ferait peut-être mieux de les laisser et de se trouver un coin plus tranquille… À l'abri de toute conversation concernant mon anatomie, par exemple. J'ai grand besoin de calme, mon cerveau au bord du burn out ne va pas supporter ce déballage de conneries bien longtemps. Et je peux être un vrai rabat-joie quand je ne suis pas d'humeur. Mon caractère taciturne m'a d'ailleurs valu de me faire surnommer « l'ours » au service des urgences où je travaille comme infirmier.

– En tout cas, il aurait bien besoin d'aller chez le coiffeur, reprend la petite voix un peu fluette.

– Il porte un bonnet, Kelly…

– Oui, mais les mèches dépassent, ça veut dire que c'est déjà trop long. Et regarde-moi cette barbe mal taillée…

– T'as un sérieux problème avec les poils, toi, tu le sais?

– Oui, mais Élo va être ravie, j'ai pris ma mallette !

J'ai presque fini d'attacher le fil de la guirlande quand elle m'échappe soudain des mains. Merde ! Je tiens à ma vie et je me contente de la regarder tomber à mes pieds.

– Au lieu de parler de la taille de mes pieds, un coup de main ne serait pas de refus !

Je tourne la tête pour enfin les regarder. Deux nanas complètement différentes me fixent comme une bête curieuse. L'une est petite, pulpeuse, et ses cheveux blonds bouclés dépassent de son bonnet violet à pompon, tandis que l'autre est toute fine, les cheveux foncés, courts, rasés d'un côté. Son look de motarde contraste assez brutalement avec celui de sa copine. La barmaid, sans aucun doute. Qui me fixe d'un air mauvais.

Elle s'avance lentement, ramasse le bout de guirlande et me le tend, le tout sans me lâcher de ses yeux verts méfiants.

– Merci.

La petite blonde – Kelly, je crois – reprend :

– Si vous voulez bien, il y a nos valises dans notre voiture tout là-haut.

– Eh bien, vous prendrez vos petites jambes et vous irez les chercher vous-mêmes...

Je ricane ouvertement. Elles me prennent pour le larbin de service. Et là, je suis de mauvais poil, dommage pour elles. J'ai choqué la blondinette, je le vois bien, elle garde sa bouche ouverte sur un « o » assez comique.

– Tu sais quoi, ma Kelly ? Je crois bien que c'est le connard voyeur et mal léché dont nous a parlé Élo dans ses textos.

Voyeur? Voyeur, moi?

J'enrage et en plus j'ai l'air d'un con en équilibre sur ma chaise. Je coince brutalement le dernier morceau de cette putain de guirlande et descends, prêt à riposter.

Mais je n'en ai pas le temps. Je relève à peine la tête qu'une boule de neige atterrit en plein sur mon visage. La poudreuse éclate sur mon nez et s'insinue dans mon écharpe et mon manteau, m'arrachant au passage un violent frisson. Elle sait viser, la garce! Et moi, c'est loin de me faire marrer. J'avance, le regard noir, et je vois Blondie reculer de plusieurs pas, apeurée.

– Amanda!

– Cours à l'intérieur. C'est pas un abruti comme lui qui va me faire peur. J'en vire tous les jours des plus coriaces! lance la barmaid.

Une autre boule de neige, que j'esquive cette fois. La mienne par contre ne la loupe pas. Le temps qu'elle dégage la poudreuse de son nez pour respirer, je suis presque sur elle. Elle s'enfuit lestement. Ce que je n'avais pas prévu, c'est que ces deux timbrées s'enfermeraient à l'intérieur… Erreur de débutant. Me voilà piégé dehors, le manteau plein de neige aussi bien dessus que dedans, sans mes gants. Bravo, Lucky!

Je ne sais pas combien de temps s'écoule avant que je voie enfin la silhouette de ma colocataire sur le chemin.

C'est pas trop tôt!

Elle est accompagnée par un mec qui porte deux de ses sacs. Ses copines ont raison, elle sait y faire pour embobiner son petit monde. La preuve, j'ai bien crapahuté sur un toit enneigé pour accrocher une foutue guirlande lumineuse ! Et elle, elle arrive tranquillement, riant aux éclats au commentaire du mec en combi jaune poussin qui lui tient compagnie.

Pendant que moi, je me les gèle.

Alors qu'elle arrive à la hauteur du chalet, je la vois me regarder sans comprendre ce que je fabrique. Elle ne remarque même pas la guirlande pour laquelle j'ai risqué ma vie. Bon, d'accord, j'exagère. Mais je ne sais pas pourquoi, la voir flirter avec cet homme m'agace prodigieusement. Je tends une oreille très indiscrète depuis la table où je suis assis.

– Merci encore, Jonathan ! Tu es un amour, je ne sais pas si j'aurais réussi à porter tout ça jusqu'ici toute seule…

Regardez-moi ça, comme elle minaude. Finalement, elle sait parfaitement sourire. Et le gars en face qui n'y voit que du feu… J'aurais presque pitié de lui, avec son air niais.

Bon, allez, Ducon, abrège ton plan drague, je me les gèle…

Le visage un peu trop radieux d'Élodie me donne tout à coup une idée bien pendable. J'espère soudain qu'il va lui demander son numéro…

– Je me demandais… Est-ce que tu veux bien me donner ton numéro ? Ce serait sympa de pouvoir te revoir… fait le pauvre diable.

Bingo !

Je saute lestement de la table et me dirige vers eux, prenant mon air le plus menaçant. Sans qu'elle s'y attende, je me place contre elle et entoure son épaule de mon bras. Un profond sentiment de satisfaction m'envahit quand je la sens se raidir à mon contact. Elle doit se demander ce que je mijote et elle a raison de se méfier. Ça fait trop longtemps que je n'ai pas tenu une femme contre moi et je sens mon corps réagir bien malgré moi, ce qui fait monter ma contrariété encore d'un cran.

– Continue à draguer ma femme comme ça, Ducon, et c'est pas son numéro que tu vas avoir, mais mon poing dans ta jolie tronche.

M. Combi-jaune-poussin est gêné, et Élodie furax. Je la sens bouillir contre moi et tenter de se dégager, mais je la serre encore plus fort. Son petit corps souple est presque écrasé contre mon flanc. Comme un animal pris au piège, je la sens abandonner peu à peu la lutte.

– Oh ! Je ne savais pas que tu étais mariée. Désolé...

– Moi non plus, réplique-t-elle, les dents serrées.

– Allez, mon cœur, on rentre, je suis gelé. Et tes amies sont arrivées à l'instant...

Je sers mon plus beau sourire d'hypocrite au play-boy déconfit et entraîne Élodie vers le chalet, attrapant les sacs de provisions au passage. Tu m'étonnes qu'elle n'aurait pas pu les porter jusqu'ici, elle a dû dévaliser la supérette !

Je m'apprête à poser les sacs à terre quand je me retrouve le dos plaqué contre le battant en bois de la porte d'entrée. Je suis surpris de la puissance qu'elle a dans ses petits bras. Elle enfonce avec force un index rageur dans ma poitrine. La voir aussi bouillonnante attise quelque chose en moi. Pour la première fois, je prends le temps de la regarder et je me surprends à aimer ce que je vois. Ses yeux flamboient de colère à peine contenue et son index martèle mon torse. Rien que pour faire durer ce faible contact, j'ai envie qu'elle continue.

Qu'est-ce qu'il t'arrive, mon pote? Tu débloques là... Tu mates cette mégère?

– Que les choses soient bien claires, l'emmerdeur de service! C'est la dernière fois que tu te fais passer pour mon mec. Ce sont mes vacances, tu n'interfères pas dans mes affaires. C'est compris?

– C'est bien toi qui as décrété « Pas de plan cul au chalet », non?

– Et ça veut dire que je fais ce que je veux du mien dès que je suis dehors.

Sa voix est vibrante de colère et ses yeux ont pris une teinte dorée qui m'hypnotise. Elle est encore plus jolie quand elle est en colère, avec ses joues rougies et son petit nez retroussé. Je ne peux m'empêcher d'admirer son beau minois contrarié en souriant comme un con.

L'instant d'après, je souris beaucoup moins quand je me retrouve les quatre fers en l'air, une des deux autres timbrées ayant ouvert brusquement la porte. Je regarde Élodie m'enjamber, une moue sarcastique sur les lèvres. Je sais qu'elle ne m'aidera pas à me relever. Cette situation a un air de déjà-vu, on en est conscients tous les deux. Cette fille est une diablesse et rend coup pour coup. C'est assez divertissant en fin de compte, même si mon coccyx n'a pas l'air très enchanté pour le moment. Je me redresse péniblement sur les coudes en soupirant.

Les retrouvailles sont très bruyantes derrière moi et s'expriment à grand renfort de cris suraigus.

– Bah alors, mec ! On te laisse même pas vingt-quatre heures tout seul et on te trouve déjà en charmante compagnie ?

Max !

Ce que je suis content d'entendre sa voix ! Je saisis la main que mon pote me tend et me relève. Je lui donne une accolade virile avant de le lâcher.

– On peut savoir ce que tu foutais par terre ?

– Tu vas vite comprendre, Max…

Ses yeux bleus rieurs se posent d'abord sur moi, puis sur les trois hystériques derrière. Il est clairement intrigué. Je le laisse entrer pour accueillir Logan qui arrive à son rythme. J'ai depuis longtemps abandonné l'espoir qu'un jour il accélère sa cadence. Mon geek préféré a pensé à apporter sa console, et c'est son précieux bébé qu'il traîne derrière lui dans une immense valise.

– Salut, mec, me lance-t-il avec son habituel sourire. Content de voir que la vilaine sorcière ne t'a pas encore mis *game over*.

Ce gars sourit tout le temps. Du matin au soir, en toutes circonstances. Le seul moment où il faut s'inquiéter, c'est quand il s'isole des jours durant, immergé dans ses jeux vidéo. Là, c'est qu'il va mal. Sinon, en temps normal il est désespérant d'optimisme…

– Hey, Logan ! Entre. Tu vas être déçu, la télé est minuscule.

– Oh, ne me dis pas ça, tu vas briser mon petit cœur…

Mes plus fidèles alliés sont dans la place, la partie va pouvoir commencer…

5

Élodie

Le chalet est littéralement envahi. J'ai à peine le temps de souffler qu'un grand blond s'approche pour me saluer.

– Salut! Je suis Logan, et toi tu dois être la vilaine sorcière dont Luc nous rebat les oreilles depuis hier soir!

La vilaine sorcière, hein...

Je fusille l'intéressé du regard avant de sourire au dénommé Logan. Il a l'air d'un mec gentil et son sourire me met tout de suite à l'aise. Son look décontracté – jean et haut à manches longues à l'effigie d'un célèbre super-héros à cape rouge – et ses cheveux blonds savamment décoiffés finissent de me le rendre sympathique.

– Enchantée, Logan. Je préfère qu'on m'appelle Élodie ou Élo, fais-je en blaguant.

Il éclate d'un rire sincère. Il a l'air complètement à l'opposé de son ami Luc et j'ai la nette impression qu'on pourrait devenir amis tous les deux.

– Moi, c'est Maxence, se présente le deuxième nouvel arrivant d'une voix grave.

– Élo, et mes meilleures amies, Amanda et Kelly, lui réponds-je en désignant tour à tour mes comparses.

À mes côtés, Kelly semble totalement tombée sous le charme de ses yeux d'un bleu profond. Elle en oublie même de le saluer et je lui file un coup de coude pour la sortir de son adoration contemplative. Il faut dire que Maxence a des arguments convaincants… Moins grand que ses amis, il est toutefois sacrément baraqué. Je le verrais bien videur dans une boîte de nuit… ou déménageur, au choix. Et ses yeux…

– Les filles, je ne vous présente pas Luc le grincheux, je crois que vous vous êtes déjà rencontrés, fais-je en pouffant.

Luc grogne, en bon ours qu'il est, et entame une bataille rangée de regards emplis d'animosité avec Amanda. Il est mal tombé avec elle, Amanda n'est pas le genre de femme à lâcher prise facilement.

– Un petit coup de main pour ranger tout ça ? me demande Maxence.

– Oui, je veux bien, merci.

Oh là là… De si près, ses yeux bleus sont tout simplement magnifiques. Leur couleur lagon donne envie d'y plonger, de s'y noyer même. Je suis un instant troublée par l'intensité de ce regard, et son petit sourire en coin me dit qu'il doit avoir l'habitude de susciter cette réaction chez les femmes. Il est avenant, poli, serviable… tout le contraire, lui aussi, de son pote Luc. C'est incroyable comme l'amitié peut rapprocher des personnes si différentes. Il n'y a qu'à me voir en compagnie de mes deux meilleures amies.

Kelly est blonde comme les blés, aime le rose et les paillettes, et je la soupçonne même d'affectionner les licornes… Chacun son truc. Elle est douce avec les gens, pulpeuse, joyeuse… surtout quand elle a bu. C'est mon esthéticienne depuis des années, et de fil en aiguille, enfin plutôt de bandes de cire en pince à épiler, nos fous rires dans son institut nous ont rapprochées.

Alors qu'Amanda, malgré la douceur de son prénom, est plutôt brute de décoffrage. C'est notre amour du rock qui a fait que nous nous sommes trouvées lors d'un concert. Je me souviens de notre rencontre comme si c'était hier. Je revenais des toilettes en courant à moitié, de peur de louper la deuxième partie du concert, et je lui ai foncé dedans, envoyant voler au passage les deux bières qu'elle avait dans les mains. Je revois encore son regard noir me fusiller juste avant que les premières notes provenant de la salle nous parviennent. Surexcitées, nous avons passé le reste de la soirée debout, à hurler toutes les deux notre amour pour le talentueux guitariste du groupe. Et nous ne nous sommes plus quittées. Surtout que le bar où elle bosse est à deux rues de chez moi. Au premier abord, elle est plutôt froide, je vous l'accorde. Son look cuir et cheveux courts n'aide pas vraiment les gens à vouloir faire connaissance. Ça l'arrange, je pense. Mais c'est une super amie. C'est chez elle que j'ai atterri pendant des semaines après le désastreux épisode nommé Baptiste.

– T'as dévalisé le magasin ?! rigole Maxence en étalant mes emplettes sur la table.

– Je préfère être prévoyante… Et puis votre suprême

maître Jedi ne m'a pas fait la grâce de me dire ce que vous aimiez ou non…

– Jedi ? Vous avez dit Jedi ? Où ça ? m'interrompt soudain Logan en se précipitant vers nous.

Il se raccroche à mes épaules pour arrêter sa course, me secouant comme un prunier au passage. OK, il est beau, mais un peu allumé, ce garçon… Et indéniablement plus fun que l'ami Luc ! Il ne faudrait pas qu'ils soient trop sympas tous les deux, ils vont finir par me faire regretter de les faire dormir par terre.

Je ris de bon cœur devant sa tête ahurie, m'attirant un regard surpris de Luc.

Bah, oui, l'ami, je sais rire, c'est juste que ta tête de Grinch ne m'en donne pas envie pour le moment.

Max et moi finissons d'organiser les placards. Quand il range dans le frigo la tonne de fromage à raclette que j'ai achetée – en réalité, j'ai pris tout leur stock… –, il rit sous cape.

– J'en connais un qui va être content, ricane-t-il.

Je hausse les épaules, peu désireuse d'en savoir davantage. Il est déjà treize heures trente et j'ai une faim de loup. Et je suis pénible quand j'ai faim. Encore plus que d'habitude. Les nouveaux arrivants ayant tous mangé sur la route, je décide de préparer des sandwichs avec le pain que la brave Huguette nous a apporté ce matin. Amanda me fait signe qu'elle monte se reposer avec Kelly.

– Au fait, les mecs, il paraît évident que nous allons devoir cohabiter en attendant de trouver une solution à ce quiproquo. Alors il faut que vous sachiez que votre ami a décidé de la répartition des tâches.

– Quoi ? Non mais, attends… proteste Luc en se redressant comme un ressort.

– Les filles à la cuisine et au ravitaillement, et il a décidé que ce seraient les mecs qui feraient le ménage intégral du chalet…

– Lucky ! Tu crains, là ! s'exclame Logan d'une voix plaintive.

– J'ai rien…

Je ne le laisse pas en placer une, je tiens trop à me venger de son petit coup tordu de tout à l'heure. Son regard me clouerait sur place, mais je ne suis pas impressionnée.

– Ah, et il a sans doute omis de vous dire qu'il n'y a qu'un seul matelas pour vous trois…

Un concert de protestations s'élève tandis que je m'approche de Luc, assis à la table, et lui tends un sandwich de ma confection. Après tout, je fais ma part du boulot, comme promis.

– Il me semblait que cette histoire de matelas se réglerait aux cartes, me raille Luc.

– Ah, oui, c'est vrai !

Je vois bien qu'il boude parce qu'il croit que je n'ai pas vu la guirlande sur le toit. Mais après qu'il a cassé mon coup avec… *Ah ! Je ne sais plus son prénom…* Bref, je suis contrariée.

Il prend le morceau de pain, et je préfère m'éloigner vers la cuisine, par prudence… Quoi ? Qui a dit que la bataille était finie ? Avec une certaine appréhension mêlée à un sentiment de vengeance accomplie, je guette le moment où il va planter ses dents dans le sandwich. Je croise les yeux rieurs de Maxence. Je crois qu'il a deviné mon méfait, mais curieusement il n'ouvre pas la bouche pour me dénoncer. Sympa, le copain…

– Putain ! Mais c'est quoi, cette horreur ? Merde, c'est dégueulasse !! s'écrie ma victime en jetant son repas sur la table.

Directement, ses yeux furax me cherchent et je soutiens son regard.

Ouh, il fait flipper quand même…

Mais il n'a pas l'air du genre à lever la main sur une femme.

– T'es sérieuse, là ? Tu n'as pas dit que tu ferais à manger pour tout le monde ?

– J'ai dit que je ferais la cuisine. Pas que ce serait comestible…

Je fais prestement un pas de côté pour échapper à ses mains qui veulent m'attraper. Sans aucun doute pour me tordre le cou. Plus petite que lui, je parviens à me faufiler sous son bras et monte l'escalier comme si j'avais le diable aux trousses. Ce qui est un peu le cas, à vrai dire…

Je me barricade dans notre chambre, m'attirant les regards un peu blasés de mes deux comparses. Amanda est allongée sur le matelas posé à même le sol tandis que Kelly déballe déjà tout son nécessaire de parfaite esthéticienne.

– Qu'est-ce que tu lui as encore fait, Élo ? On l'entend brailler d'ici, me demande Amanda, peu étonnée par mon comportement.

– C'est vrai qu'il fait un peu peur, renchérit ma petite Kelly, pas du tout rassurée. Tu crois qu'il va défoncer la porte ?

– Espérons que non, sinon je signe mon arrêt de mort… Mon mélange spécial sandwich n'a pas l'air trop à son goût.

Bon, j'admets volontiers que jambon, mayonnaise et confiture de fraise, le tout saupoudré de paprika n'a rien de particulièrement goûteux. Mais je paierais cher pour revoir sa tronche dégoûtée quand il a mordu dans son casse-croûte. Je pouffe dans ma main comme une vraie gamine.

– Par contre, petite cachottière… tu ne nous avais pas dit dans tes SMS que ton bûcheron était si sexy ?

Hein ? Sexy ? Elles parlent bien de Luc, là ? D'accord, ses yeux bleus et ses cheveux noirs en bataille sont des atouts non négligeables. Comme sa mâchoire carrée, sa carrure impressionnante… son sourire moqueur…

Élo… Tu t'égares, là…

OK, OK, il a quelque chose, je veux bien lui donner un point pour ça. Mais son attitude et son caractère d'ours mal léché sont tellement imbuvables que ça occulte tout le charme qu'il pourrait avoir. Non, merci, je passe mon tour.

– Mouais… bof… Vous êtes bien installées ?

– T'es difficile quand même… Haaaaaan ! Mais à quand remonte ta dernière épilation des sourcils, ma chériiie ?

Kelly, la *killeuse* de poils, le retour…

Les filles m'assurent que même si pour trois la place est un peu juste, elles ont tout ce qu'il leur faut. Je suis tellement contente de les avoir avec moi pour les jours qui viennent que je ne peux m'empêcher de leur faire un nouveau câlin. Mes piliers, presque ma deuxième famille. Celle que je me suis choisie.

J'ai une pensée fugace pour mes parents qui vont passer Noël pour la première fois sans moi et je me sens un peu égoïste de leur imposer mon absence. Mais j'avais besoin de prendre du recul, comme on dit. Je me sentais bien incapable d'endurer une année de plus les sempiternelles questions et incertitudes de mes proches à mon égard, alors que de mon côté j'estime qu'il ne manque rien à ma vie. Enfin, si, quelques parties de jambes en l'air en ce moment, mais rien d'irrémédiable. Enfin, j'espère…

Kelly tient à prendre soin de moi cet après-midi, « au cas où », d'après elle. C'est drôle, ma blondinette n'appelle jamais un chat, un chat. Je ne l'ai jamais entendue une seule fois prononcer le mot « queue » ou « nichon » depuis que je la connais. Et si par malheur ces mots sont lâchés en présence de ses chastes oreilles, elle prend la couleur d'un champ de coquelicots ! Je trouve ça marrant pour une nana qui met un point d'honneur à retirer chaque poil de tous les recoins d'un corps humain, homme comme femme d'ailleurs.

Enfin voilà, elle a opté pour un débroussaillage d'urgence me concernant et je me laisse faire de bonne grâce, moyennant quand même quelques grimaces et petits cris étouffés. Amanda s'est allongée pour une courte sieste, ses écouteurs dans les oreilles. Elle l'a méritée, c'est elle qui a conduit pour venir, et vu les conditions climatiques, ce n'était pas de tout repos.

***

Quand nous redescendons toutes les trois après ma séance de torture, il est presque dix-sept heures, le jour commence à tomber et le chalet est désert. Les garçons n'ont même pas laissé un mot pour nous prévenir de leur absence. Mais vu que leurs affaires sont encore là, ils comptent malheureusement revenir. C'est étonnant que Kelly et Amanda n'aient pas protesté contre la situation dans laquelle nous nous retrouvons. Est-ce parce que les mecs qui squattent notre logement sont des beaux gosses?

– On finit de décorer tant qu'on n'a personne dans les pattes, les filles? lancé-je, joyeuse.

– Ouiiiii!

L'enthousiasme de Kelly pour mon délire de Noël fait plaisir à voir. Elle a même apporté son petit sapin artificiel comme elle me l'avait promis. Ça va bien emmerder Lucky Luc, mais je m'en fous. Passer Noël sans sapin est impensable! Je suis peut-être loin de chez moi, loin des traditions familiales, mais il y a certaines choses sur lesquelles je ne transige pas: le sapin et le repas du réveillon.

Après une bonne demi-heure, le sapin, c'est fait. Les guirlandes sont toutes mises, la grande pièce du chalet se retrouve parée de ses habits de fête. Je suis comme une enfant quand je regarde toutes les décorations scintiller. Pour moi, Noël est une fête magique. Elle a le pouvoir de me faire retomber en enfance pour quelques jours. Profiter des plaisirs simples de la vie suffit alors amplement à mon bonheur. Même si cette année ce sera loin des miens, je suis avec ma famille de cœur. Et si tout va bien, le rabat-joie de service me laissera jouir de ce petit havre de paix et de joie.

C'est avec le cœur plus léger et mes récentes rancœurs oubliées que je me mets aux fourneaux. Après tout, un deal est un deal, et contrairement à ce que semble croire Luc, je sais très bien cuisiner. J'ai été à bonne école avec ma mère, avant toutes ses lubies culinaires, incluant le foie gras végétal et autres bizarreries. Ce soir, je mitonne un plat à base de poulet et d'épices douces qui devrait leur plaire. Oh, je n'oublie pas les petits coups de Luc, loin de là… Je suis toujours déterminée à faire de son séjour un moment dont il se souviendra longtemps. Mais une trêve le temps des repas, c'est jouable, non?

Comme les bonnes petites maîtresses de maison que nous ne sommes pas, et pour ma part que je ne serai plus jamais, nous dressons la table. Il ne nous manque que les mecs.

Qui ne reviennent pas.

Vingt heures trente.

Je ne sais même pas si on doit s'inquiéter.

– C'est con, y en a pas un qui a pensé à laisser son numéro, fait Amanda. Mais c'est bon, maintenant, j'ai la dalle. Tant pis pour eux.

– Oui, je suis d'accord.

Le repas est excellent, et malgré tout ce que je peux dire, je ressens une pointe de déception. J'étais prête à signer une trêve de quelques heures.

La vaisselle est à peine rangée que la porte d'entrée

s'ouvre sur de grands éclats de rire masculins. Ah, ils sont vivants, en fin de compte. Je suis un peu amère et plus très ouverte à la discussion après ça. Je crois bien que je suis vexée qu'ils n'aient pas pu avoir une idée de ce que je sais faire après ma désastreuse démonstration.

– Ah, les filles, ce resto sur le front de neige était super ! En plus, on peut y aller à pied !

Logan parle avec son entrain habituel, mais son sourire retombe quand il avise les trois assiettes encore sur la table.

– Merde, Luc, t'avais dit qu'elles ne nous attendraient pas !

J'aurais presque tendance à le croire désolé. Luc n'en mène pas large non plus. Mais plus je le regarde, plus je sens ma colère monter sans que je comprenne vraiment pourquoi. Ne serait-ce pas parce que je suis profondément vexée que Luc reste sur ce sandwich immangeable ? J'aurais voulu qu'il me voie autrement que comme la chieuse de service, même un court instant. Malgré moi, je sais que j'aurais voulu que ma cuisine amène un sourire sur son beau visage.

Je serre mes poings, déterminée à paraître indifférente. Je ne dois pas bien y parvenir parce que Maxence s'avance doucement et me pose une main sur l'épaule.

– Je crois qu'il y a eu un petit malentendu. Il serait plus malin d'échanger nos numéros de téléphone pour éviter que ça se reproduise, non ?

Il lance un regard plein de reproches silencieux à son ami. J'ai juste envie d'aller me coucher. Je suis décidément beaucoup trop naïve. Oh, j'ai tout à fait conscience que je fais tout un plat pour pas grand-chose. Ils sont libres de leurs mouvements et rien n'a été vraiment établi. Mais depuis quand les femmes réagissent en toute logique, hein ? Eh bien, me voilà devenue un exemple tout à fait typique… Mauvaise foi, quand tu nous tiens…

– Élo a raison, t'es un vrai tocard, en fait, assène Amanda à Luc en le bousculant au passage, une Kelly hautaine dans son sillage.

– Après son petit coup de tout à l'heure, excusez-moi d'avoir douté de ses capacités culinaires ! Non mais, on aura tout vu ici !

Je préfère monter à la suite de mes amies. Je claque méchamment le chiffon sur la table. Je crois que je viens de changer d'avis. Il veut la jouer comme ça ? Aucun problème, mais ce ne sont plus de mauvais souvenirs de ce séjour qu'il va avoir, c'est un traumatisme !

– À votre place, je ne toucherais pas au plat. Qui sait quelle potion la sorcière que je suis aurait pu ajouter dedans…

– Élodie… tente de plaider Max.

– Il me semble qu'on devait jouer les matelas aux cartes, assène Luc d'une voix dure.

Ah, oui, j'avais oublié cette mascarade. Soit, jouons.

– Poker ? questionne Logan.

– Uno, réponds-je du tac au tac.

– Oh, oui !! Tu me plais bien, toi ! s'exclame le grand blond.

Je rappelle les filles. Impossible de jouer sans elles, et nous sommes des pros en équipe. Sans surprise, les filles contre les mecs… Tout ça frôle la maturité d'une cour d'école. La partie s'engage et Luc s'agace vite de nous voir ajouter des règles qui n'existent pas, selon lui.

Mauvaise foi, bonjour!

Toujours est-il que son tas de cartes augmente à vue d'œil. La colère est toujours mauvaise conseillère.

– Uno! lance Luc avec une assurance qui m'agace.

– Contre-Uno! hurlé-je dans l'oreille de Max, tout en tapant dans les mains de mes amies. On a gagné!! Le matelas est à nous!

Je savoure cette petite victoire douce-amère. Demain, ils iront à la réception régler ce problème logistique, et ma seule consolation pour ce soir, c'est que deux de ces intrus dormiront sur les canapés minuscules du salon. La partie est loin d'être finie, je suis déjà en train de fomenter ma prochaine attaque.

6

Luc
22 décembre

Je ne me souvenais pas que les meufs étaient si prise de tête. Ce matin en me levant, j'ai été accueilli par trois paires d'yeux féminins meurtriers et un silence inquiétant. J'ai même regardé à deux fois dans ma tasse de café pour y dénicher un indice d'une quelconque farce de mauvais goût. Mais non. Mes amis ont été reçus à la même enseigne, dans l'indifférence la plus totale. Ce qui a eu l'air de beaucoup les embêter. Je crois bien que mes deux acolytes ne partagent pas du tout mon point de vue sur les trois emmerdeuses qui vont nous servir de colocs pour les jours à venir. D'ailleurs, l'annonce de cette cohabitation forcée ne leur a tiré aucune réflexion ni réaction négative, à mon grand étonnement.

Bon, il faut dire que les colocataires en question semblent sorties tout droit d'un magazine de mode et que leurs atouts enchantent les mirettes. Ce serait parfait si ce n'étaient pas trois garces liées par une solidarité toute féminine en plus d'une amitié indéfectible. Mes potes ont refusé de marcher dans ma petite combine visant à me venger des coups bas d'Élodie. Sales traîtres.

– Bon, qu'est-ce que vous diriez d'aller tâter un peu de la poudreuse, aujourd'hui? Après tout, on est tous là pour s'amuser et se détendre, non? lance Maxence à la cantonade.

– Je ne sais pas, répond aussitôt Kelly. Tu vas faire quoi, Élo, en attendant?

L'intéressée lève les yeux vers son amie, non sans m'avoir scruté très brièvement au passage. Ma colère contre elle a eu le temps de refluer cette nuit, et même s'il persiste une pointe de ressentiment, je ne lui en veux pas plus que ça de son coup d'éclat. Ce matin, elle est drapée dans son mutisme, et j'observe sa petite moue boudeuse avec une fascination qui ne me ressemble pas. Je dois être un peu fou de la trouver jolie alors même qu'elle m'en fait voir de toutes les couleurs. Même ses piques n'arrivent pas à me vexer, je me surprends presque à les attendre.

Je me secoue mentalement pour chasser ces pensées agaçantes.

– Tu ne viens pas sur les pistes, Élodie? s'enquiert Logan. Ce serait dommage avec ce superbe temps!

– Élo ne…

– Elle a sans doute aussi honte de son niveau de ski que de ses talents de cuisinière.

Et voilà, je ne voulais surtout pas m'en mêler, mais il a fallu que j'ouvre quand même ma grande gueule. Cette fille produit un drôle d'effet sur mes neurones. J'ai l'impression de ne plus rien contrôler quand elle est dans les parages et encore moins quand son regard croise le mien. Clairement mes mots ont dépassé mes pensées, je ne voulais pas être aussi caustique, surtout après le fiasco d'hier soir. Mais voilà, c'est plus fort que moi, sa simple présence me pousse à bout.

L'effet est immédiat sur les filles. Kelly lâche un petit cri outré, Amanda me fusille de ses yeux de chat – je m'attends presque à l'entendre souffler comme un félin en colère. Et Élodie fulmine. Elle irradie d'une rage à peine contenue qui la rend magnifique. Je dois être devenu un peu maso dans la nuit pour la trouver désirable à cet instant où elle ne rêve que de m'arracher la langue. Son sourire pue la sournoiserie aussi sûrement que son thé empeste la cannelle.

– Mais je serais ravie de vous accompagner ! J'adore le ski !

– Mais… Élo… plaide Kelly.

Ce que je devine être un coup de pied sous la table fait taire la petite blonde. Elle et Amanda regardent leur amie comme si une corne venait de lui pousser en plein milieu du front. Moi, je ne serais pas surpris de l'y voir, cette corne ; cette fille est une diablesse.

– Parfait, alors ! s'écrie Logan. On décolle dès que tout le monde est prêt, cette fois-ci on part ensemble.

Je n'ai pas mon mot à dire vu les reproches silencieux qui émanent de mes potes. Je sais, j'ai encore déconné. Les filles montent l'escalier en bois avec la délicatesse de pachydermes, contrastant violemment avec leur apparence.

– On peut savoir ce qui t'arrive, Luc?

Max et Logan me scrutent avec intensité depuis l'autre côté de la table. Oui, je sais. Toute cette violence verbale ne me ressemble pas du tout. Mais je suis incapable de poser des limites avec elle. Elle me fait l'effet d'une grenade toujours dégoupillée qu'il faut vite balancer le plus loin possible avant qu'elle vous explose en pleine tronche.

Je suis un gars plutôt doux en dehors de mes allures d'ours grognon. Mon métier au contact de patients qui souffrent m'a appris la patience et la mesure dans mes paroles et mes gestes. Mais pas avec elle. Avec Élodie, c'est comme si on envoyait valser toutes mes bases avec un bulldozer. Voilà l'effet qu'elle me fait. Et clairement, en ce moment, c'est loin d'être ce dont j'ai besoin.

– Je ne sais pas, les gars. J'ai besoin de calme pour me remettre d'aplomb après ce burn out. Et ça va devenir un enfer ici, je le sens.

– C'est clair qu'avec ces trois tornades, ça ne va pas être de tout repos, ricane Logan.

– Mec, tu ne peux pas toujours tout contrôler, toujours planifier, m'assène Max, plein de sagesse, comme à l'accoutumée. Pourquoi ne pas profiter de cette situation pour lâcher prise? Tu sais comme moi que c'est ton besoin de tout régir en permanence dans ta vie qui t'a amené au bord du gouffre. Vis pour toi, Luc! Sans réfléchir pour une fois. Juste profiter…

Je sais qu'il a raison. Ma précédente relation est allée droit dans le mur parce que je nous avais enfermés dans une routine bien huilée qui était rassurante. Qui apaisait mon besoin de tout contrôler. Quand on a une totale emprise sur ce qui se passe autour, on a l'impression qu'on ne pourra pas être déçu, que rien ne viendra entacher ce petit bonheur bien construit, bien stable. Ce besoin de contrôler mon environnement, mes émotions, venait combler la solitude résultant de mon enfance, ce sentiment d'abandon constant. Mais j'avais oublié qu'on ne peut pas enfermer une personne dans une bulle contre son gré. Et qu'à un moment donné, la bulle explose avec force et fracas.

J'ai conscience d'être un homme plein de paradoxes. La preuve, je bosse au service des urgences. Il n'y a pas plus atypique comme service. Vous prenez votre garde sans savoir ce qui va vous tomber sur le coin du bec. Absolument rien n'est planifié dans ce service. Et c'est entré en conflit direct avec mon petit monde bien bâti. Une tragédie. Des larmes. Ce sentiment d'impuissance. Et j'ai basculé. Maintenant je peine à m'en remettre.

Et cette colocation forcée ébranle toutes mes barrières soigneusement érigées pour me protéger de l'imprévu. Je déteste l'imprévu, et Élodie, c'est le genre de nana qui ne promet que des emmerdes. Je le sens.

– Elle m'énerve.

– Et je pense que c'est une très bonne chose, réplique Max avec un sourire machiavélique.

– Bon, les filles, on sort les tampons et le maquillage? On met fin à la séance de psychanalyse de comptoir? fait Logan en tapant sa main sur la table. J'ai envie de bouffer de la neige!

Ouais, un bon bol d'air frais me fera le plus grand bien.

J'ai toujours adoré skier, mes parents mettant un point d'honneur à faire de leur fils unique quelqu'un de doué en tout. J'ai donc bénéficié d'un moniteur privé toutes les années où nous passions des vacances « familiales » à la neige. Et ma foi, je ne me défends pas trop mal sur des skis, c'est bien la seule chose positive que j'ai pu retirer de toutes ces années.

Il faudra une bonne heure avant que ces dames descendent enfin. Je piétine dans l'entrée en ruminant contre « ces satanées gonzesses » quand je les entends enfin arriver. Il était temps !

– Nous voilà ! claironne gaiement Élodie.

Je grogne pour toute réponse, m'attirant un coup de coude dans les côtes de la part de Max et un regard sévère de la diablesse.

– Les animaux sont interdits sur les pistes, je crois, fait-elle, moqueuse. On devrait peut-être laisser notre ours de compagnie en laisse à la maison…

Mes traîtres de potes rigolent comme des baleines. Moi, je trouve sa blague archi-nulle et je ne me prive pas de le lui dire. Je crois qu'en fait, je prends un réel plaisir à voir son petit air renfrogné. Et la contrarier est le meilleur moyen d'amener cette expression sur son visage.

– Si miss Comique a fini son show, on pourrait peut-être y aller avant que les pistes ferment !

Je n'attends pas leur réponse et commence à avancer, non sans laisser mes oreilles traîner. Et ce que je guette ne se fait pas attendre plus longtemps.

– Punaise de punaise, mais c'est pas possible que la terre porte un imbécile pareil !!! Abruti décérébré !

Je fais volte-face pour savourer le spectacle. Dans sa combi blanche aux imprimés étoilés bleu ciel, elle est l'incarnation passionnée de la colère. Ses petits poings sont serrés alors que tous s'échinent à ôter la neige de l'intérieur de ses chaussures. Son petit visage est rouge sous le bonnet pingouin qu'elle porte.

Elle a un sérieux problème avec les pingouins, non ?

– Tu ne perds rien pour attendre, espèce de crétin !

– Oh, j'ai tellement hâte de voir ça ! Tu vas faire quoi ? Me frapper avec un sucre d'orge en mousse ?

– T'en fais pas, j'ai de l'imagination à revendre.

La menace est sérieuse. Enfin, je la prendrais certainement au sérieux si elle n'était pas haute comme trois pommes. Parce que là, franchement, on dirait juste un des Pokémon de Logan qui s'agite sous mon nez en faisant plus de bruit qu'autre chose.

Maintenant que mon méfait est accompli, je suis un peu plus serein pour attendre que Madame change de chaussettes. Je me perds un long moment dans la contemplation du paysage enneigé et enchanteur. Ce silence un peu capitonné me fait le plus grand bien, comme l'air frais sur mon visage. Les bribes d'une conversation me parviennent, mais elles sont sans queue ni tête.

– On ne devrait pas la laisser...

– C'est dangereux...

– Qu'est-ce qui se passe, les filles ? Pourquoi elle...

– Élo ne sait...

Je délaisse un instant les personnes alentour pour me centrer sur moi. Uniquement moi. Maxence n'a pas tort. Il faut que je lâche la bride, que j'aille de l'avant pour savoir ce que j'attends de la vie. Je ne sais même plus qui je suis vraiment dans tout ça, je me suis perdu. Ce con m'aura épargné quelques séances chez le psy. Rien de plus efficace qu'un pote qui vous connaît par cœur pour mettre le doigt exactement là où ça fait mal. Là où il faut gratter.

7

Élodie

Bon, clairement, là, je suis dans une merde pas possible. Mon fichu caractère, comme dirait tatie Jeannette, m'a encore fait faire des choses plus que dangereuses pour mon ego et mon intégrité physique. Bien sûr, je fais style que tout va bien, mais je crois que ma démarche de pingouin estropié ne trompe pas grand monde. Max et les filles me lancent des regards inquiets que je m'efforce d'ignorer. De toute façon, toutes mes alarmes internes sont en alerte maximum, je les vois presque clignoter.

Je sais skier, entendons-nous bien. Enfin, je savais. Quand j'avais 12 ans. Alors pourquoi est-ce que j'ai autant la trouille ? Simplement parce que mes dernières vacances à la montagne se sont terminées par le séjour à l'hôpital d'une Élodie qui n'a pas su freiner et s'est mangé un arbre en pleine face. La petite cicatrice qui barre mon sourcil droit est d'ailleurs là pour me rappeler tous les jours que les sports extrêmes ne sont pas pour moi. Oui, parfaitement, je classe le ski dans les sports hautement dangereux ! Surtout pour une entêtée comme moi qui veut juste sauver les apparences face à un crétin dont elle devrait ne rien avoir à foutre.

Oui, mais voilà, hein, Élodie sans son fichu caractère d'âne bâté… ce ne serait plus moi tout simplement. On me dit souvent que j'ai un pur esprit de contradiction et que je suis prête à tout pour arriver à mes fins. Ce qui est entièrement vrai et totalement assumé. Je fais ce que je veux, quand je veux, avec qui je veux. Et tant pis pour ceux à qui ça ne plaît pas.

Ce qui ne m'empêche pas, à cet instant, de me vouer mille fois aux gémonies pour ma stupidité. Installée très inconfortablement sur un tire-fesses qui me maltraite le derrière, je serre les cuisses de toutes mes forces pour ne pas laisser s'échapper la tige d'acier. Il ne manquerait plus que je sois obligée de courir après cet instrument de malheur ! Non mais, qui a bien pu inventer un truc pareil ? Pourquoi est-ce que j'ai insisté pour monter sur ces satanés skis, pourquoi j'ai dit oui pour une piste rouge, pourquoi je n'ai pas fermé ma bouche ce matin ?…

Bon, pour l'heure, je dois me concentrer pour ne pas louper mon arrivée. Je suis tétanisée quand je vois le haut de la piste. Comment on descend de ce truc, déjà ?

– Élo, c'est à toi, me crie Logan en me faisant un signe de la main pour que je le repère. Tire sur la tige !

Mince, je ne comprends pas ce qu'il raconte ! Me voyant dans l'incompréhension la plus totale, il mime le geste pour m'aider. Mais prise par sa démo, je ne vois que trop tard la fin du parcours se rapprocher à une vitesse folle.

Je panique légèrement et tente d'une main de tirer sur la barre d'acier. Et rien. Rien ne se passe! Pourquoi il ne se passe rien? Non! Je suis trop petite pour m'extirper du tire-fesses. Je me dandine en essayant de passer ma jambe gauche par-dessus, mais l'appui à droite est précaire à cause du ski à mon pied. J'envoie voler mes bâtons en poussant un cri inquiet.

Heureusement, Maxence n'est pas très loin de moi, et en une demi-seconde, mon sauveur se poste près de moi et m'extirpe du piège. Bien sûr, ce qui devait arriver arriva. Sur le haut de cette piste noire de monde, je me vautre de la pire manière qui soit, m'étalant de tout mon long sur le ventre dans la neige, le visage enfoui dans la poudreuse. Je ne veux pas relever la tête. Je ne veux pas croiser le regard moqueur de Luc le bûcheron ou manger encore une de ses remarques acerbes.

– Merde, Élo! Ça va? Rien de cassé? s'écrie Max juste à côté de moi. Désolé, je n'ai pas pu te retenir…

Je lève un pouce en signe de vie. Mon corps est tordu dans une position improbable et qui m'aurait valu un zéro pointé dans un concours de grâce. Mais je vais bien. Et je suis en haut! Quand j'ose enfin croiser les yeux de mes amis, je n'y vois que de l'inquiétude. Enfin, sauf chez Luc. Lui n'a pas besoin de parler pour que je sache ce qu'il pense de mon arrivée humiliante. Il fait juste semblant de ne pas me connaître, installé un peu plus loin, fier dans sa combinaison bleu roi. L'humiliation est cuisante et mes joues sont écarlates, je le sens. Et c'est loin d'être le sentiment le plus plaisant qui soit. Bien que je ne sois plus à ça près depuis le début de ce séjour ici.

Je saisis la main qu'on me tend sans savoir à qui elle appartient. Amanda.

– T'es sûre de toi, là? chuchote-t-elle à mon oreille. Si c'est juste pour la gueule, tu peux arrêter maintenant, tu t'en remettras.

– Ça va aller… je crois.

– J'ai comme un doute quand même. Tu n'as rien à nous prouver, Élo. Et surtout pas à ce connard.

– Peut-être que c'est à moi que je veux prouver quelque chose…

– Dans ce cas, t'aurais dû nous en parler! On aurait commencé par autre chose. Je veux bien te suivre dans beaucoup de délires, mais là tu me fais peur! Les mecs sont plutôt cool, ils auraient compris, tu sais.

Logan arrive derrière elle, la même lueur inquiète sur le visage. Mince, on croirait que je vais à l'abattoir. Mais je ne vais pas abandonner maintenant. Pas quand je vois le regard moqueur de Luc, pas quand ce crétin est si décidé à me pourrir mes vacances. Pas quand j'ai envie de prouver à tout le monde que je suis une grande fille, qui prend des décisions seule et qui n'a pas besoin d'un mec pour régenter sa vie. Bon, pour le moment, je me mords un peu les doigts des conséquences de mes décisions de grande fille, mais j'assume. Mes décisions, mes erreurs.

– Ça va aller, Amanda. Si je sens que ça craint pour moi, je chasse la neige, et voilà!

– Chasse-neige, me reprend Logan d'un air blasé. Tu fais le chasse-neige.

– Voilà !

– Bon, on sort le pique-nique, les mamies? nous interpelle Luc. Ou on se fait cette piste?

Il arrive vers nous tout en aisance sur ses skis et s'arrête dans un mouvement fluide.

Je. Hais. Ce. Mec.

Il me regarde un instant et je crois déceler chez lui aussi une pointe d'inquiétude, vite chassée par un sourire narquois. J'ai dû rêver. Ce type ne sait pas s'inquiéter pour les autres. L'empathie? C'est un sentiment qu'il ne doit pas connaître.

– Bel atterrissage, Élodie. Ôte-moi d'un doute... T'es déjà montée sur des skis avant? Parce que, tu sais, ils ont des pistes pour les enfants... et les débutants.

Je ne prends pas la peine de répondre à sa provocation. Et surtout parce que dans ce qu'il m'assène, il y a une part de vérité. Que je vais bien me garder d'avouer bien sûr, mon orgueil mal placé me l'interdit. Au fond de moi, je suis quand même un petit peu... non, complètement morte de peur. J'imagine sans mal le désastre que ce serait si je venais à me blesser sérieusement. Les conséquences sur mon travail surtout, parce que pour m'aider, je pourrais toujours compter sur Amanda et Kelly. Mes plus fidèles alliées, mes piliers.

J'écarte mentalement toutes ces préoccupations. À quoi bon se tracasser pour rien? Je fais celle qui est prête à en découdre, même si la petite voix de la raison au fond de ma tête ne veut toujours pas se taire.

Bah, oui, Élo ! Tes amies seront là pour toi, même quand

elles auront un mec, une famille, quand tu seras vieille, vieille fille avec des chats. Même quand tu seras dans le coma à l'hôpital parce que tu as une trop grande gueule et que tu es trop têtue pour avouer que tu t'es gourée…

Stop ! Je veux faire cette piste rouge et je vais la faire. Point à la ligne. Je vais me porter la poisse à trop penser négativement.

Pleine d'une nouvelle assurance encore vacillante, je m'élance derrière mes acolytes sans trop prendre d'élan. On ne va pas exagérer non plus. Le début de la piste est plutôt plat et j'en profite pour admirer le paysage. D'en haut, c'est tout bonnement magnifique. On voit toute la station dans son doux cocon de neige immaculée. La végétation est dense par endroits et contraste joliment avec toute cette blancheur. C'est calme et apaisant et, malgré le brouhaha ambiant, je n'ai aucun mal à me laisser envahir par la plénitude. Enfin, je ne suis pas totalement sereine non plus, mais plus détendue, c'est certain. D'autant plus que Logan et Amanda me talonnent comme deux garde-fous, s'assurant que mon délire de sport extrême se déroule au mieux. Maxence et Kelly ont pris un peu d'avance après le premier virage ainsi qu'un peu de vitesse.

Malgré ses petits airs tout doux, mon amie est une dingue de la vitesse. Le ski, elle adore ça, et je crois qu'elle a trouvé en Max le partenaire idéal pour la stimuler. Je ne vois Luc nulle part, et tant mieux. Plus il se trouve loin de moi et mieux je me porte, surtout si c'est pour me balancer des saletés !

C'est quand on prend un peu trop confiance que les

choses finissent toujours par se gâter. J'aurais dû deviner que c'était trop beau pour continuer comme ça. Tout se passait beaucoup trop bien…

Après une autre courbe pas trop mal négociée, je constate avec une pointe de panique que le terrain devient soudainement plus pentu, accélérant ma descente sans que je puisse y faire quoi que ce soit. Autour de moi le paysage change, les arbres se font plus denses et défilent à une telle vitesse que je les vois un peu flou. Le vent cingle mon visage assez douloureusement. C'est une sensation que je n'ai plus éprouvée depuis bien longtemps et je dois avouer que ça ne me manquait pas.

J'entends vaguement Logan crier quelque chose derrière moi, mais avec le vent qui siffle durement dans mes oreilles, sa voix se réduit à un vague cri incompréhensible. Si c'était un conseil pour la suite, j'en suis pour mes frais : je n'ai rien entendu. Plus j'avance et plus la pente s'accentue. Et là, c'est panique à bord. Mon cerveau est comme paralysé. Je ne vois plus devant moi que ce long ruban blanc que je dévale beaucoup trop vite pour mon propre bien. Je serre tellement les dents que je ne peux même pas hurler ma terreur. Mes bâtons ne me servent à rien et aucune idée ne traverse ma cervelle pour tenter de freiner ma descente. La chute me paraît inévitable, et à l'allure folle où je vais, elle risque d'être douloureuse. Aucune illusion à ce propos.

Dans un effort désespéré de m'arrêter, et parce que mes jambes tétanisées refusent d'obéir pour faire une quelconque manœuvre, je suis sur le point de me laisser tomber en arrière et finir sur les fesses. Ce sera sûrement douloureux, mais moins que de foncer dans quelqu'un, au risque de le blesser.

– Noooooon ! Reste droite !

Le cri résonne juste à ma gauche. Du coin de mon œil embué de larmes, je distingue vaguement une combinaison bleue qui tente de se mettre à ma hauteur. Luc ! Même au plus profond de ma terrifiante humiliation, il est là.

Nous filons à pleine vitesse et je suis terrorisée. Mes entrailles se nouent et je pleure franchement, ce qui n'aide carrément pas dans un moment pareil, je vous l'accorde. Je le vois tenter de me dépasser pour se mettre devant moi. Qu'est-ce qu'il fabrique ? Je vais lui foncer dedans ! À moins que ça ne soit le but de la manœuvre ? Il est fou ? Je vais le blesser et je ne veux pas avoir ça sur la conscience alors que tout est de ma faute depuis le début.

Au moment où il se rapproche dangereusement de moi pour stopper ma course folle, je sais qu'il va tenter de me cueillir au vol. Il a l'air sûr de lui et de ce qu'il tente. Est-ce que je dois lui laisser les rênes ?

Franchement… est-ce que j'ai l'air d'avoir le choix ?

Non, en effet. Je hoche la tête dans sa direction. Il y a des skieurs qui se profilent juste devant nous. Dans quelques secondes, ce sera inévitablement l'impact parce que je suis incapable de dévier de ma trajectoire.

Je vois Luc accélérer encore un peu et couper ma route pour m'attraper. Malheureusement, c'était compter sans la petite bosse sur le parcours qui me dévie de quelques centimètres vers la droite. Hurlant de peur, je me sens décoller de la piste et mon corps est ballotté comme un pantin en vol. Je ne suis plus qu'une marionnette qui attend inexorablement la chute. Je me recroqueville autant que possible dans l'espoir d'adoucir l'impact. En vain. Je percute durement Luc sur le côté et ses bras se referment malheureusement sur du vide. Il aura quand même ralenti ma course.

Quand mon corps retouche le sol enneigé, c'est avec la dureté d'un atterrissage sur du béton armé. Le contact violent me coupe le souffle et je me mords l'intérieur de la bouche au passage, inondant ma gorge d'un flot de sang. Mais à la vitesse où j'allais, je ne m'arrête pas là. Complètement affalée sur un côté, je traverse violemment un fin grillage de sécurité. Je fais un brusque roulé-boulé dans le talus, dévalant dans la neige. C'est plus doux que la piste, la poudreuse amortissant un peu la rudesse de la chute. Chute qui va s'achever contre un conifère autour duquel mon corps va durement s'enrouler. Comme quand j'avais 12 ans.

Je prends conscience que je me suis arrêtée de dégringoler. Les larmes dévalent mes joues, autant de terreur que de désespoir face à ma profonde stupidité. J'ai du sang plein la bouche, ce qui me provoque un haut-le-cœur. Je fixe de mes yeux embués le petit bout de ciel bleu que je vois apparaître entre deux cimes. J'entends des cris, mon prénom.

Mais je ne réponds pas. Je ne peux pas. Je ne peux pas bouger.

Et soudain le ciel devient noir.

8

Luc

J'étais quasiment certain que cette tête de mule ne savait pas skier. La regarder se débattre avec le tire-fesses comme si sa vie en dépendait est tout bonnement hilarant. Cette fille est une catastrophe ambulante. Quoi qu'elle fasse, ça se finit en vaste gag. Je me retiens de rire franchement quand je la vois lever un pouce pour nous signaler qu'elle va bien, la tronche toujours enfouie dans la neige. Même si j'ai du mal à me l'avouer, elle me fait marrer. Et Dieu sait que ça n'arrive pas tous les jours. Elle est d'un naturel tout à fait désarmant, et rafraîchissant. Pour mon âme tourmentée, c'est un courant d'air frais apaisant. Mais putain, ce qu'elle est têtue !

Je ne sais pas ce qu'elle cherche à prouver, ni à qui, mais son comportement buté commence à m'agacer. C'est bon, on a compris, elle est une femme indépendante qui n'a besoin de personne pour lui dicter ce qu'elle doit faire. Elle fait ce qu'elle veut, quand elle veut. Mais maintenant, le petit spectacle a assez duré. J'ai envie de dévaler cette piste à pleine vitesse, de sentir l'adrénaline pulser dans mes veines. J'ai toujours aimé skier, c'est même la seule chose pour laquelle je peux remercier mes parents.

Quand je vois Élodie s'élancer sur la piste au lieu de rebrousser chemin comme la raison aurait voulu qu'elle fasse, j'ai un très mauvais pressentiment. Si vraiment, comme je le pense, son niveau sur les pistes laisse à désirer, elle devient non seulement un danger pour elle-même, mais aussi pour les autres. Je maudis intérieurement son inconscience autant que je loue sa ténacité. Peut-être aurais-je dû insister un peu plus tout à l'heure pour l'empêcher de nous suivre.

Son allure d'escargot paraplégique m'énerve de plus en plus, mais je ne peux pas me résoudre à la dépasser et à la laisser livrée à elle-même. Même si je sais que Logan et Amanda la talonnent, je ne suis pas tranquille. Mon cerveau s'est mis en mode hypervigilance. Je ne la sens pas du tout, cette histoire. Ce n'est clairement pas sur cette descente que je vais prendre mon pied et je peux remercier directement la casse-couilles de service.

Je ne la lâche pas des yeux, c'est plus fort que moi. J'ai la vague impression que ses jambes tremblotent sur ses skis. Elle est raide comme un piquet et serre ses bâtons comme s'ils allaient s'envoler. Plus elle prend de la vitesse, plus son dos se raidit. Elle est morte de trouille, cette andouille !

Je me penche un peu pour prendre de la vitesse et ne pas la perdre de vue dans le virage. D'ailleurs, après cette courbe, c'est la partie que d'habitude j'affectionne le plus dans une descente. La piste s'étire à perte de vue, véritable appel à l'adrénaline. Mais là, tout de suite, je pense juste que cette longue ligne immaculée peut devenir son véritable cauchemar. Et ça ne loupe pas. Quand elle découvre ce qui l'attend, les mouvements d'Élodie deviennent dangereusement désordonnés. Elle panique. Bon sang!...

L'estomac noué par une angoisse uniquement dirigée vers elle, je fais mon possible pour accélérer. Je dépasse Logan et Amanda comme une flèche. Élodie est sur le point de se laisser tomber en arrière et elle va sérieusement se blesser à cette vitesse. Je tente de me mettre à sa hauteur, puis je hurle pour percer le sifflement du vent et me faire entendre :

– Non ! Reste droite !

Elle tourne à peine la tête, mais je sais qu'elle est terrorisée. Les vagues de panique qui émanent d'elle sont presque palpables. Merde ! Pourvu que je parvienne à l'attraper sans trop de dommages. Je ne suis vraiment pas sûr de mon coup. Elle semble comprendre ma manœuvre et se raidit davantage.

Moi non plus, ma belle, je ne sais pas ce que je fais... ni pourquoi je le fais, d'ailleurs.

Son sort et les conséquences de sa propre bêtise devraient m'indifférer. Après tout, ça fait quarante-huit heures qu'on se connaît et elle a été imbuvable avec moi. Bon, j'en ai autant à mon honneur, c'est vrai.

Mon sang pulse dans mes tempes au même rythme désordonné que mon cœur. Je prends conscience que j'ai peur pour elle. Je crains qu'elle ne se blesse très sérieusement. Et que ce ne soit encore par ma faute que le pire arrive. Un frisson désagréable dévale ma colonne.

Ne pense surtout pas à ça maintenant !

D'autres skieurs se profilent devant nous, il est temps d'agir avant de percuter méchamment quelqu'un. Je la dépasse et me place sur sa trajectoire pour l'attraper. Je dégage mes bâtons et ouvre les bras pour la saisir.

Tout se serait déroulé selon mes plans si le destin n'avait pas encore une fois décidé de mettre son putain de grain de sable dans les rouages...

Élodie passe sur une petite bosse sur le parcours, ce qui la déséquilibre au moment même où je vais refermer mes bras sur elle. J'entends son hurlement de terreur résonner jusqu'au plus profond de mes entrailles avant qu'elle me percute durement. Mes bras n'attrapent que le vide.

Merde, merde, MERDE !

Complètement déséquilibré à mon tour, je chute en arrière et ne peux qu'assister avec impuissance à son long vol plané.

Vous avez déjà regardé des vidéos en *slow motion* ? Eh bien, voilà comment je perçois la scène qui se déroule sous mes yeux. Le cul dans la neige, je vois un pantin désarticulé s'envoler dans les airs dans le ralenti le plus terrifiant de ma vie. Et probablement de la sienne. Je serre les dents quand son corps retombe brutalement au sol. Elle aura de la chance si tous ses os sont intacts... Élodie glisse encore sur quelques mètres, emportée par son élan et la pente glissante, son petit corps bringuebalé jusque dans le talus, qu'elle dévale dans un roulé-boulé qui serait comique dans d'autres circonstances.

Logan s'arrête juste à côté de moi en m'envoyant une belle gerbe de neige en pleine figure. Je peste en me relevant.

– Punaise, elle vole bien, la petite Élodie, lâche Logan.

– Ta gueule, crétin !

Il me mate de travers, interloqué de ne pas m'entendre rire à sa boutade. Bah, non, je suis pétri d'angoisse et sa blague était nulle.

Je déchausse et me précipite vers l'endroit où Élo a disparu. Il n'y a plus qu'à suivre les traces que son corps a laissées dans la neige, mais je ne peux pas m'empêcher d'appeler. Tout comme Amanda qui m'a rejoint, visiblement inquiète, elle aussi.

– Élodiiiie !! Élodie, réponds !

– Je lui avais dit que son idée était merdique, marmonne la barmaid.

– J'espère qu'on va la retrouver en un seul morceau, ta copine.

Elle aussi me regarde longuement avec attention. Quoi ? On n'a plus le droit de s'inquiéter pour quelqu'un ?

Nous continuons notre progression jusqu'à ce qu'Amanda se précipite en hurlant vers notre droite. Elle se laisse tomber près du petit corps d'Élodie enroulé autour d'un arbre. Alors qu'elle s'apprête à lui enlever son casque, je stoppe son geste assez brusquement en lui saisissant le poignet.

– Ne la touche surtout pas ! Il ne faut pas la bouger. Appelle plutôt les secours !

Amanda hoche la tête, des larmes plein les yeux. Je la

regarde un instant s'éloigner pour joindre la station. Mes réflexes d'infirmier prennent le pas sur l'angoisse qui me serre la gorge. Je m'agenouille à côté d'Élodie, sans la toucher, je préfère prendre toutes les précautions pour ne pas aggraver son état.

– Élodie? Élodie, tu m'entends?

Son absence de réponse comprime ma poitrine.

Allez, reprends-toi, mec. Après un tel choc, c'est normal qu'elle soit dans les vapes.

Je tâte doucement son cou à la recherche d'une pulsation rassurante que je trouve presque aussitôt. Le nœud dans ma gorge se desserre un peu. Mais quelle idiote! Elle pensait impressionner qui, comme ça? Ma petite voix intérieure se fait l'avocat du diable en me rappelant que c'est moi qui n'ai pas cessé de la provoquer. Indirectement, c'est moi qui l'ai poussée sur cette piste, non?

– Élodie, ma belle, réponds-moi si tu m'entends.

– Mmmmmhh...

Un faible gémissement s'échappe de sa bouche, mais elle garde les yeux clos. Elle est pâle et son visage est marqué par quelques écorchures qui saignent. Sa lèvre supérieure est fendue et gonflée. On croirait qu'elle vient de se manger un poing en pleine figure. Enfin, c'est presque ça... Elle s'est quand même pris un arbre! Malgré tout, je la trouve toujours aussi jolie. Et cette réflexion incongrue me met mal à l'aise. Comme si c'était le moment de penser à ça... Plus le temps passe et plus j'ai le sentiment d'apprécier ce souffle de vie qu'elle insuffle en moi. Elle bouscule mes émotions et mes petites habitudes, elle me pousse à vivre des choses loin d'être programmées. Je ne sais pas encore si j'aime ça ou pas, mais sa présence a un effet stimulant sur moi assez surprenant. La voir inconsciente me vrille les entrailles et jamais je ne m'étais encore inquiété si vivement pour quelqu'un.

Ses paupières papillonnent et elle semble avoir du mal à accommoder sa vision. Je lui souris pour la rassurer.

– Ne bouge pas, ma belle. Les secouristes ne vont pas tarder. Tu viens de faire une chute assez spectaculaire.

– Je ne sens pas mes jambes…

Merde…

– C'est sûrement à cause du froid. Essaie de bouger tes doigts. Voilà, parfait. Tes pieds?

Je suis rassuré quand je vois le bout de ses chaussures osciller doucement. Je bénis le fait qu'elle ait pensé à mettre un casque, ça lui a sans doute évité de graves séquelles. Je ne serai pleinement rassuré que quand elle aura eu des examens pour écarter tout risque de compression médullaire ou de traumatisme crânien.

J'ôte ma veste et la pose sur elle pour ne pas qu'elle fasse en plus une hypothermie. Je glisse doucement ma main dans la sienne et ses petits doigts s'accrochent désespérément aux miens. Elle paraît si fragile qu'elle exacerbe mon besoin de la protéger. J'aime le fait qu'elle ait besoin de moi, et le contact de ses doigts fins déclenche une avalanche de frissons loin d'être désagréable le long de ma colonne.

Je lui envoie mon sourire le plus doux pour apaiser l'angoisse qui la fait soudain hyperventiler. Elle ancre ses yeux noisette aux miens pour ne plus les lâcher jusqu'à l'arrivée de l'équipe médicale. J'y vois défiler pas mal de choses, cette fille est comme un livre ouvert à cet instant. Peur, regret, douleur, gratitude, tout y passe de façon un peu anarchique.

Les secouristes sont plutôt rapides à arriver jusqu'à nous. Heureusement, parce que ma petite blessée commençait à trembler de froid. Une fois calée et immobilisée dans la civière et partiellement rassurée par le médecin, elle ose un sourire timide vers moi. Je ne sais pas comment l'interpréter, mais tout ce que je retiens à cet instant, c'est que c'est le tout premier qu'elle m'adresse. Et que ça fait sauter un battement à mon cœur sans que je comprenne vraiment pourquoi.

– Vous avez eu les gestes parfaits envers elle, me congratule le médecin. Vous avez évité d'aggraver les choses et on ne peut que vous en remercier.

– Je suis infirmier urgentiste, ça aide, lui rétorqué-je en souriant.

– Ah, ça explique tout !

Je sens le regard perplexe d'Élodie sur moi. Nous avons passé tellement de temps à nous tirer dans les pattes depuis notre arrivée qu'on ne se connaît pas du tout. Pourquoi ne pas avoir fait tout simplement connaissance au lieu de nous bouffer le nez comme des ados attardés ? Il faut croire que le bon sens nous a désertés tous les deux.

– Vous l'emmenez dans quel hôpital ? J'aimerais vous y rejoindre.

– Au Centre intercommunal des Alpes du Sud. Mais vous pouvez monter avec nous, propose le médecin.

Élodie se détend un peu pendant le trajet, les sensations faisant leur retour dans ses jambes la rassurent grandement. Elle commence même à rire aux petites blagues que lui fait l'infirmier pour alléger l'atmosphère. Coincé sur le siège passager à l'avant, je sens juste la moutarde me monter au nez en la voyant se faire si ouvertement draguer par le secouriste. Elle attire les mecs partout où elle va, même avec la tronche dans ce sale état. Et moi, je ressens une pointe acerbe de jalousie sortie de nulle part.

C'est n'importe quoi.

Cette fille est une peste doublée d'une plaie d'Égypte. Sournoise, écervelée, manipulatrice, gracieuse, jolie, envoûtante, désirable. Je soupire en passant les mains sur mon visage pour chasser ces réflexions sorties de mon cerveau chamboulé. Voilà, c'est sûrement ça. Son accident m'a un peu retourné et mes pensées vont redevenir cohérentes très bientôt. Je ne vois que ça…

9

Élodie

Après avoir subi les examens neurologiques de routine, un scanner complet et une perfusion bienvenue d'antidouleurs, je suis enfin prête à retourner au chalet. Le médecin n'est pas inquiet, mais il préconise quand même une surveillance étroite pour écarter définitivement le risque de traumatisme crânien. Luc étant infirmier, il leur a assuré qu'il veillerait sur moi cette nuit et qu'au moindre doute il me ramènerait à l'hôpital. Ils sont bien évidemment surchargés et soulagés de ne pas avoir à me garder dans le service, et moi, j'échappe sans doute à une longue nuit inconfortable dans un lit-porte.

Par chance, aucun point de suture n'a été nécessaire pour mon visage. Une fois qu'ils ont nettoyé et désinfecté les plaies, de simples petits *strips* ont fait l'affaire. Bon, je ne me suis tout de même pas loupée. Ma joue droite est zébrée par une estafilade qui part du coin de mon œil jusqu'à l'angle de ma mâchoire. Ma lèvre inférieure est fendue et ma pommette gauche est tuméfiée. Le médecin m'a déjà prévenue qu'un beau coquard était en préparation. Le reste de mon corps est miraculeusement indemne, hormis quelques bleus par-ci, par-là. J'ai simplement l'impression qu'un camion m'est passé dessus.

L'infirmière qui s'est occupée de moi, une vieille rombière moralisatrice, m'a sermonnée sur mon inconscience pendant près d'une demi-heure. Il faut dire que des cas comme moi, des écervelés notoires, ils doivent en avoir à la pelle en pleine saison… Et Luc, assis à mes côtés depuis le début, n'a cessé d'acquiescer en silence à ses propos. Ils n'avaient pas besoin d'en rajouter une couche, je suis parfaitement consciente que j'ai eu beaucoup de chance de ne pas être gravement blessée. Ou pire encore, de n'avoir blessé personne d'autre. Je m'en serais voulu toute ma vie si ça avait été le cas. Alors j'ai ravalé mes regards noirs et mes répliques acides et subi le sermon sans broncher.

Je n'en reviens toujours pas que cet ours mal léché soit infirmier dans un service d'urgence. Ce n'est pas du tout le métier que je l'imaginais exercer. Vu sa carrure et son caractère peu engageant, je le voyais bien videur dans une boîte de nuit…

Ou tueur à gages, tiens !

Mais bon, mon passé m'a largement démontré que je suis assez mauvais juge de la personnalité des gens en général. Il n'y a qu'à voir le fiasco Baptiste pour s'en rendre compte. Au moins maintenant, avec les coups d'un soir, pas de risque d'être déçue si je me plante. Quelques heures de plaisir… ou pas, d'ailleurs… et bye bye, à jamais !

J'ai découvert une facette que je ne soupçonnais pas chez ce bûcheron bourru. Il m'a tenu la main pour me rassurer, il m'a expliqué en détail tous les examens que j'allais subir et m'a même caressé doucement la tête pendant la pose un peu compliquée de la perfusion. J'ai eu en face de moi un homme totalement nouveau. Et assez plaisant pour le coup. Et sexy. Parce que, avec ses cheveux noirs tout ébouriffés tant il y passe ses mains dedans et le petit sourire rassurant qu'il n'a pas cessé d'afficher, oui, je l'ai trouvé charmant. Et c'est là que je me suis demandé si le choc que j'avais pris à la tête n'était en réalité pas plus sérieux qu'annoncé…

En passant les portes automatiques de l'hôpital, j'aperçois Maxence adossé à sa voiture. Il attend patiemment en pianotant sur son téléphone. Je suis assez surprise de le trouver là.

– C'est moi qui l'ai appelé, m'apprend Luc.

Je suis trop fatiguée pour émettre un quelconque avis. Je me laisse guider jusqu'au véhicule et souris faiblement à Max. Je me sens un peu penaude et j'ai l'impression de devoir des excuses à tout le monde pour mon attitude inconsciente.

– Allez, Élodie Jolie, en route ! s'exclame Max en me tenant la portière.

Durant tout le trajet du retour, je regarde obstinément le paysage défiler sans dire un mot. Je n'ose pas croiser le regard de Luc ou de Max, j'ai trop peur d'y lire ce que je me reproche moi-même. Pourquoi ? Je ne sais pas. En temps normal, l'avis de deux mecs encore inconnus il y a deux jours, je m'en serais cognée comme de ma première culotte. Mais à cet instant, j'ai le sentiment que je ne pourrai pas encaisser encore une remontrance ou un regard réprobateur. D'ailleurs, aucun d'eux ne parle non plus, comme s'ils avaient senti mon désarroi.

Mes blessures recommencent à tirailler, m'arrachant une grimace de douleur. Les cahots de la route n'aident pas, mais je m'abstiens de me plaindre. Je n'ai qu'une hâte, c'est de rentrer prendre un cachet et de me coucher. Inconsciemment, je porte la main à mon visage et effleure l'égratignure du bout des doigts.

– La coupure est très fine, tu ne devrais pas garder de cicatrice, me dit Luc depuis le siège passager.

Je croise son regard doux posé sur moi. À vrai dire, je n'avais même pas pensé à ça. Pas encore. J'ai du mal à me détacher de ses yeux trop bleus, et là tout de suite, c'est ça qui me préoccupe. Heureusement, nous sommes arrivés devant le chalet et cela coupe court à notre contemplation mutuelle.

Amanda et Kelly me guettaient sans doute par la fenêtre de la cuisine, puisqu'à peine le moteur arrêté, je les vois se précipiter vers nous. Amanda est rarement aussi expressive, et je vois bien que ma chute l'a ébranlée. Et je m'en veux. Je prends de plein fouet la claque de la culpabilité et je sens mes yeux s'embuer. Elles tiennent tellement à moi, je suis vraiment une très mauvaise amie de leur avoir collé une telle frousse. Pour prouver quoi, finalement?

– Heureusement, tu es en un seul morceau, chuchote ma barmaid préférée dans mon oreille en me serrant contre elle. Tu m'as foutu la trouille, sale gosse.

– Merci, Luc, de nous avoir tenues au courant, pépie Kelly. Oh, ma chérie, ton visage…

Kelly a l'air catastrophée devant l'état de mon minois. C'est vrai qu'avec une tronche pareille, je dois faire vraiment peur. Adieu aussi l'idée de draguer sur les pistes. Pour une raison évidente, je ne remettrai plus jamais les pieds sur des skis. J'ai la confirmation que ce n'est définitivement pas pour moi.

– Avec un peu de fond de teint, ça devrait le faire quand même, me fait la petite blonde avec un clin d'œil.

Elles me connaissent définitivement trop bien. Un bâillement m'échappe et je me fais embarquer à l'intérieur par mes fidèles amies. Un canapé, un plaid et un thé plus tard, me voilà bien chouchoutée. Et je les laisse faire, elles en ont autant besoin que moi.

– On doit te surveiller toute la nuit, me dit Luc en s'asseyant à côté de moi. Tu as le droit de dormir, mais quelqu'un viendra te réveiller toutes les deux heures pour s'assurer que rien ne cloche.

– OK.

– On va se relayer avec Amanda.

– OK.

Bravo, Élodie, quel sens de la conversation !

En même temps, je suis tellement troublée qu'il se propose de me veiller et qu'il me parle sans m'envoyer de vacherie que je ne sais plus vraiment comment agir. Je sais par contre que je ne l'ai pas encore remercié pour tout ce qu'il a fait pour moi aujourd'hui. C'est peut-être un abruti de service depuis deux jours, mais force est de constater qu'il m'a été d'un grand secours. Et le mot est faible.

– Je voulais… Je dois… Il faut que…

Bon, il est quand même décidé à me laisser ramer. Je sais qu'il sait où je veux en venir, et il attend patiemment que j'aie fini de m'emmêler les pinceaux. Pas facile de lui dire quoi que ce soit devant son sourire narquois. Et pourquoi je ne remarque que maintenant la petite fossette qui s'est creusée sur sa joue gauche?

Je me secoue un peu pour sortir de mon autohypnose.

– Enfin, voilà quoi… désolée pour tout ça. Et merci, balbutié-je.

– De rien. Bon, je suis crevé après toutes tes aventures. Je vais me coucher. À tout à l'heure.

Pas de grandes effusions, ce n'est pas le genre de la maison. Et je suis plutôt rassurée qu'il ne s'attarde pas plus sur les événements. Je vais passer la nuit sur le canapé, ce sera plus simple. Logan et Max entament une partie de jeu vidéo avec le son en sourdine et je sens leurs regards sur moi de temps en temps. Je suis tellement sonnée que je les calcule à peine. Amanda s'assied à côté de moi et pose ma tête sur ses cuisses. Ses mains lissent doucement mes cheveux comme le ferait une mère pour son enfant. La face cachée d'Amanda… Elle ne dit rien, se contentant de me cajoler en silence, bienveillante. Elle et moi n'avons pas besoin de parler pour nous comprendre.

Un cri rageur venu de l'étage me tire de ma torpeur. Je crois vaguement entendre que c'est mon prénom qui est férocement grogné. Une lueur coupable sur le visage, je regarde mes acolytes. Max pouffe comme un gamin et Amanda lève les yeux au ciel.

– Vous n'en avez pas encore fini avec vos gamineries?

– Laisse-les, coupe Logan, un franc sourire aux lèvres. C'est marrant et Luc a bien besoin que quelqu'un lui fasse perdre le contrôle.

Tous me regardent d'un drôle d'air que j'ai du mal à interpréter.

– Hé, mec, tu fais quoi, là ! braille Logan à Max. Mais joue, tu vas nous faire buter!

Voilà, le sujet est clos pour eux, leur partie de *Call of Duty* redevenant leur priorité. Moi, par contre, je ne parviens pas à me sortir de la tête l'image d'un grand bûcheron se couchant dans un lit d'épines de pin…

***

La nuit a été horrible. Luc, visiblement très rancunier, a finalement insisté pour me réveiller lui-même toutes les deux heures. Et le moins qu'on puisse dire, c'est qu'il n'y est pas allé de main morte. Aucune douceur pour s'assurer que j'étais cohérente. Il est même allé jusqu'à me pincer pour me faire émerger. Autant vous dire que la gratitude que j'ai éprouvée pour lui juste après mon petit accident a fondu comme neige au soleil… Et je me serais bien passée de ses ronflements qui font trembler les murs.

Il est à peine six heures trente et ça fait déjà un moment que le sommeil me fuit. Luc dort comme un bébé dans l'autre canapé, sa bouche entrouverte laissant échapper des sons complètement inhumains. Ça me donne juste envie de lui coller un oreiller sur la tronche pour étouffer ce bruit qui me tape sur le système. Et j'ai faim.

Et je suis profondément désagréable quand mon estomac est vide. N'importe qui me connaissant un minimum vous dirait que je suis tout le temps en train de manger. Bon, bien sûr, après avoir abusé, j'ai du mal à lever mes fesses sur ma barre de pole dance. Mais voilà, c'est moi. J'adore manger, et bien manger. Et cuisiner. Luc s'est ouvertement moqué de moi, mais il est loin d'imaginer ce dont je suis capable dans une cuisine. J'ai d'ailleurs prévu de leur faire une surprise de taille pour le réveillon de Noël.

Mais en attendant, j'ai les nerfs en pelote à force d'avoir été réveillée toute la nuit et mon ventre gronde de plus en plus. Il faut que je me lève, et je peux le faire seule, vu que je me sens beaucoup mieux.

Et me vient alors une riche idée. Je me souviens d'un sous-entendu de Maxence, à leur arrivée, à propos de fromage. Je crois que je tiens ma vengeance pour cette nuit.

Des gamins, nous ? Sans aucun doute.

10

Luc
23 décembre

L'odeur immonde qui me chatouille les narines me sort brusquement de ma torpeur. Pourquoi est-ce que j'ai l'impression que je vais devenir contre mon gré un adepte des réveils pleins de surprises avec cette fille ? Désagréables, les surprises… Parce que je n'ai pas encore ouvert un œil que je sais déjà qui est à l'origine de ce carnage olfactif.

Avec un grognement pas franchement jovial ni sexy – il n'y a que les héroïnes de roman pour trouver les grognements sexy… –, je me déplie et m'étire. Mon tee-shirt remonte sur mes abdos et je sens la brûlure d'un regard sur moi. Mais quand j'ouvre les yeux, pensant clairement la prendre en flagrant délit de matage, c'est un tout autre tableau qui m'attend. Je ne suis décidément pas au bout de mes peines avec elle. Et je sais maintenant précisément d'où provient ce parfum atroce.

Je découvre Élodie, tranquillement installée devant une monstrueuse assiette de… raclette ! Je ne suis pas loin d'être écœuré, et pourtant il en faut pour me révulser. Mais cette odeur de fromage, pouah… c'est au-dessus de mes forces. Mais elle ne fait pas ça juste pour m'emmerder, elle mange… non, rectification… elle dévore vraiment son plat avec un appétit évident.

D'un geste rageur, j'ouvre en grand les deux portes-fenêtres de la pièce, faisant s'engouffrer un froid glacial dans le salon. On va se les geler, mais au moins ça diluera cette infection. J'espère aussi secrètement que ça la chassera de la pièce. Mais non, c'est mal connaître l'animal sournois en face de moi.

Avec un sourire aussi hypocrite que désarmant, elle se lève et disparaît un court instant dans le couloir. Pour en revenir affublée d'un bonnet qui ressemble vaguement à une tête de renne, d'une écharpe et d'une doudoune. Elle se réinstalle tranquillement sans se départir de son sourire de faux cul.

– Bonjour, coloc !

– Mmmmmh…

Grognement.

Génial, je vais passer pour un débile…

J'ai comme l'impression de perdre mes mots avec elle et ça m'agace. Bon, au moins tout le monde peut être rassuré, elle va bien. Je dirais même qu'elle est au top de sa forme.

– Si t'en veux, sers-toi, hein ! Il en reste plein !

– Mmmmmmh.

Avec un regard noir qui agrandit encore son sourire, je me sers un café et sors sur la terrasse. Oui, en tee-shirt. Oui, je me les pèle. Mais cette nana me grille les circuits et mes pensées se bousculent sans aucune cohérence. Merde, je sais que son sourire avait pour seul but de me pousser à bout. Pourtant, même avec sa tronche démontée, je n'ai pas pu m'empêcher de la trouver bandante. Moi, tout ce que j'ai vu, c'est un regard pétillant de malice, un sourire qui illumine ses traits, deux petits seins libres dans un tee-shirt trop moulant…

Si, ça, c'est pas le signe évident que t'es vraiment au fond du trou, mon pote…

Le souvenir cuisant des épines de pin sous les draps aurait dû suffire à refroidir mes ardeurs. Au lieu de ça, je souris comme un con devant sa ténacité. C'est la première fois que je rencontre une femme qui me tient tête et qui rend coup pour coup. Mon côté ours bourru me pousse plutôt vers les petites nanas fragiles en recherche de protection. Et fragile n'est pas du tout un adjectif qui colle à Élodie. Elle est très loin du type de femme que je fréquente habituellement et pourtant elle me perturbe comme aucune autre ne l'a jamais fait.

Je repense à ce que m'a dit Max. Que je dois lâcher la bride sous peine de me noyer dans tout le foutoir à l'intérieur de ma tête. Mais abandonner le contrôle, c'est peut-être laisser libre cours à de belles choses, mais aussi devoir accepter les plus moches. Et je ne sais pas si je suis prêt à ça. Je remets absolument tout en question, même mon envie de continuer à faire mon métier. Est-ce que j'ai encore les épaules pour encaisser? Et quand je vois l'insouciance d'Élodie, je l'envie. Elle croque la vie comme elle vient, elle profite de l'instant. Chose dont je suis incapable. Planifier, organiser, ne laisser aucune place à l'imprévu. Elle et moi ne sommes clairement pas sur la même longueur d'onde.

En soupirant, je me reconnecte à la réalité. Des éclats de rire me parviennent depuis l'intérieur. Je me décide à rentrer avant de me transformer en iceberg. Toute la maisonnée est debout et attablée autour de l'appareil à raclette. Avec mon mal-être que je traîne comme un boulet, j'ai l'impression de faire tache dans cette bonne humeur ambiante.

– Putain, t'es complètement barrée comme fille, tu sais, ça ? s'exclame Logan en tapant dans la main d'Élodie.

– Luc a dû adorer ta conception du petit déjeuner, ricane Maxence sans aucun scrupule pour moi.

Pourquoi j'ai l'impression que ces deux-là se sont ralliés à l'ennemi ?

Peut-être parce que tu refuses de voir que ces filles sont plutôt cool ?

– Oh, génial, une raclette, s'écrie Kelly en attrapant un bout de jambon sous le regard adorateur de Max. J'adore ça !

– Ouais, c'est une idée géniale, approuve Amanda. Tu te sens mieux, Élo ?

– Si on exclut qu'un infirmier sadique m'a persécutée toute la nuit, on peut dire que oui…

Amanda se tourne immédiatement vers moi et me fusille du regard. Purée, cette fille me fait flipper.

– Qu'est-ce que t'as foutu, le bûcheron ?

Logan se marre tellement qu'il peine à ne pas s'étouffer avec son bout de pomme de terre. Ses yeux parlent pour lui, il ne me viendra pas en aide et trouve toute cette situation très comique. Max n'est pas mieux.

Merci du soutien, les gars, je vous revaudrai ça!

Mais avant que je puisse répondre, Élodie se lève brusquement de sa chaise en poussant un cri catastrophé. Craignant une quelconque douleur à côté de laquelle je serais passé, je me précipite sur elle. Furieuse, elle m'arrête en levant la main devant elle et commence à marteler ma poitrine de son petit index. Si elle pense me faire mal, je pourrais lui dire qu'un moustique aurait plus de chance qu'elle, mais la lueur dans ses yeux me fait passer l'envie de rire.

– Toi! Ce n'est pas parce que tu détestes Noël qu'il faut priver les autres de cette ambiance!

Mais de quoi elle parle? On est passé de la raclette à la nuit sadique que je lui ai fait passer, puis à l'ambiance de Noël. Je ne pige rien…

– De quoi tu causes, là?

– Mon bonhomme de neige! J'espère que tu ne l'as pas balancé à la poubelle!

– Hein? Mais j'ai pas touché à cette horreur!

– Alors pourquoi il n'est plus à sa place? Hein? Hein?

Elle plante ses yeux noisette dans les miens et je suis happé par la colère sincère qui en émane. C'est la première fois que je remarque que des paillettes dorées dansent dans ses iris. Je passe ma main dans mes cheveux et sur mon visage pour me dégager de cet hypnotisant échange. J'avise les autres qui me matent, médusés.

– Élo, commence Max, je connais Luc depuis longtemps, ce n'est pas vraiment son genre de faire ça.

– Il m'a clairement fait comprendre qu'il le trouvait horrible, pourtant !

– Il n'a pas tort en même temps, chuchote Logan en se marrant. On mène l'enquête ? Qui a volé l'horreur de Noël ?

Ce mec est désespérant de bonne humeur. Mais il arrive à tirer un sourire à la petite furie. Elle ne se rend pas compte qu'elle a toujours son doigt posé sur mon torse et son contact envoie sans discontinuer des frissons le long de ma colonne. Et pas de peur, croyez-moi. Par prudence, je recule d'un pas.

– Je n'ai pas touché à ta décoration. Et si je voulais vraiment pourrir ta chère ambiance de Noël, ça fait longtemps que je t'aurais demandé de virer tout ton bordel clignotant.

– Il a raison, Élo, soutient Amanda contre toute attente. Il a quand même accroché ta guirlande sur le toit. Ce ne serait pas logique.

– Ça ne me dit pas où il est passé…

– Pas de panique, Élodie Jolie ! lance Logan en se levant et en mimant un super-héros en cape. Super-Logan et son assistant vont enquêter !

– C'est qui, ton assistant ? lance Kelly en riant.

– Bah, c'est Max, voyons !

– Pourquoi c'est moi, l'assistant, hein ? râle l'intéressé.

Et les voilà repartis…

– Allez, Max, minaude Kelly en lui donnant un petit coup d'épaule. J'aime bien les assistants… Et je pourrais être l'assistante de l'assistant…

– Ouais, on va être une équipe de choc ! brame Logan.

– Bon, alors je compte sur vous, conclut Élodie, joueuse, avec un franc sourire.

Moi, elle continue à me fusiller du regard. Elle n'accorde aucune foi à ce que je lui raconte. Plus butée, tu meurs. Elle avise ses copines qu'elle va prendre une douche et s'éclipse. Et je vois déjà se profiler ma contre-offensive. Vous aussi ?

Couper le ballon d'eau chaude est un jeu d'enfant. J'ai attendu qu'elle ait commencé avant de commettre mon méfait. Une pluie glacée devrait la calmer dans ses accusations à la noix. Ou attiser les flammes. C'est quitte ou double.

3… 2… 1… On va vite le savoir.

Je patiente dans la chambre des mecs et guette le hurlement qui ne tarde pas à arriver. Seulement, quand on veut jouer au plus malin, ça se retourne souvent contre soi. Et au moment où la porte de la salle de bains de l'étage s'ouvre à la volée, je comprends que j'ai très, très mal joué mon coup. Si cette femme avait déjà commencé à retourner mon cerveau, la vue de son petit corps nu et trempé m'achève aussi sûrement qu'un coup de massue. J'ai joué et je crois que j'ai perdu.

– Tu n'es qu'un sombre crétin doublé d'un abruti. Espèce de connard pervers !

Cette scène a un air de déjà-vu, mais cette fois aucune serviette pour cacher son corps menu et parfait. Et elle ne cherche même pas à se dissimuler tellement elle est furax. Bien sûr, ses cris ont rameuté la cavalerie et je n'ose pas imaginer le tableau qu'on leur sert. Moi planté comme un con, la bouche ouverte à la Tex Avery. Et elle, magnifiquement nue, drapée dans sa colère, droite comme un i face à moi.

Je vais en entendre parler pendant des années...

Je déglutis péniblement et tente de détourner mon regard de ses petits seins qui tressautent pendant qu'elle m'insulte. La réaction dans mon pantalon de survêtement ne se fait pas attendre et mon sexe se tend, attirant bien trop l'attention sur lui. Les ricanements de mes potes et le cri choqué de Kelly m'en disent suffisamment. Merde, j'ai l'air d'un ado pris en flagrant délit, la main dans le caleçon.

– Je ne pouvais pas deviner que t'étais à l'étage !

Note pour plus tard : trouver des excuses moins pourries. Parce que la belle brune continue de s'agiter sous mon nez, pas pudique pour un sou. Max se racle la gorge pour interrompre le flot d'adjectifs peu reluisants dont elle me gratifie.

– Tu devrais... comment dire... te couvrir. Je crois que Luc a besoin de... hum...

– Élo, il a monté la tente ! s'exclame Kelly en revenant avec une serviette pour son amie.

Charmant... et gênant, mortifiant, humiliant. Je ne sais pas trop quel qualificatif choisir à cet instant. Élo baisse les yeux vers l'objet du délit et ricane.

– J'espère que tu profites bien de la vue, pervers dégénéré !

– J'aime pas les petits seins.

Oui, je sais. C'est bas. Mais c'est tout ce que j'ai trouvé pour avoir le dernier mot. L'objet de mon délicieux inconfort disparaît et je peux enfin respirer normalement. Presque. Je n'avais même pas conscience que je retenais mon souffle.

J'avise Amanda et Max, restés dans le couloir avec moi.

– C'était quoi, l'idée, mec? s'interroge mon ami. T'as pas trouvé mieux comme technique de drague?

– Je ne cherche pas à la draguer! m'insurgé-je.

Amanda me colle une claque derrière la tête, avant de m'asséner une vérité que je n'avais pas vue venir. Je ne savais pas que j'étais si transparent.

– Ne joue pas au con, le bûcheron. Je crois que vous ne cherchez pas la même chose, tous les deux.

– Je…

– Arrête, me coupe Maxence. On ne me la fait pas. Pas à moi, Luc. Qu'est-ce que tu fous?

– J'en sais rien… Ce n'est pas toi qui m'as conseillé de lâcher la bride?

– Fais comme tu le sens, mon pote. Mais je ne sais pas trop comment tu vas rattraper le coup.

– Je ne sais même pas ce que je veux. Elle est bandante, c'est tout…

– Oh, ouais, ça, elle l'est!

Regard noir qui le fait marrer. Je crois que finalement je n'ai pas à chercher bien loin ce que je désire. Elle. Même si elle n'est pas faite pour moi. Et même si pour le moment elle me déteste. En deux jours, elle a réussi à me mettre à ses pieds. À la fin du séjour, elle me fera sûrement ramper.

11

Élodie

La journée s'étire en longueur. Je suis restée au calme dans le chalet avec ma liseuse et la suite de cette romance épicée. Mais je n'arrive pas à lire. Ils sont tous partis skier, et même si je n'ai pas très envie d'être seule, je ne veux pas être un boulet pour Amanda et Kelly. Après tout, elles sont en vacances, elles aussi, et je crois en avoir fait assez pour le moment. Il me semble même que Max et Kelly ont pas mal de points communs, à commencer par cette envie de se dévorer l'un l'autre.

Mes pensées dévient forcément vers lui. Je n'en reviens toujours pas que ce crétin ait osé me faire ça! C'était puéril, mesquin. Franchement, j'aurais dû y penser aussi… Et m'agiter à poil sous son nez n'était pas l'idée du siècle, on en conviendra. Mais pour ma défense, sur le moment, j'ai juste eu envie de lui arracher les yeux. Dire qu'il a balancé ma décoration de Noël! C'est plus fort que moi, je n'arrive pas à croire qu'il n'y soit pour rien dans sa disparition. Qui, sinon lui?

Je me marre toute seule en repensant à la tête de Luc quand il m'a vue sortir de la salle de bains. Ça valait le détour. Je ne suis pas idiote, je sais reconnaître le désir dans les yeux d'un homme. Et quoi qu'il pense de mes petits seins, Luc semblait bien sur le point d'expérimenter la combustion spontanée. Je ne peux pas nier que je le trouve de plus en plus craquant. Aussi charmant que con en fait, un étrange mélange. Ou alors, c'est moi qui le rends comme ça? Non, je pense qu'il y a autre chose. Mais comme il ne communique avec moi que par des grognements ou des vacheries, c'est dur de savoir ce que cache son regard parfois hanté. Et on dit que les femmes sont compliquées... Bon, c'est tout à fait vrai, mais nous n'avons pas l'exclusivité. Certains spécimens masculins détiennent des Palmes d'or en la matière. Je crois bien que Lucky Luc en fait partie.

Dépitée, je repose ma liseuse. Le jour décline, ils ne vont pas tarder à rentrer. Juste avant de partir pour les pistes, Amanda m'a promis de faire une de ses soirées cocktails dont elle a le secret. J'ai hâte de goûter ses nouveaux mélanges. Mais hors de question que l'autre énergumène y prenne part. Du coup, Max et Logan non plus. Soirée entre filles, comme ça aurait dû être normalement le cas si ces trois-là ne s'étaient pas incrustés.

Je me hâte de déplacer la table basse et un des canapés. Je bouge tous les meubles de la pièce pour faire deux espaces bien distincts. Ils gardent la télé et un canapé, on garde tout le reste. Je n'ai jamais prétendu être pour l'équité. En tout cas, pas sur ce coup-là...

Ma barmaid adorée a apporté son matériel et je lui prépare tout ce dont elle aura besoin. La table se retrouve bien vite couverte de bouteilles et de divers ingrédients. Je n'en reviens pas qu'elle ait trimballé tout ça dans le coffre de sa voiture.

Après leur retour et pas mal de protestations de la part de Maxence et de Logan, nous avons enfin gain de cause. Les négociations ont été rudes, mais en échange d'un cocktail *made in* Amanda, ils acceptent de nous laisser tranquilles et entament une partie de jeu vidéo assez bruyante de leur côté.

***

Luc

Il faut bien avouer qu'au bout de quelques verres, l'ambiance est un peu plus détendue. Les filles ne s'occupent plus du tout de nous et Logan a réussi sa mission d'infiltration pour aller récupérer des paquets de chips. Je passe la manette à Max et jette un œil vers elles. La conversation à l'air très sérieuse tout à coup et je suis curieux de savoir à quoi ressemblent les causettes entre nanas.

– T'es sûr d'être prêt à entendre ça? ricane Logan qui a capté mon manège.

– Je ne vois pas ce qui pourrait me choquer.

– Alors ne viens pas pleurer si tes oreilles saignent, mec.

Ma curiosité définitivement attisée, je n'essaie même plus d'être discret. De toute façon, elles sont tellement pétées qu'elles ne nous calculent plus. Je pense qu'elles ont arrêté de compter les verres il y a déjà un moment, et avec tous les mélanges qu'elles ont faits, je ne serais pas étonné que l'une d'entre elles finisse sa nuit la tête dans la cuvette.

– J'ai lu un article très sérieux, les *girls*, dans un magazine, fait Élodie d'une voix traînante. Un médecin disait qu'il était essentiel pour la santé que toutes les femmes possèdent un vibro. L'orgasme, c'est la vie...

– Ah bon? s'étonne Kelly. Si c'est un docteur qui le dit, alors...

– Moi, ça m'étonne pas, déclare Amanda. Les orgasmes, c'est hyper important. Élo, ça fait combien de temps que t'as pas utilisé Pedro?

C'est qui, Pedro?

Une pointe de jalousie me traverse. Et qu'est-ce que c'est que cette conversation sans queue ni tête?

– M'en parle pas... gémit Élo, la tête dans ses mains. Depuis qu'on est là...

– Ah, ça se voit trop que t'es en manque, ma chérie, diagnostique Kelly en prenant un air professoral. Ce soir, tu devrais en profiter pour te titiller la clochette, ça te ferait du bien.

Se titiller la... Sérieux, mais qui dit ça de nos jours?!

Elles ne se rendent même pas compte qu'elles ont un public, et Logan et Max sont morts de rire devant mon air ahuri. Des images indécentes d'Élodie dansent devant mes yeux. Avant d'éclater avec cette phrase assassine:

– Si l'autre crétin ne m'avait pas cassé mon coup, j'aurais

pas eu besoin de Pedro… J'en avais une en chair et en… Ah, non, y a pas d'os… Bref, M. Combi-jaune-poussin, je l'avais dans la poche.

– Et surtout, t'aurais bien aimé l'avoir ailleurs… glousse Amanda. Pauvre petite clochette toute frustrée…

– J'espère que les épines lui ont bien piqué le cul, tiens…

Qu'elle se rassure, ç'a été le cas… Une autre tournée de mojitos améliorés à la sauce Amanda plus tard, les voilà parties sur leurs anecdotes sexuelles les plus merdiques, pour citer ma brunette. Tout ça casse un mythe, tout de même… Elles sont pires que nous ! Je tente d'occulter une Élodie hilare qui raconte, presque en criant, une certaine partie de pêche à la capote parce que le mec s'était cru si bien membré qu'il avait vu trop grand niveau latex.

– Oh, et tu te souviens, Kelly ? beugle encore Élo. Le mec qui t'appelait maman en lâchant la sauce ?

Nooon…

Pour le coup, c'est Maxence qui tire la gueule. Le manque d'élégance et de distinction de ces trois nanas m'arrache un sourire. Elles n'en ont strictement rien à carrer du politiquement correct. Des femmes modernes qui assument sans complexes leur sexualité, voilà ce qu'elles sont. Quand je pense à la tronche que ferait ma chère mère si un tel discours lui arrivait aux oreilles… Je m'imagine une seconde lui présenter un jour une femme de la trempe d'Élodie et des frissons d'horreur me parcourent déjà. Elle ferait une attaque, c'est certain.

– Aaah, me parle pas de lui… J'ai dû le consoler et le ramener chez ses parents après… En plus, il avait mêêême pas un beau cuuul… Tout plat, tout mou… Brrr…

– Très très trèèèèèès important, les fesses, acquiesce ma brunette après une gorgée de cocktail. *The* critère. Fermes, musclées, bombées, mais pas trop…

La voilà partie dans un numéro de mime, modelant dans le vide devant elle un fessier auquel elle donne une claque imaginaire sous les rires de ses copines. Mon Dieu, elles sont complètement torchées… Et moi, mon esprit balance entre amusement et effarement.

– Dis, Élo, il ressemble à quoi, ton mec idéal ?

À cet instant, j'ai l'impression que son regard m'a brièvement capté, mais peut-être qu'elle louchait seulement à cause de l'alcool, allez savoir.

– Hmmmmm… Pas trop grand, souriant, aimable, romantique, sportif, des fesses de rêve évidemment… le regard ténébreux…

Ouais. En gros, elle cherche un héros de ces romances à la con qu'elle ingurgite à longueur de temps… Elle risque de la chercher longtemps, sa licorne. Et si jamais elle trouve un jour cette perle rare, rien ne dit qu'il supportera son caractère.

– Mouais, lâche Max à ma droite. Ça colle pas des masses avec toi, ça… À part le fessier bombé, peut-être ? Tourne-toi pour voir !

– Dans tes rêves, Ducon !

– Moi, je préfère les zizis bien épilés ! s'écrie Kelly, complètement hors sujet.

– Je crois qu'on a perdu Blondie, constate Logan, amusé. Hé, Maxou, on dirait bien que, toi, tu colles au profil !

– Ché vrai que ché trop chiant quand t'as un cheveu chur la langue, rigole Élodie.

Okaaay… Je crois que j'en ai assez entendu ! Sous les moqueries de mes amis, je me retranche dans la chambre, préférant ne plus penser qu'Élodie a plus que son lot d'expériences et de quoi faire profiter ses copines de nombreuses anecdotes.

– C'est pas comme si on t'avait pas prévenu ! me crie Logan au passage. Bon, les gonzesses, quand vous aurez fini de comparer l'anatomie de vos plans cul, ça vous dit une partie de Mario Kart ?

– Je vais t'atomiser, le geek, s'écrie Élodie.

***

Je me réveille tenaillé par une terrible soif. Un coup d'œil sur mon téléphone m'apprend qu'il est quatre heures du matin. Les mecs ronflent comme des bienheureux. En soupirant et à la lumière de mon portable, je descends le plus doucement possible pour ne réveiller personne.

Consterné, je mate le bordel qu'ils ont laissé dans le salon avant de tous monter se coucher. Comme promis, c'est moi qui vais m'y coller. J'éteins la guirlande lumineuse du sapin ridicule qui trône dans le coin de la pièce. J'avale deux verres d'eau et m'apprête à remonter grappiller encore un peu de sommeil quand j'aperçois un rai de lumière filtrer sous la porte de la salle de bains. Mais merde, ils ne savent pas éteindre les lumières ! Je pose ma main sur la porte quand un gémissement me parvient très nettement.

Oh ! Trop tard, le battant s'entrouvre. Juste assez pour que la vision qui s'offre à moi dans l'interstice fasse grimper violemment mes pulsations cardiaques.

Si tout à l'heure, à la vue d'Élodie sortant de la douche, je pensais la désirer, j'étais bien loin du compte. Ce qui pulse à cet instant dans mes veines est bien plus fort, bien plus indomptable. L'onde de choc prend possession de mes reins et remonte ma colonne vertébrale dans une vague de chaleur qui m'électrise. Je me sens de trop. Je suis de trop, à la contempler ainsi offerte au plaisir, mais je ne peux détacher mes yeux de la beauté primaire de l'instant.

Elle est assise contre le mur carrelé de la salle de bains, la tête renversée en arrière, exposant son cou délicat. Je suis en adoration devant sa main, passée sous son débardeur, qui cajole un de ses seins, étirant la pointe durcie entre ses doigts, tandis que l'autre s'applique à caresser son sexe à l'aide d'un objet vibrant. Le gémissement rauque qui lui échappe se répercute directement dans ma queue déjà tendue, me mettant au supplice. Je m'oblige à ne pas me libérer, savourant chaque seconde de ce douloureux moment volé. Ma respiration accélère sensiblement, se calquant sans le vouloir sur la sienne. Sa bouche s'entrouvre sous les vagues de plaisir qui l'assaillent et j'imagine mes doigts caresser ses lèvres roses et pleines. Je crève d'envie de les sentir parcourir ma peau, se refermer autour de mon sexe lourd de désir. Elle se mord pour s'empêcher de crier. Et moi, je ne trouve rien de mieux que de l'imaginer se lâcher sous mes coups de reins, me crier sans retenue son plaisir.

Le rythme de sa main sur son clitoris s'accélère, elle est proche de l'orgasme et je ne suis pas loin d'exploser comme un ado dans mon boxer. Elle grogne doucement et je n'ai jamais entendu un son aussi sexy dans la bouche d'une femme. Alors que je m'attends à assister à son apothéose, je suis surpris de l'entendre jurer. Je comprends soudain que son joujou l'a lâchée au plus mauvais moment. Qu'elle va sortir de la salle de bains dans une demi-seconde et que je suis comme un con planté au milieu du couloir avec une érection de dingue.

Le temps que je cogite, la porte s'ouvre et je me retrouve plongé dans ses yeux embrumés et contrariés. Aucun de nous ne peut nier ce qu'il était en train de faire. Mon sous-vêtement me trahit et elle tient l'objet du délit à la main. Pourtant, aucun de nous ne parle. Le rose lui monte aux joues quand elle comprend que je l'ai regardée se donner du plaisir. J'aimerais lui dire qu'elle était magnifique ainsi abandonnée, mais je n'ose pas.

– Tu cherches quelque chose? murmuré-je.

– Des piles… répond-elle simplement.

– Pour?

– Pedro…

Oh, voici donc le fameux Pedro… J'en rirais presque, mais je ne veux pas rompre le lien qui se crée entre nous à cet instant. La tension est palpable, attisée par nos frustrations. J'ai envie de la toucher, de finir ce qu'elle a commencé. Je brûle du désir de parcourir de mes doigts ses chairs humides et gonflées. De l'amener moi-même à ce sommet qu'elle a manqué de peu il y a quelques minutes.

Elle fait un pas de côté pour me contourner, mais je pose ma main contre le mur, l'emprisonnant un peu plus près de moi. Elle est comme le chant d'une sirène, il est impossible de lutter contre sa dangereuse attraction. Sa bouche pulpeuse est un appel indécent aux baisers. Adossée au mur, elle est obligée de lever la tête pour me regarder, m'offrant ses lèvres trop tentantes. Ses yeux n'expriment rien d'autre qu'un violent désir. Je m'approche de son visage, ma bouche effleure le coin de la sienne.

– Il n'y a pas de piles ici, Élodie Jolie… Il n'y a que moi.

Mon souffle sur ses lèvres la fait frissonner. Dans l'instant, j'avais juste oublié à qui j'avais affaire. Élodie n'est pas de ces femmes qui attendent patiemment qu'on leur donne du plaisir. Non, elle, elle va le chercher, comme elle veut, quand elle en a envie. Et quand sa bouche s'empare de la mienne, je suis si surpris que je ne lui rends pas son baiser tout de suite. Sa langue effleure doucement mes lèvres, m'envoyant un million de volts dans les reins, et je tente de reprendre le contrôle. Mais elle ne me laisse pas faire. Ce baiser, c'est elle qui le mène, sa langue impose sa cadence douce et implacable. Elle me teste, elle m'explore, sans aucune pitié pour ma volonté. Je lutte un instant, perdre le contrôle est hors de ma portée, je ne sais pas faire ça.

Élodie se recule juste assez pour plonger dans mon regard perdu. L'air est si chargé d'électricité entre nous que je ne serais pas surpris d'y voir des étincelles. Je n'entends que nos respirations trop rapides et mon sang qui pulse avec rage dans mes tempes. Elle ne lâchera pas. Silencieuse et provocatrice, elle me fait comprendre que soit elle mène la danse, soit je peux m'en aller. La lutte ou l'abandon. La raison ou la passion.

L'éclat de ses prunelles me rend fou, son souffle chaud sur ma bouche est une invitation à la luxure. Elle m'achève. D'un sourire, elle parvient à me mettre à genoux. Alors, pour la première fois depuis longtemps, je lâche prise, je la laisse prendre ce qu'elle veut de moi, tant pis pour les conséquences. Son corps souple se presse contre le mien, et pendant qu'elle dévore ma bouche comme si sa vie en dépendait, elle se décale pour chevaucher ma cuisse. Elle rompt notre baiser, le souffle court. Et sans aucune pudeur, ses yeux enfiévrés rivés aux miens, elle se met à onduler sur moi, frottant son point sensible contre mon muscle contracté. Son sexe brûlant contre ma peau, je me délecte de ce contact purement indécent.

Elle ne pourrait pas être plus belle qu'à cet instant. Plongeant ma tête dans son cou, je la dévore de baisers brûlants, trouvant l'endroit qui la fait gémir, juste sous son oreille. Elle renverse sa tête en arrière en s'agrippant à ma nuque, griffant ma peau, me marquant au passage. Je pose ma main libre sur sa chute de reins, en soutien à la cadence de plus en plus rapide qu'elle impose à son bassin. Et quand elle explose enfin dans un cri silencieux, le temps est comme suspendu. Elle s'abandonne dans mes bras à son orgasme, en totale confiance. Son souffle chaud balaie mes tempes et attise les braises de mon désir encore inassouvi.

– Tant pis pour les piles, chuchote ma poupée, les yeux encore clos.

Elle se dégage doucement de mon étreinte et s'éloigne de moi, croyant tenir sa vengeance en me laissant insatisfait au milieu du couloir. Elle effleure mon sexe tendu dans une dernière caresse à peine perceptible avant de disparaître dans les escaliers.

Si elle savait… Si elle savait que je n'ai qu'à fermer les yeux pour revoir son air de chatte repue et que cette image suffira amplement à ma jouissance. Que je n'ai qu'à me remémorer sa bouche sensuelle ouverte sur sa délivrance silencieuse. Que l'odeur de sa peau qui s'est ancrée à la mienne est plus envoûtante que n'importe quelle caresse.

Si elle savait que le vide qu'elle a laissé entre mes bras est autrement plus douloureux que mon sexe encore tendu de frustration.

C'est quand le chalet redevient totalement silencieux au creux de la nuit que je prends conscience de l'ampleur de mon erreur. Je ne suis pas du tout prêt à endurer les conséquences de ce que je viens de provoquer. Élodie a tout d'une tornade. Et j'ai peur qu'elle balaie tout sur son passage. Alors pourquoi est-ce que je ne regrette pas ce qui vient de se passer?

12

Élodie
24 décembre

La faible lumière qui inonde la chambre suffit à transformer mon crâne en scène de concert metal. Et tout le bruit sorti de l'enfer qui va avec bourdonne dans mes oreilles. Le deuxième effet des cocktails d'Amanda est toujours abominable, aujourd'hui ne fait pas exception. Un œil sur mon téléphone… Sept heures vingt… Génial… Même pas foutue de faire une grasse matinée. Enfin, je ne suis pas la seule parce que les lits des filles sont déjà désertés.

Tiens, qu'est-ce que Pedro fait sur mon oreiller?

Je n'ai aucun souvenir de cette nuit, j'espère que nous sommes restées correctes…

La seule chose qui me met en joie, c'est que nous sommes le 24 décembre. Rien que cette idée me fait bondir hors des draps. Je prends une douche rapide qui me fait le plus grand bien, me maquille, histoire de ne pas avoir l'air d'un panda en train d'agoniser. Deux petites nattes, de chaque côté de ma tête où j'accroche un grelot tout mignon. Hop, je saute dans ma robe patineuse rouge et enfile une paire de collants blancs. J'ai tout de la Mère Noël et je suis très satisfaite du résultat. Ne manque que la dernière petite touche qui achève de me mettre de bonne humeur : le bonnet de Père Noël. J'en ai acheté pour chacun d'entre nous et je tiens beaucoup à ce que tout le monde joue le jeu. J'espère que M. Rabat-joie aussi.

Bon, a priori tout le monde est levé. Mais vu les tronches de zombies alignées autour de la table, les mettre de bonne humeur ne sera pas de la tarte. Heureusement que je suis tenace.

– Hello, tout le monde !

– Mmmmmh.

– S'lut.

– Oh, Élo... tout ce rouge... ça fait mal aux yeux, gémit Logan.

Pas de réponse de l'ours grognon depuis le canapé. D'où je suis, je ne peux voir qu'une partie de sa tignasse sombre ébouriffée et il a replié son bras sur sa tête. Dommage, j'aurais bien aimé savoir quel air se peint sur son visage quand il dort. Ses longues jambes musclées dépassent largement du sofa et je me dis qu'il a vraiment une carrure très imposante, même pour un homme.

De son côté, Max, affalé sur la table la tête entre ses bras, fait juste l'effort de lever une main pour me saluer. Bon, je vais devoir sortir l'arme ultime, on dirait.

– Est-ce que ça dit à quelqu'un du pain perdu ?

Max ouvre un œil.

– À la cannelle?

– C'est évident.

– Ooooh, t'as dit le mot magique, s'écrie Logan en se frottant les mains.

Amanda se lève pour me serrer contre elle. Elle sait que je suis très tactile et que j'adore les câlins. Elle détaille ma tenue d'un air amusé. Elle sait aussi qu'on ne me changera pas et que Noël est sacré pour moi. Je lui plante son bonnet sur la tête et elle soupire pour la forme. Son sourire la trahit pourtant.

– Tu sais que j'adore ton pain perdu. J'imagine que la playlist est de rigueur?

– Tout à fait. Tu me connais trop bien.

Quelques minutes plus tard, les classiques de Noël retentissent dans le salon, entraînant une flopée de grognements, et moi je m'attelle à ma préparation. La délicieuse odeur de cannelle qui embaume la pièce me plonge dans cette ambiance que j'aime tant. Ça commence par le partage de l'immense pile de pain perdu que j'amène sur la table. Je me régale de mon côté de tous les sourires que je récolte en retour. Je fais le tour des mangeurs pour leur enfoncer à chacun un bonnet sur le crâne, qu'ils acceptent de bonne grâce.

– Mmh, Élo, c'est super bon, me félicite Maxence en se servant une seconde fois. Hé, Luc, viens goûter ça!

L'intéressé daigne enfin se lever du canapé. Je remarque seulement maintenant que tout a été rangé. Au moins, il respecte sa part du marché. Quand il arrive devant moi, son regard se plante directement dans le mien et je me noie un court instant dans tout ce bleu. On dirait qu'il attend quelque chose de ma part et j'ai la sensation qu'un détail m'échappe. Le problème, c'est que je n'ai aucune idée de ce que ça peut être.

– Purée, les gars, mais vous ne servez à rien, à part bouffer ! Sérieux, Max, t'en as même pas laissé un seul ! râle Amanda. Je t'avais demandé de me resservir !

– On n'est jamais aussi bien servie que par soi-même ! C'est clairement pour ça que les sextoys ont été inventés, m'exclamé-je en riant.

Luc se penche doucement pour murmurer à mon oreille. Son souffle me chatouille et envoie une vague de chaleur dans mon ventre.

– Si je me souviens bien, il a pourtant manqué quelque chose à… Pedro… cette nuit pour te satisfaire…

Hein ? Mais qu'est-ce qu'il raconte ? Cette nuit ? Et comment est-il au courant pour Pedro ?!

Je nage en pleine confusion et je pense que ça doit se lire sur mon visage parce que celui de Luc se décompose peu à peu. On a dû en parler hier soir avec les filles, sinon je ne vois pas comment il pourrait savoir ça…

– Je… euh… ne vois pas de quoi tu parles, soufflé-je.

Une ombre de déception voile un instant le bleu de ses yeux et un rictus étire le coin de sa bouche. Il accuse le coup et sa peine est bien réelle avant d'être rapidement remplacée par une lueur peu amène.

– Alors, c'est comme ça que tu veux la jouer ? Je ne sais pas pourquoi je suis aussi déçu, m'assène-t-il durement d'une voix tellement basse que je suis obligée de me pencher pour tout entendre. J'aurais dû me douter que tu étais ce genre de fille…

Mais de quoi parle-t-il ? Jouer à quoi exactement ? Qu'est-ce que j'ai fait pour provoquer une telle colère ? Parce qu'il est fou de rage, je peux le voir à ses iris qui me fusillent, et c'est uniquement dirigé contre moi. Je décide de ne pas relever sa remarque blessante. Pas aujourd'hui. Il ne va pas me gâcher mon ambiance…

– Je sais que Noël, c'est pas vraiment ton truc… Mais si tu voulais bien jouer le jeu, fais-je en lui tendant son bonnet.

– Hors de question. Tout ce bordel est ridicule.

Autour de nous le silence se fait lourd. Je sens des regards pesants dans mon dos. Intérieurement je fulmine. Je ne lui demande quand même pas grand-chose ! Porter un foutu bonnet pendant quelques heures… ou juste le temps de prendre une photo. Ce sombre crétin est en train de pourrir ma journée et ma bonne humeur. J'essaie de faire bonne figure, je vous jure que j'essaie. Mais parfois ma bouche prend le contrôle et ce qui en sort n'est jamais joli, joli.

– Peut-être que tu devrais penser à te débarrasser du balai que tu as dans le cul, le bûcheron, lui asséné-je. Tu verras, ça soulage. Et ça ferait des vacances à tout le monde !

Ses poings se serrent et sa mâchoire se contracte, ce qui n'est jamais très bon signe. Ses yeux lancent des éclairs et je serais certainement morte sur place si c'étaient de vraies décharges. Et pourtant, je vois bien qu'il se contient.

– J'en ai ma claque de toutes tes conneries, s'écrie-t-il. Alors, non, je ne veux pas de ton foutu pain perdu, et non, je ne jouerai pas le jeu. Toi, tes décos à la con et ton ambiance de merde, vous me filez la gerbe.

Joignant le geste à la parole, il me jette le bonnet au visage avant de passer devant moi et de disparaître dans le couloir.

Voilà, c'est gagné, il a complètement fait retomber mon enthousiasme et par la même occasion la joie accompagnant ce petit déjeuner. Les larmes menacent sérieusement de déborder et je n'ai pas du tout envie de m'humilier devant tout le monde. Je ne comprends tout simplement pas. Ni ce qu'il me reproche, ni de quoi il parle, ni pourquoi il entreprend de toujours tout gâcher. Et mes souvenirs de cette nuit sont quasi inexistants, alors ça ne m'aide pas à démêler tout ce qu'il vient de me balancer.

J'adresse un sourire tremblotant à mes acolytes médusés par le comportement de Luc. Il faut dire qu'il n'y est pas allé de main morte. Logan s'approche de moi et m'ouvre grand ses bras. Ce grand escogriffe est la gentillesse incarnée et son étreinte bienveillante est plus que bienvenue. J'arrive tant bien que mal à ravaler mes larmes et me laisse aller quelques instants dans ses bras.

– Je suis désolé, Élodie Jolie… Il est toujours un peu grognon, mais c'est la première fois que je le vois aussi con.

– Tu n'as pas à t'excuser pour lui.

– Garde ton sourire aujourd'hui, s'il te plaît.

– Je vais essayer. Promis.

Des coups discrets à la porte nous sortent de notre torpeur. Maxence se lève pour aller ouvrir et mes amies en profitent pour venir m'entourer.

– Ce mec est un tel connard… gronde Amanda.

– On va t'aider à préparer un super réveillon, sourit Kelly. Moi, je te soutiens à fond ! Tu verras, on va quand même passer un super Noël.

– Merci, les filles. Je vous ai déjà dit que je vous adore ?

Max revient accompagné de la très chère Huguette, qui rayonne au bras du beau gosse. Et comme la dernière fois, elle n'est pas venue les mains vides.

– Bonjour, Huguette, fais-je en la serrant contre moi. Comment allez-vous ?

– Bonjour, la compagnie ! Eh bien, vous voilà bien arrangée, ma pauvrette ! Bah, vous êtes toujours aussi jolie, votre mari ne doit pas se faire de mouron pour ça… Bon, les jeunes, j'ai fait des gâteaux, je vous les laisse…

– Vous voulez un peu de thé, Huguette ? propose Kelly, retrouvant ses bonnes manières.

– Volontiers. Ce thé de Noël est un délice !

Pendant qu'elle s'installe, Logan et Max se rapprochent de moi.

– Elle est déjà venue ici ? s'enquiert le beau brun à voix basse.

– Oui, pourquoi ?

– J'sais pas, souffle Logan. Je ne la sens pas, Mamie Nova. Elle est louche…

– Je ne vois pas pourquoi ! Elle parle trop, mais elle est charmante, cette vieille dame !

– Tu oublies que tu parles à Super-Logan, s'exclame le grand blond en bombant le torse. J'ai le nez pour débusquer les suspects…

Je ne peux m'empêcher de pouffer comme une idiote. Ce mec est barge, mais il est adorable. Je suis contente que ce séjour ait au moins eu le mérite de me faire connaître Logan et Maxence.

Je prends le temps de détailler notre voisine et franchement je la trouve bien inoffensive. Elle ressemble à toutes les personnes âgées que je connais. Bon, je n'en côtoie pas des masses personnellement, mais j'en croise souvent à la bibliothèque où je travaille. Coquette, ses cheveux blanchis bien coiffés, elle est habillée avec soin et élégance d'un pantalon bordeaux en velours et d'un chemisier blanc bien boutonné.

– Eh bien, monsieur le super-détective Logan, je ne veux surtout pas interférer dans votre enquête.

– Compte sur nous ! On va tirer cette histoire de bonhomme de neige disparu au clair.

Je lui souris, heureuse qu'il mette un peu de légèreté dans cette journée. Je relance ma playlist de Noël en tentant de passer outre la terrible déception qu'est Luc. C'est le réveillon de Noël. Je me suis éloignée volontairement de ma famille intrusive cette année pour éviter les prises de tête, ce n'est certainement pas pour en trouver de pires ici. J'ai hâte de me mettre aux fourneaux pour concocter un menu digne des fêtes. Je suis impatiente d'offrir leurs cadeaux à mes deux sœurs de cœur.

– Ça vous dirait une randonnée en raquettes cet après-midi, les filles ? lance Max. Élo, ça te ferait du bien de prendre l'air et puis… c'est moins dangereux que les pistes.

– Je ne sais pas, fais-je en mimant la réflexion. Il y aura des sapins ?

– On fera en sorte qu'ils restent loin de toi ! s'esclaffe-t-il. Allez, dis oui…

– OK, OK… Je me rends ! Mais dites-moi… assistant… vous ne deviez pas mener l'enquête ?

Rires, amis et légèreté… La recette parfaite pour passer une bonne journée et oublier ce connard de bûcheron mal embouché.

13

Luc

Je suis furax. Après elle. Et après moi.

Je ne pensais vraiment pas qu'elle était ce genre de femme. Faire semblant de ne pas se souvenir de ce qui s'est passé entre nous cette nuit, c'est bas. Et puéril. Elle qui clame partout son indépendance et sa liberté sexuelle, la voilà qui n'assume pas ses actes. La déception et la colère qui m'ont envahi tout à l'heure m'ont fait dire des choses que je ne pensais pas vraiment. Les mots ont dépassé ma pensée et je sais que je l'ai blessée. Les larmes qu'elle a essayé de retenir, je les ai vues, et elles m'ont asséné un coup au cœur. Je ne devrais pas me mettre dans un état pareil pour une nana que je connais à peine et qui ne sera, sans aucun doute, que de passage. Mais cette nuit, j'ai lâché en moi une bride que je pensais ne plus jamais pouvoir lâcher. Parce que, pour une raison encore inconnue, je lui ai fait une confiance aveugle. J'avais envie pour une fois de voir quelqu'un d'autre mener la barque, de laisser le contrôle. Mais c'est quand même moi qui suis déçu. Et le revers est plutôt rude.

Je tourne en rond comme un lion en cage dans la chambre. J'ai à la fois envie de descendre pour m'excuser, ce qui n'est clairement pas mon genre en temps normal, et en même temps je suis trop en colère pour pouvoir lui dire quoi que ce soit. Ce mélange d'émotions me fait péter un câble. Je vais suffisamment mal, je n'avais vraiment pas besoin d'en rajouter une couche. Je vais finir par ne plus rien contrôler du tout et le résultat ne sera pas beau à voir.

Je revois son magnifique visage troublé par l'orgasme, je sens encore le goût sucré et suave de ses lèvres sur les miennes. Mon corps a répondu à l'appel du sien dans une troublante évidence. Et ce matin, je suis furieux de constater que je suis le seul à avoir été percuté par cette alchimie entre nous. Jamais elle ne pourra imaginer que ce lâcher-prise, qui m'a semblé si facile avec elle, est pour moi une source d'angoisses et d'insomnies dans mon quotidien.

Mais non, pas Luc, pas lui, il est trop fort, il est indestructible, il ne doit pas connaître ce genre de sentiments…

Foutaises ! Une façade, voilà ce que je présente en permanence aux autres, même à mes meilleurs potes. Je revêts mon masque d'infirmier dès que je passe les portes du service des urgences, celui du mec que rien ne peut atteindre, celui qui gère, quelle que soit la situation. Mais à l'intérieur, je pars en lambeaux, je sens que mes barrières ne tiennent plus qu'à un fil. Et avec Élodie, pour la première fois depuis une éternité, je me suis senti vrai, enfin entier. Je me suis senti revivre. Chaque sensation, chaque caresse a réveillé mon être anesthésié depuis trop longtemps. Je me suis repu de ses soupirs et de sa peau, je suis rassasié de ses baisers voluptueux. Et maintenant, comme un junkie en manque de sa dose, j'en veux plus. Plus d'elle. Une nouvelle vague de colère me submerge quand je repense à son indifférence au petit déjeuner. Elle a réveillé un tumulte d'émotions que je ne suis pas prêt à affronter, mais je ne peux plus oublier l'électrisant sentiment de vie qui m'a envahi également. Nous ne sommes visiblement pas sur la même longueur d'onde tous les deux. Je déteste le dire, mais j'étais prévenu.

Rageur, j'envoie mon poing cogner contre le mur, défonçant au passage la fine cloison, espérant faire taire un instant toutes ces pensées parasites. La douleur est immédiate et irradie dans mes doigts jusque dans mon poignet. Quel con! Se mettre dans un état pareil pour une gonzesse... Pathétique... Si mon père voyait ça, j'en prendrais plein la gueule.

Je m'assieds sur le lit, la tête dans mes mains. La droite m'élance terriblement. J'aimerais juste débrancher un instant ce cerveau qui turbine trop vite, je suis épuisé. Me confier à mes amis? J'y ai pensé. Mais eux, quelle opinion auront-ils de moi quand je leur aurai tout raconté? Je suis censé être le pilier, celui sur qui on peut toujours compter. Mais depuis deux ans, le roc s'effrite et la peur de décevoir tout le monde a pris une ampleur phénoménale dans mon esprit. Un psy? À qui je dirais quoi? Que je suis rongé par une culpabilité qui m'empêche de trouver le sommeil? Que je ne trouve plus ma place dans ce service? Que je ne m'y sens plus légitime, ni en sécurité dans mes conditions de travail?

Bien, monsieur Vallier, prenez donc un peu de vos congés accumulés depuis cinq ans. Nous trouverons sans aucun doute un peu de viande fraîche pour vous remplacer, une qui n'aura pas encore conscience de se faire broyer par le système.

Je suis tellement absorbé par mes sombres pensées que je n'entends pas la porte s'ouvrir. Amanda me regarde d'un air curieux, mais pas hostile, dans l'encadrement de la porte.

– Tout va bien?

– Qu'est-ce que tu veux? demandé-je, peu enclin à la discussion.

– Eh bien, c'est étrange… Mais une personne à l'accueil vient d'appeler pour vous demander, à toi et Élo, de vous y rendre avec vos cartes d'identité.

– Ils ont dit pourquoi? Ils veulent rembourser le séjour?

– J'en doute… Elle ne m'en a pas dit plus…

Je me lève en grognant.

– Tu sais, Luc, je maintiens ce que j'ai dit. Fais attention avec Élodie… continue-t-elle sur le même ton.

– Oui, je sais, tu me les couperas si…

– Non, non, ce n'est pas ce que je voulais dire. Laisse-moi en placer une! Élo… ne fait plus confiance aux mecs. Tu risques de te brûler méchamment les ailes.

– Je ne vois pas pourquoi tu dis ça…

Je suis d'une mauvaise foi sans précédent, mais me dévoiler à une inconnue n'est pas au programme. Elle me répond par un regard énigmatique et une moue qui en dit long sur ce qu'elle pense. Elle n'est pas facile à berner.

Mais bon, je ne suis même pas assez convaincant pour me berner moi-même…

Élodie m'attend déjà dans l'entrée, me tournant ostensiblement le dos. Ça me fait un peu mal, mais je le mérite sûrement. J'ai été un sale con avec elle, je ne peux m'attendre à rien d'autre, même si son attitude m'a blessé. Je me suis défoulé sur elle au lieu de me comporter comme un adulte.

Le silence est lourd et nous n'entendons que le crissement de nos deux paires de bottes dans la neige épaisse. Les excuses que j'aurais voulu formuler ne passent finalement pas la barrière de mes lèvres, et en arrivant à l'accueil, je prends conscience que j'ai loupé l'occasion. Le moment est passé. Son petit air triste me contrarie au plus haut point parce que je sais que j'en suis l'unique responsable et que c'est la dernière chose que je souhaite. J'aime tellement quand son sourire fait briller ses yeux noisette, on dirait que des paillettes d'or viennent y danser. Elle ne se rend pas compte que sa présence et sa joie de vivre sont capables d'illuminer à elles seules toute une pièce. Je m'en veux terriblement d'avoir terni cette petite lumière qui m'a tant fait de bien hier.

Le hall est entièrement décoré pour le réveillon, et malgré sa rancœur, je peux voir les yeux d'Élodie étinceler de nouveau. Je ne parviens vraiment pas à comprendre comment deux guirlandes clignotantes peuvent la plonger dans cette euphorie. Mais le résultat est plus que joli, surtout quand un grand sourire se dessine peu à peu sur ses lèvres, effaçant la moue triste qu'elle arborait jusqu'à maintenant.

Je la laisse admirer les lumières et le sapin et me rends au comptoir d'accueil. Personne. J'appuie sur la sonnette pour prévenir de notre arrivée. Je m'attendais à tout, mais certainement pas à voir un lutin de Noël surgir devant moi, me faisant reculer en criant comme un crétin. J'ai bien cru que mon cœur allait s'arrêter!

– Bonjour, je suis Roméo, pour vous servir. Et vous... vous n'avez rien d'une Juliette... Que puis-je pour vous? s'écrie le petit personnage d'un air enjoué.

Sérieux, un nain qui fait des blagues, déguisé en lutin du Père Noël... C'est quoi, cette station? Et ce sourire exagéré me fait un peu flipper. Interdit, je regarde Élodie lui tendre sa carte d'identité avant de l'imiter. Elle aussi arbore un air perplexe.

– On nous a demandé de venir, nous n'en savons pas plus.

– Ah, oui! dit-il après avoir examiné nos cartes. Nous allons vous rendre vos amis.

– Pardon? Nous rendre nos...?

– Oui, oui, c'est ça.

– Ils sont séquestrés?

– Venez.

Complètement abasourdis, nous suivons Roméo le lutin le long d'un couloir entièrement paré de guirlandes dont il fait tinter absolument toutes les clochettes en passant. Je me retiens de grincer des dents, ce son m'insupporte. Il sautille gaiement devant nous en chantant « Jingle Bells », c'est totalement grotesque et surréaliste. On se croirait dans un mauvais film, ou alors nous avons été contaminés par une substance hallucinogène. Ce petit personnage tout de vert vêtu ne peut être qu'une illusion...

Quand nous débouchons dans une autre salle, Logan et Max nous attendent sagement, tenus en respect par deux vigiles. Ah, non, c'est bien réel tout compte fait.

– Euh... on m'explique pourquoi nos amis sont séquestrés par un lutin de Noël ?

Roméo se place devant nous, les poings sur les hanches pour se donner un peu plus de carrure. C'est tellement ridicule que je ricane en passant ma main sur mon visage.

– Allez, Passe-partout, abrège ! lance Logan en se marrant comme une baleine.

– Mademoiselle Élodie Godichon et monsieur Jean-Luc Vallier ?

Je jette un regard choqué à Élodie, qui manque de s'étouffer de rire en entendant mon prénom. Mais Roméo ne nous laisse pas nous dissiper.

– Vos amis sont accusés d'avoir tourmenté une pauvre vieille dame dans son logement.

– Par la fenêtre, nuance Maxence... Nous étions dehors, et mamie... euh... Mme Huguette a mal interprété nos intentions.

– La direction a décidé d'infliger une punition collective...

Là, c'en est trop et j'éclate de rire. Sans pouvoir m'arrêter. Vous savez, ce genre de fou rire nerveux qui vous prend au moment le moins opportun et que vous ne parvenez pas à juguler. Élodie oscille entre hilarité et confusion.

– Non mais, là, il faut nous dire ce que vous fumez, les

gars, parce que j'en veux aussi ! On nage en plein délire ! m'exclamé-je, à bout de souffle.

– Et pourtant, reprend Roméo d'un air sévère, nous avons décidé que pour compenser ce comportement inapproprié, chacun de vous devra exécuter un numéro à notre soirée de la nouvelle année.

– Hors de question !

– C'est moi qui décide, martèle le lutin en tapant du pied.

– C'est bon, Lucky, calme Logan. On va le faire.

– Non mais…

– Moi, ça me va ! s'exclame Élodie. Ça peut être marrant !

– Mais…

– Allez, JEAN-LUC, insiste ma brunette. C'est vrai que ce n'est pas cher payé…

– Non mais… c'est un complot !

Roméo, très fier de lui, sort en souriant de toutes ses petites dents flippantes. Ce nain est maléfique, j'en suis persuadé. Il me fait penser au vilain leprechaun des contes de fées.

On vient de se faire berner en beauté et ils ont tous l'air ravi. Et puis, c'est quoi cette soirée de la nouvelle année ? Ils sont tous tombés sur la tête s'ils pensent que je vais prendre part à cette mascarade…

– Bon, les gars… faut qu'on récupère Kelly ! lance Max. J'ai deux mots à lui dire… Elle nous a vendus, cette traîtresse !

– Yep… poursuit Logan. Et je ne sais pas pour vous, mais la rando raquettes me tente plus que tout. Rester enfermé dans la même pièce que Roméo m'a donné des envies d'air frais…

14

Élodie

Le coup de fil de ce matin m'a interrompue dans mes préparatifs du repas de Noël. Résultat, à cause de ces deux crétins qui ont cru bon d'espionner Huguette par sa fenêtre, Amanda et moi n'avons pu finir que les desserts. J'ai très envie de renoncer à cette randonnée en raquettes, mais j'en ai aussi un peu marre de tourner en rond dans ce chalet. Je suis tiraillée entre mon désir de faire de ce dîner un repas parfait et mon besoin de prendre l'air et de m'éloigner de lui.

Logan entre en trombe dans la cuisine et fait voler en éclats mon incertitude en une seule phrase. Son sourire excité m'intrigue.

– Bon, super nouvelle, les gars ! Ils organisent une chasse au trésor en raquettes cet après-midi ! C'est pile ce qu'il nous faut ! Je nous ai tous inscrits.

– Oh, génial ! J'adore les chasses au trésor !

– On ne s'en serait pas doutés, tiens… marmonne Luc.

Je décide de l'ignorer. J'ai péniblement réussi à remettre

mon moral à flot grâce à Amanda et à ma séance de pâtisserie, il ne va pas recommencer à me broyer les ovaires.

– Où sont Max et Kelly?

– Dehors, ils avaient l'air d'avoir des choses à régler...

Intriguée, je regarde discrètement par la fenêtre de la cuisine, celle qui donne sur l'arrière du chalet. Oh! Eh bien, je ne m'attendais pas à ça... Le règlement de comptes ressemble plus à une auscultation des amygdales dans les règles de l'art. Tant mieux pour ma petite Blondie, il y en aura au moins une qui aura réussi à pimenter son séjour. Me rendant soudain compte que je joue les voyeuses, je recule, mais garde le silence.

– Qu'est-ce que t'as? s'étonne Amanda. T'es toute rouge!

D'un léger signe de la tête, je l'invite à mater par la fenêtre et elle sourit aussi quand elle aperçoit le couple. Je sursaute quand un bras lourd tombe sur mes épaules. Logan... Appuyé sur Amanda et moi, il reluque par la vitre.

– Vous croyez qu'on va devoir leur laisser une chambre? ricane le grand blond.

– T'es bête... Fous-leur la paix...

– Sûrement pas, Élodie Jolie! Punaise, ils devraient s'inscrire à un concours d'apnée!

– Au moins une qui assume... grogne Luc dans mon dos.

Je ne sais pas pourquoi il me sort ça comme ça. Ce reproche m'est directement adressé, mais je n'en connais absolument pas le sens. Il est bizarre aujourd'hui. Je le trouvais déjà limite con, mais là il va décrocher la Palme d'or. Fidèle à ma résolution, je prends sur moi et continue de l'ignorer.

– Vous étiez vraiment en train d'espionner Huguette?

– Juste un œil par la fenêtre… Mais elle a débarqué au mauvais moment et Blondie nous a jetés dans les pattes de Passe-partout…

– Mais… Je ne comprends pas…

– Je pense sérieusement que ta nouvelle amie Huguette est aussi ta voleuse de décoration de Noël… me dit-il sur un ton de conspirateur.

Je manque d'éclater de rire, mais il a l'air sûr de lui. Alors j'acquiesce en tentant de ne pas le vexer. Après tout, il prend à cœur cette « enquête », je ne vais pas le blâmer de chercher des pistes, même si celle-ci me paraît complètement tirée par les cheveux.

Max et Kelly finissent par revenir. Je me sens un peu mal à l'aise de les avoir surpris. Peut-être veulent-ils garder leur relation secrète? Enfin, ça, c'était compter sans l'intervention pleine de tact de Logan. Ce mec n'en loupe pas une, il est impayable!

– Hey, est-ce que vous savez combien de millions de bactéries on échange pendant un roulage de pelles?

Les joues de Kelly se colorent d'un joli rouge carmin, mais Max se marre. Pour la discrétion, on repassera. Et ils ne comptent visiblement pas se cacher.

– Vas-y! Fais-nous profiter de tes lumières…

– Quatre-vingts millions! Pour dix secondes, s'exclame Logan. Je pense que pour vous, c'est même plus la peine d'essayer de compter…

– Ah, mais en plus de fantasmer sur les gaines de cette pauvre Huguette, tu nous espionnes! s'exclame Kelly.

– C'est quoi, cette histoire de gaines? s'enquiert Luc, finalement emporté par sa curiosité.

– Du Logan tout craché… fait Max d'un air complètement blasé.

– Ouais, mais en attendant, moi j'ai réussi à entrer, clame une Kelly fière d'elle.

– Arrête de te la jouer, Catwoman, ou je rechante ta chanson préférée… menace Logan. Et si tu nous disais plutôt ce que tu as trouvé!

– Étrangement, rien, répond Kelly. L'intérieur n'est même pas décoré pour Noël. Mais je n'ai pas pu visiter l'étage.

Je suis cet échange, un peu abasourdie. C'est moi, ou cette journée est complètement déjantée? Un nain, des gages, des gaines, Huguette… Il n'y avait pourtant pas de champignons hallucinogènes dans le pain perdu…

– Bon, les enfants, s'écrie Logan. Il est temps de tirer au sort les équipes!

– Hein? Quelles équipes? m'écrié-je en même temps que Luc.

Je suis aussi étonnée que lui. À aucun moment, il n'a été question de faire des équipes… Avec la chance que j'ai, je vais encore réussir à tomber avec lui.

– Ah, oui, j'ai oublié de vous prévenir. La chasse se fait par équipe de deux!

Il nous tend un bonnet dans lequel il a mis des papiers pliés en quatre, sur lesquels je suppose que figurent nos noms. La poisse… Moi qui étais si contente de faire cette activité, je sens que je me dégonfle.

– Allez, Élodie Jolie! Tu commences!

– Pourquoi moi?

– Parce que dans moins de trois secondes, tu vas changer d'avis et nous planter. Et. C'est. Hors. De. Question.

Je grommelle. Je n'aime pas être aussi transparente. Néanmoins, il a raison, j'étais sur le point de trouver un prétexte bidon pour rester ici. Je plonge ma main dans le bonnet en priant pour que le nom figurant sur le papier ne soit pas celui de Luc. Celui-ci me regarde d'un air tout sauf bienveillant, devinant sans doute mes pensées secrètes. Je déplie le petit morceau de feuille en fermant les paupières. Peut-être que ça conjurera le sort...

Bah, non...

Note pour plus tard: se rappeler que je n'ai jamais eu de chance aux tirages au sort...

Bon. Je retourne le papier maudit vers tout le monde et Luc émet un grognement. Je n'en saisis pas le sens, je ne parle pas très bien l'ours. Mais ça ne doit pas être très charitable. Ce n'est clairement pas une bonne idée. Lui et moi dans la même équipe, ça ne présage absolument rien de bon.

– Je ne sais pas si c'est judicieux de...

– Tu veux encore te défiler? C'est ta marque de fabrique? fait-il, les dents serrées.

– Pas du tout! Mais il est clair que toi et moi depuis ce matin...

– Lâcheuse.

– Abruti!

– Peureuse...

– Connard!!

– Allumeuse !

J'en reste sans voix. La bouche ouverte, je cherche désespérément une réplique qui ne vient pas.

Moi ? Une allumeuse ? Je ne sais pas où il est allé chercher ça !

Bon… En y réfléchissant bien, il m'a quand même vue à poil à deux reprises en quatre jours… Je n'imaginais pas qu'il ait pris ça pour des invitations.

Bah, si, idiote, t'as bien vu l'effet que tu lui fais…

Certes. Bon, OK…

– Ha, ha ! fait-il, triomphal.

L'idée de faire équipe avec lui me paraît au-dessus de mes forces. Il me fatigue déjà avec son petit air triomphant sur sa belle gueule. Et si je ne lui parle pas ? Je pourrais faire exprès d'avancer tout doucement et rester derrière lui. Comme ça, je ne verrai pas sa tête de grincheux et je ne serai pas obligée de faire un effort pour lui causer.

Je rumine pendant tout le déjeuner. Je rumine en m'habillant chaudement pour cette activité qui devait être marrante. Et je rumine encore sur le trajet jusqu'au point de ralliement.

– Bah, alors, ma belle, me lance Max en me donnant un coup d'épaule qui m'envoie presque dans le talus, je peux presque t'entendre penser. Et tu tires une de ces tronches…

– Tu sais pourquoi… Pas besoin d'être devin.

– Oui. Tu veux mon avis ?

– J'ai le choix ?

– Non, en fait, je vais te le donner quand même, s'esclaffe-t-il. Je crois qu'il en pince un peu pour toi.

Je me fige un instant. Sérieusement? Non, je pense que Maxence se trompe. Il faut qu'il se trompe!

– Drôle de technique de drague… Il sait qu'on a dépassé l'âge de pierre?

– Sois indulgente, Élo. Je crois qu'il en bave en ce moment, je ne sais pas pourquoi. Mais avec toi, il est différent.

Je réfléchis à la bombe que Max vient de me lâcher. L'ambiance dans le chalet s'est dégradée à cause de nos querelles de gamins. Je comprends pourquoi Maxence vient me demander de calmer le jeu. Est-ce que j'ai envie de le faire? Oui, parce que je suis fatiguée également d'être toujours sur mes gardes quand il est dans les parages. Et que cette mésentente ternit incontestablement les fêtes de Noël que j'imaginais bien autrement.

Je fixe le dos large de celui qui me tourmente du matin au soir. Il a plutôt fière allure dans sa combi. Si je décide de baisser les armes, est-ce qu'il ne va pas y voir un signe d'encouragement? Je suis un peu perdue. En plus, il y a toutes ces piques qu'il me lance comme si ça devait avoir une signification pour moi. Je ne sais pas, vraiment pas ce que je dois faire.

Nous entrons dans le chalet pour nous équiper de raquettes et bâtons. On nous donne une carte par équipe qui indique les points où dénicher des indices pour l'emplacement du trésor. Le guide nous explique que théoriquement nous ne devrions pas avoir besoin de sortir des sentiers tracés. Tout est balisé pour que l'activité soit accessible à tous et en toute sécurité.

Je m'appuie contre un mur libre pour serrer la dernière fixation à mon pied. Luc est sur le point de me rejoindre quand je le vois se prendre les pieds dans les bâtons qu'une femme maladroite vient de lâcher juste devant lui. Il réussit tant bien que mal à garder son équilibre et sa main vient se plaquer contre le mur juste à côté de ma tête. Il était moins une ! À quelques millimètres près, c'était moi qu'il percutait.

Je lève mes yeux vers lui et constate qu'il m'observe attentivement. Ses yeux bleus me capturent et l'ombre que je vois danser dans ses iris me fascine. Cette position est très intime. Un observateur extérieur penserait qu'il est sur le point de m'embrasser. Et j'ai comme la sensation de connaître cette lueur, je l'ai déjà vue. J'ai l'impression que ce n'est pas la première fois que nos corps sont aussi proches l'un de l'autre. Il y a cette indescriptible attirance physique, cette électricité qui crépite entre nous. Impossible pourtant. Je ne sais pas du tout d'où provient cette déroutante idée. Et je préfère y couper court avant de lui donner de faux espoirs. J'ignore les sensations que mon corps me crie.

– Ça commence bien si tu tombes avant même d'avoir pris le départ !

– C'est l'hôpital qui se fout de la charité, non ? Rappelle-moi qui a reçu le prix de miss Balafrée ?

Je lui tire la langue, à court d'arguments. Au moins, la colère a disparu de sa voix. L'après-midi a peut-être encore une chance d'être sauvé.

15

Luc

Ça fait bien dix minutes qu'Élodie farfouille dans les herbes du talus. Et moi, je persiste à dire qu'elle s'est plantée en lisant la carte ! Elle a insisté pour servir de guide, mais maintenant j'ai un gros doute sur ses capacités d'orientation. Et non, je ne suis pas en train de dire que les femmes ne savent pas lire une carte, je dis juste qu'à mon avis Élodie, elle, frôle le zéro absolu en la matière…

– File-moi la carte, je vais vérifier qu'on n'est pas perdus !

– Mais non ! Tu me prends pour qui ?

– Bah, pour toi, justement…

– Je te dis que c'est bien là que devrait se trouver l'indice. Je comprends pas… Ils ont dû en oublier un ! insiste Élodie.

– Montre la carte !

À contrecœur, elle me tend le papier plastifié. Je constate tout de suite ce qui ne va pas. C'est pas vrai… J'en étais sûr ! Ce qu'elle peut être têtue quand elle s'y met. J'observe discrètement son petit air renfrogné par-dessus la carte et je ravale un sourire. Avec son bonnet pingouin et ses joues rosies par le froid, elle me paraît plus désirable que jamais, et malgré le froid, la réaction de mon corps ne se fait pas attendre. Cette moue sur ses lèvres les rend encore plus tentantes et lui donne un petit air mutin qui me fascine. Si j'étais sûr de ne pas m'en prendre une, je me ruerais sur sa bouche pour en retrouver la délicieuse saveur. Dans ma contemplation, j'en oublierais presque de lui en vouloir de nous avoir perdus.

– La carte était à l'envers !

– Non ! s'insurge ma brunette. Je sais encore lire !

Avec un grognement, je regarde autour de nous pour essayer de trouver les repères de la carte. Mais je n'en vois aucun. La seule chose qui indique que nous sommes encore sur le domaine, ce sont les balises rouges clouées aux arbres. Bon, au moins, pour rentrer, il nous suffira de suivre les couleurs… Et pour être honnête, j'ai envie d'en finir au plus vite avec cette ridicule chasse au trésor. De toute façon, ça fait une heure qu'on marche et nous n'avons qu'un seul indice, celui du départ ! Et Élodie n'est pas très encline à la discussion. Elle marche scrupuleusement loin de moi et fait son maximum pour ne pas me regarder dans les yeux. Et ça m'agace prodigieusement ! J'aimerais au moins qu'on renoue la discussion et qu'elle arrête de me fusiller du regard, même si je le mérite. Et si son air furieux a tendance à exacerber mes sens, je préfère quand ses yeux pétillent de joie et de douceur et que sa vitalité me contamine. J'aimerais retrouver dans son sourire ou même dans ses bras la sensation enivrante d'être moi. Je voudrais qu'elle arrête de se voiler la face et admette avoir apprécié, comme moi, le voyage la nuit dernière. Quelque part, elle malmène mon ego de mâle en niant ce qui s'est passé entre nous et c'est loin d'être plaisant. À présent, son air buté me donne juste envie de la secouer, ou de l'embrasser furieusement.

– T'es au courant que même un gosse pourrait lire cette carte ?

Pas de réponse. Elle boude. Super, très mature.

J'ai l'impression qu'il fait de plus en plus sombre et les gros flocons qui commencent à tomber ne me disent rien qui vaille. Il est grand temps de couper court à cette sortie catastrophique. La preuve vivante que de notre duo, il ne ressort pas grand-chose de bon, finalement.

– On devrait rentrer. Il neige et j'ai pas envie de me retrouver coincé ici.

– En plus avec toi, marmonne Élodie.

– Comment ça, avec moi ? Ça n'avait pas l'air de te gêner tant que ça cette nuit d'être coincée avec moi !

– Quoi ? Mais tu rêves tout éveillé, mon pauvre !

Son petit air dédaigneux attise ma colère. C'est vraiment ce qu'elle pense ? Que je ne suis pas digne de figurer à son tableau de chasse ? Je ne suis pas assez bien pour elle ?

– Tu peux bien faire semblant de croire qu'il ne s'est rien passé si ça te chante. Moi, je sais ce qu'il en est. C'est juste dommage qu'un si bon moment soit complètement gâché par ta lâcheté.

– Mais Luc, je ne sais même pas de quoi tu parles !

Putain, elle ne se souvient vraiment de rien ?

– De toi et moi, dans le couloir cette nuit ! De ton orgasme dans mes bras ! Voilà de quoi je te parle ! m'écrié-je.

– Luc… Cette nuit, j'étais complètement cuite… Je ne me souviens de rien…

Son petit air paumé me donnerait presque envie de la croire, de l'embrasser et de lui rendre les souvenirs qui lui font défaut. Mais je ne la connais pas assez bien pour savoir si elle est réellement capable de me mener en bateau. Elle me fait encore douter, cette fille est impossible !

– Je ne te crois pas… Je…

– Réfléchis deux minutes ! Comment pourrais-je être au courant que tu donnes un nom à ton sextoy ? Comment est-ce que je pourrais savoir que tu as un grain de beauté en haut de ta cuisse gauche ?

– Facile, tu as écouté quand je parlais aux filles. Et tu m'as vue nue déjà deux fois. Ça ne veut rien dire. Et je te répète que j'ai tellement picolé la nuit dernière que tout est flou. Je ne me souviens même pas d'être montée me coucher !

– Comment je pourrais savoir que t'embrasser derrière l'oreille te fait gémir ?

Ah, là, j'ai mis dans le mille, elle devient rouge comme une tomate. Elle ne peut plus nier ce qui s'est passé, qu'elle s'en souvienne ou pas. Ce qui m'agace le plus, c'est ce silence qu'elle s'obstine à garder. Pour elle, pas de doute, ça l'arrange de ne conserver aucun souvenir puisqu'elle considère ce qui s'est passé entre nous comme une monumentale erreur. Et si j'étais honnête avec moi-même, je dirais que moi aussi. Parce que je ne suis pas prêt pour elle, la barmaid a sans doute raison sur ce point. Mais que faire de toutes ces sensations enivrantes qu'elle a réveillées? Est-ce que je suis prêt à m'en passer sitôt après les avoir redécouvertes? Non. Clairement non.

– Viens, rentrons, dis-je, le ton aussi froid que l'atmosphère enneigée qui nous entoure.

Qu'est-ce que j'espérais au fond? Qu'elle sauterait de joie à l'idée d'avoir presque baisé avec moi? Soyons franc, je lui mène la vie dure depuis le début, même si elle sait parfaitement rendre les coups. Je ne peux pas dire que j'ai été le genre de mec qu'elle pourrait apprécier.

Je prends les choses en main pour nous ramener à bon port. Je m'obstine à garder le silence, surtout pour éviter de dire encore des choses que je pourrais regretter. Élodie traîne des pieds derrière moi et la neige commence à tomber plus dru. C'est un peu plus difficile à présent de distinguer les balises du premier coup et le vent qui se lève n'arrange rien. Des tourbillons de flocons nous tournent autour, rendant l'avancée plus compliquée. Je lutte contre les rafales en sens contraire qui me fouettent le visage, et mû par un élan chevaleresque, je me retourne pour donner la main à Élodie afin de l'aider à cheminer.

Seulement voilà, Élodie n'est plus derrière moi…

– Putain! Elle commence à m'emmerder!

Je rebrousse chemin. Elle s'est sans doute arrêtée pour reprendre son souffle. Moi-même, je peine à avancer. Mais elle aurait pu me prévenir qu'elle voulait faire une pause. Je ne suis pas non plus l'immonde tortionnaire qu'elle s'imagine, j'aurais bien sûr accepté de m'arrêter. Je plisse les yeux en virant mes lunettes qui ne me servent plus à rien, mais je ne distingue personne. Le sentier n'est pas large et aucune bifurcation n'est possible sur cette portion. Comment a-t-elle fait son compte pour se perdre sur une ligne droite ?

Je remonte mes traces de raquettes dans la neige. Je dois faire vite pour la retrouver parce que les flocons recouvrent déjà nos empreintes. Je me rends compte que ça fait un moment que je marche tout seul parce que je ne retrouve ses traces que vraiment très très loin derrière. J'étais tellement occupé à ruminer le fait qu'elle rejette tout en bloc que je ne me suis pas un instant préoccupé d'elle. Depuis quand est-ce que je manque autant de discernement ? J'ai toujours eu un fond empathique. Aider les autres, j'en ai même fait une vocation avant que ça finisse par me ronger. Depuis quand je me laisse submerger par la rancœur au point d'en oublier de me soucier de ceux qui m'entourent ?

Je peste contre moi-même tout en suivant les traces qui s'estompent dans la poudreuse. Elles se dirigent vers le talus avant de disparaître soudainement. Mais pourquoi a-t-elle eu besoin de quitter le chemin ?

– Élodiiiie !

Ma voix est couverte par le vent, et la neige étouffe les sons autour de moi. Mais il devient urgent de la retrouver, alors je continue de crier. Avec un peu de chance, elle m'entendra. Entre deux appels, je tends l'oreille, mais la seule chose qui me parvient, c'est le sifflement strident du vent. OK. *No panic*, mon gars, elle ne doit pas être loin. J'espère juste que miss Catastrophe n'est pas blessée ou inconsciente quelque part. Avec elle, tout est possible.

Je tente le tout pour le tout et sors mon téléphone. Nous ne sommes plus très loin de la station, peut-être qu'avec un peu de veine, j'ai un minimum de réseau pour appeler. J'envoie un SMS à Max, au cas où on aurait besoin d'aide. J'appelle sur le portable d'Élodie et je bénis l'idée de Logan d'avoir insisté pour que tout le monde échange son numéro. L'appel semble passer et je guette une éventuelle sonnerie. C'est faible, mais je crois distinguer une mélodie. Je descends prudemment sur le bord du chemin. J'avance difficilement dans l'épaisse couche de neige. Je jure qu'à cette seconde, j'ai une irrésistible envie de la secouer pour lui remettre les idées à l'endroit !

– Élodie !

– Ici ! Luc !

Je soupire malgré moi de soulagement quand sa petite voix angoissée me parvient. J'imaginais déjà le pire. Enfin ça, c'était avant de constater dans quelle galère elle a encore trouvé le moyen de se fourrer. Parce que même si la miss est consciente et ne paraît pas plus abîmée qu'elle ne l'était déjà, elle est tout de même coincée au fond d'un trou ! Un trou, bordel ! Il n'y a qu'elle pour aller trouver les ennuis comme ça…

Je m'allonge dans le tapis neigeux au bord de la crevasse. Ça a l'air solide. Je tends mon bras, mais elle est trop petite pour pouvoir l'attraper.

– Putain, Élodie ! T'es un vrai nid d'emmerdes à toi toute seule, tu sais ça ?! Une plaie d'Égypte, un aimant à problèmes !… Bon. T'es blessée ? Tu as mal quelque part ? demandé-je plus doucement.

– Ma cheville. Elle me fait super mal. Mais sinon, je crois que ça va. J'ai juste très froid.

– Je vais retourner sur le chemin, les appels passent à peu près là-bas. Je vais demander à Max et Logan de nous rejoindre avec du matos pour te sortir de là.

– Tu reviens tout de suite après, hein?

– Oui! Je ne te laisse que quelques minutes. Eh, Élodie Jolie? Regarde-moi.

Ses yeux crient leur détresse. Elle est un peu trop fière pour l'admettre, mais elle a une trouille bleue. Et devoir s'en remettre encore une fois à moi doit méchamment égratigner son ego. Peu importe… Pour le moment, on doit la tirer de là avant qu'il fasse trop sombre ou trop froid. Parce que je vois bien qu'elle grelotte déjà.

– T'es assurément la championne des emmerdeuses toutes catégories, mais je n'abandonne jamais personne, OK? Tu me fais confiance?

– OK.

– Allez, bouge pas. Je reviens! lui lancé-je avec un clin d'œil.

– Ha, ha…

La remontée est plus compliquée que la descente et je m'écroule deux fois dans la poudreuse. Je mets un temps fou pour retourner sur le sentier. Nos traces ne sont quasiment plus visibles maintenant. Mon téléphone m'apprend qu'il est seize heures passées. Il va falloir se dépêcher avant qu'il fasse nuit et que ce sauvetage devienne trop dangereux. Max ne tarde pas à décrocher. La communication est mauvaise et la ligne grésille.

– Merde, Luc… êtes où ? Ça fait au moins une heure… arrivés !

– Écoute-moi. Élo est tombée dans un trou…

– Hein ?!

– Il faudrait que tu préviennes le poste de secours et que vous nous rejoigniez avec des cordes. Impossible de la remonter tout seul. On ne doit pas être loin de la ligne de départ…

– … Fffrrrrchhrrr.

– Essayez de faire vite…

– OK. On fait au plus vite.

Je me dépêche de retourner auprès d'Élodie. Je ne voudrais pas qu'en plus de tout ça, elle me tape une crise de panique en croyant que je l'ai lâchée. On est déjà assez dans la mouise comme ça. La situation ne serait pas aussi sérieuse, j'en rirais presque. Quelle était la putain de probabilité pour qu'elle tombe dans un trou pendant une chasse au trésor du niveau d'un gosse de 10 ans ? Je crois que je vais être très attentif à mon karma quand elle sera dans les parages, elle serait capable de détraquer complètement la fatalité. Déjouer les plans du destin, apparemment, elle maîtrise ça à la perfection…

16

Élodie
Un petit peu plus tôt

Je m'assieds au fond du trou, bien calée contre le mur de neige et me recroqueville le plus possible. Peut-être que j'aurai moins froid comme ça. Comme une gourde, j'ai laissé mes gants tomber dans ma course quand j'ai fui l'écureuil. Quelle idée stupide de m'éloigner autant pour aller faire pipi ! Je planque mes mains dans les poches de mon manteau. Est-ce qu'on peut vivre sans ses doigts ? Parce que si je ne suis pas retrouvée bientôt, je crois que je risque de les perdre. Je ne suis pas sûre, je ne connais pas grand-chose aux règles de survie en montagne.

Mes pensées vagabondent. Je pense à mes parents. À cette heure, ma mère doit être en train de peaufiner la décoration de la table du réveillon. Tous les ans, j'arrive un peu en avance pour avoir le loisir de partager ça avec elle. Cette petite tradition mère-fille me manque terriblement. Je croyais que ce serait plus simple de m'éloigner d'eux et de leurs reproches silencieux sur mon mode de vie.

Mais je comprends à cet instant, quand je suis au fond du trou – c'est le cas de le dire… –, que j'ai besoin d'eux. J'ai besoin de leurs sourires, des bras réconfortants de ma mère, des étreintes bourrues de mon père. Même les paris avec ma cousine Lisa pour deviner le prénom du nouveau copain de ma frangine me manquent. Les engueulades, les prises de tête… tout ce qui fait une famille.

Et puis je pense à Luc. Mes pensées reviennent invariablement vers lui. Je me dis que c'est quand même dommage une attitude pareille chez ce mec, parce qu'il est sacrément canon quand il sourit. Et cette fossette… Si je suis honnête, le peu de fois où je l'ai vue, ça m'a donné envie de poser mes doigts sur sa joue rugueuse et de la caresser. Je le revois encore me tenir la main pendant les examens à l'hôpital, sa douceur m'a étonnée. Qu'est-il arrivé à cet homme pour qu'il soit si renfermé ? On dirait que deux personnalités se disputent la place dans sa tête. Qu'est-ce que disait Max tout à l'heure ? Qu'il est différent avec moi… Oui, je vois maintenant de quoi il parle… Mais qu'est-ce qu'on a bien pu faire dans ce couloir ?

Finalement, cette sensation que son corps ne m'était pas totalement inconnu a trouvé son explication puisque visiblement je me suis déjà frottée à lui. J'aurais bien aimé conserver le souvenir de ses caresses. Lui s'en souvient et ça a l'air de lui avoir plu…

Le fil errant de mes pensées est interrompu par la sonnerie de mon téléphone. Quelle gourde ! Je n'ai même pas eu l'idée de m'en servir… Je n'ai pas le temps de décrocher. Une voix que je connais bien crie mon prénom.

– Ici ! Luc !

J'en pleurerais presque de soulagement quand je vois sa tête apparaître en haut du gouffre. J'ai du mal à lire ce qu'expriment ses yeux couleur glacier, mais je suis heureuse de revoir son visage. Qui aurait cru que cet ours mal léché, à qui j'en fais baver depuis le départ, deviendrait ma bouée de sauvetage. Du fond de ma prison de neige, je le vois ôter son bonnet et passer ses mains dans ses cheveux, les ébouriffant un peu plus. Je sais déjà que c'est un signe de grande nervosité chez lui. Pour la première fois, dans cette situation incongrue, je le détaille et je suis sensible à ce que je vois. La ligne carrée de sa mâchoire lui confère un air viril qui me plaît, et j'aimerais beaucoup me rappeler si mes doigts ont parcouru cet endroit assombri par un début de barbe. Des papillons envahissent mon ventre quand j'imagine ses lèvres pleines trouver le chemin jusqu'à ce point derrière mon oreille qui me fait en effet gémir.

Toute à mon fantasme, j'entends à peine qu'il me traite de nid à emmerdes et autres petites joyeusetés. Je m'en fous, il est revenu me chercher. Je ne vais pas passer la nuit dans ce trou à rat. Et tant mieux, parce que mes doigts commencent déjà à s'engourdir.

– Je vais retourner sur le chemin, les appels passent à peu près là-bas. Je vais demander à Max et Logan de nous rejoindre avec du matos pour te sortir de là.

Non ! Non, je ne veux pas rester toute seule, c'est au-dessus de mes forces ! J'ai froid, ma cheville me fait un mal de chien et en plus, je vais devoir apprendre à vivre sans mes doigts ! Il ne peut pas repartir comme ça…

– Tu reviens tout de suite après, hein ?

– Oui ! Je ne te laisse que quelques minutes. Eh, Élodie Jolie ? Regarde-moi.

Je lève vers lui mes yeux brouillés de larmes. J'ai l'air bien désespérée parce qu'il se sent obligé de me rassurer encore une fois.

– T'es assurément la championne des emmerdeuses toutes catégories, mais je n'abandonne jamais personne, OK ? Tu me fais confiance ?

Est-ce que je lui fais confiance ? Bonne question… Je dois bien admettre que oui. Il m'a déjà sauvé les fesses une fois, quand même. Et bien qu'il ne me fasse pas de cadeaux depuis notre arrivée, il ne m'inspire plus aucune méfiance. Il n'y a pas d'hypocrisie ou de malveillance chez lui. Et à cet instant, rien que sa présence instaure une aura rassurante autour de lui.

– OK, soufflé-je.

– Allez, bouge pas. Je reviens !

– Ha, ha…

Espèce de clown…

Bon, je suis bardée de titres super glorieux… Miss Catastrophe, reine des balafrées, championne des emmerdeuses. J'ai les chevilles qui enflent… Ah, non, ça, c'est sûrement mon entorse… La poisse…

Il tient sa promesse et ne tarde pas à revenir au bord de la crevasse. Il essaie une nouvelle fois de m'attraper, mais je dois bien être à trois mètres de profondeur, impossible qu'il puisse me remonter tout seul.

– Bon, Godichon… Raconte-moi comment tu as atterri là-dedans, qu'on se marre un peu…

– Ouais, c'est vrai que toi, t'es un marrant, JEAN-LUC… Tes parents ne t'aimaient pas, ou quoi ?

– Va savoir… Au moins, je suis rassuré… T'as l'air d'aller parfaitement bien ! Ta langue de vipère est toujours opérationnelle.

– J'ai froid…

– Bouge tes doigts, sans t'arrêter, jusqu'à ce que les secours arrivent. Fais circuler le sang.

Je fais ce qu'il me dit, après tout il s'y connaît certainement mieux que moi. Je ne suis pas idiote au point de refuser ses conseils simplement par pur esprit de contradiction. Les mouvements sont une torture, et je m'inquiète de ne plus sentir tout à fait mes extrémités. Je lui en fais part, des trémolos dans la voix.

– Sinon, j'ai une autre solution pour les réchauffer, mais elle risque de ne pas te plaire…

– Dis toujours. Au point où j'en suis…

– J'ai entendu dire qu'uriner sur les doigts fait gagner de précieuses minutes.

– Tu veux me pisser dessus ?

– Je peux me dévouer s'il le faut !

Non mais je rêve ! Dans un moment pareil, il trouve le moyen de faire de l'humour. Je ne le distingue pas très bien, mais je devine sans peine son petit sourire en coin, celui qui le rendrait presque sexy. Ce mec va me rendre chèvre… Il n'est pas sérieux, si ?

– Dans tes rêves…

– Oh, crois-moi, mes rêves de toi sont très loin de ce genre de délire…

Les minutes s'égrènent. J'ai l'impression que nous sommes là depuis une éternité. Luc me parle, mais je ne réponds plus. Je suis transie de froid et j'ai l'impression qu'ouvrir la bouche me demande un effort surhumain. Je lutte contre une irrépressible envie de fermer les yeux, je suis tellement fatiguée. Et mon corps qui ne s'arrête plus de trembler…

– Élo ? Eh, Élodie ?? Réponds-moi, ma belle ! Ne t'endors surtout pas ! Tu m'entends, Élodie ? Ils ne vont plus tarder. Parle-moi ! Tu fais quoi dans la vie, Élodie ?

Sa voix me parvient à peine. Je l'entends jurer. Je fais un gros effort pour articuler.

– Je… suis… bibliothécaire… réponds-je en claquant des dents.

– Ah, c'est super, ça. Moi, je suis infirmier aux urgences. Mais ça, tu le sais déjà. J'habite en Lorraine, près de Nancy. Dans une petite maison. Et toi ?

– On ne va pas bien s'entendre alors…

– C'est pas déjà le cas ? rit-il. Pourquoi est-ce que tu dis ça ?

– J'habite dans le centre… ville… de Metz…

C'est tout juste si je relève qu'on habite la même région. Je ne pense plus qu'au froid qui envahit peu à peu mon corps. Mon esprit s'engourdit et je ne comprends plus les questions qu'il me pose. Je sais qu'il me parle, mais je n'entends plus. J'ai juste froid. Très froid. Ma tête dodeline, j'ai énormément de mal à la garder droite.

Je sens vaguement quelque chose atterrir juste à côté de moi, mais je n'arrive presque plus à ouvrir les yeux. Une silhouette. Luc ?

– Élo, ma belle, ne t'endors pas. Je vais te réchauffer. Laisse-moi t'aider.

Je sens qu'il enlève mon manteau et je me laisse faire comme une petite poupée de chiffons. Je ne sais pas ce qu'il fait, mais je lui fais confiance. Il est là. Il est revenu me chercher. Il me débarrasse aussi de mon gros pull et je grelotte aussitôt, le froid mordant un peu plus ma chair. Je sens qu'il me soulève et me pose sur ses genoux. Ma tête repose directement sur son torse et une douce tiédeur m'envahit aussitôt. Ça fait du bien… Il place mes mains glacées tout contre sa peau et jure à leur contact. Je me sens comme dans un cocon. J'ai à peine conscience qu'il nous recouvre de nos manteaux et me blottis un peu plus contre sa poitrine, enfouissant mon nez dans son cou. Je me délecte de sa chaleur et m'enivre de son odeur.

– Allez, Élodie Jolie, tiens bon. Je ne laisserai rien t'arriver.

Je crois que ce sont les derniers mots que j'entends avant de sombrer.

17

Luc

Les gars n'ont pas mis longtemps à nous retrouver. Max m'a informé qu'on était à un petit quart d'heure de marche seulement de la station. Par contre, ils sont seuls, l'équipe de secours étant déjà dépêchée sur un autre accident. A priori, la météo n'était pas censée dégénérer à ce point et en a surpris plus d'un.

– Merde, mec ! Comment est-ce qu'elle réussit à se fourrer dans les ennuis comme ça ? C'est impressionnant, ricane Logan.

– Franchement, je ne cherche même plus à comprendre…

– Ouais… Et toi, visiblement tu y plonges aussi la tête la première, constate Max.

Une fois que nous sommes hissés en haut de la crevasse, Élodie accrochée à moi comme un koala, je me dépêche de l'entourer de la couverture de survie qu'ils ont pensé à prendre avec eux. Je la rhabille à la hâte et la reprends contre moi. Je suis rassuré par le fait qu'elle arrive à enserrer ma taille de ses jambes, ça veut dire qu'elle est encore consciente même si elle ne parle plus. Son petit corps tremble comme une feuille contre mon torse et je la serre plus fort par réflexe. Mon cœur cogne plus fort dans ma poitrine et j'ai une furieuse envie de la protéger, de lui prouver qu'elle peut compter sur moi. J'ai peut-être à cet instant le pouvoir de lui montrer que je mérite sa confiance et je ne veux pas la décevoir.

La tempête ne s'est pas calmée et nous mettons bien plus que les quinze minutes escomptées pour rallier le chalet. Tout au long du trajet, je n'ai cessé de parler à ma brunette. De tout, de rien, juste pour m'assurer par ses grognements en guise de réponse qu'elle était toujours avec nous. J'avoue que quelques pensées inappropriées ont traversé mon esprit. Je ne me figurais pas l'avoir contre moi dans cette position un jour, et encore moins dans ce contexte ! Il y avait bien trop de vêtements entre nous pour ce que j'imaginais avec elle…

À l'arrivée dans notre logement, c'est l'effervescence. Je demande à Amanda de courir prévenir le médecin de la station qu'il peut venir examiner Élodie, mes amis ayant pris soin de l'appeler avant de partir en mission de secours. Je dépose mon précieux chargement sur le canapé et lui ôte tous ses vêtements trempés. Max et Logan rassemblent des couvertures et Kelly redescend de la chambre avec des vêtements secs.

– Oh, ma chérie, je ne sais pas quoi te dire, lui murmure Blondie. Ce séjour est une catastrophe… Je vais te faire du thé, ça va te réchauffer.

Élodie papillonne légèrement des paupières et nous

fixe tour à tour, complètement perdue. Je suis soulagé qu'elle soit consciente, l'hypothermie n'a pas eu raison d'elle. La priorité maintenant, c'est qu'elle se réchauffe vite et qu'elle se repose. Je n'ose même pas imaginer quelle tournure aurait pu prendre cet incident.

– Luc, me dit Kelly, je vais l'aider à enfiler ses vêtements. Tu peux attendre dans le couloir avec les autres, je prends le relais.

Le ton est sans appel. Bien sûr. Personne ne sait quel degré d'intimité nous avons atteint la nuit dernière, puisqu'Élodie ne s'en souvient même pas ! Je ne proteste pas contre la décision de Blondie, le moment serait très mal choisi. C'est qu'elle sait se montrer autoritaire quand elle veut, elle cache bien son jeu, cette nana. Je plains Max. Je marmonne tout de même mon mécontentement.

Au moment où je sors dans le couloir, Amanda revient en trombe, faisant voler la porte d'entrée contre le mur. Elle a l'air tout bonnement affolée. C'est la deuxième fois que son amie se retrouve dans une situation plus que délicate en peu de temps et je comprends son angoisse.

– Panique pas, Mindy, s'exclame Logan en la prenant contre lui. Elle a ouvert les yeux.

– Putain, j'ai eu la trouille de ma vie… Elle va m'entendre, cette bécasse !

Elle est tellement à l'ouest qu'elle ne relève même pas le surnom ridicule que Logan vient de lui donner. Amanda est une femme difficile à cerner. Elle arbore en permanence un air hautain qui dissuade toute personne de l'approcher. Un mécanisme de défense, à coup sûr. Son look un peu rebelle lui va bien et ses yeux verts me font penser à ceux d'un chat. Elle est un peu impressionnante. Mais quand on creuse sous la couche d'animosité, on découvre une personne très altruiste, qui sait écouter et interpréter les silences. On sent qu'on peut vraiment compter sur elle en cas de coup dur. Ces filles ont le même type de relation que celle qui nous relie Max, Logan et moi. Comme une deuxième famille. Un soutien sans faille. Et y penser me fait immédiatement culpabiliser, parce que j'ai eu l'impression dernièrement de les avoir lâchés. En plus de leur avoir caché des choses importantes. Je devrais leur faire confiance et leur demander de l'aide. Ma fierté en prendrait un coup, mais peut-être pourraient-ils m'aider à me relever, comme ils l'ont toujours fait?

Depuis que je suis dans ce maudit chalet, toutes mes certitudes ont volé en éclats. Moi qui pensais juste y trouver du calme pour panser mes plaies en toute tranquillité, je me retrouve l'esprit bouillonnant de nouvelles questions. De nouvelles perspectives m'apparaissent et ça me fait flipper. Tout ce qui s'est passé ces derniers mois me revient en pleine face : mon égoïsme, mon attitude avec mes collègues, mon absence d'intérêt pour mes amis. Je me suis emmuré dans mes souffrances, dans une forteresse de fierté et d'ego mal placé. Et il faut qu'une petite brune haute comme trois pommes, avec la délicatesse d'une tornade, s'immisce sans le vouloir dans ma tête et fasse tout exploser.

Je sors de mes pensées et remarque que tous les trois me dévisagent étrangement. Quoi? Ils veulent ma photo?

– Et toi, Luc? Tu vas bien? me questionne doucement Amanda.

Je n'ai pas vraiment de réponse à sa question.

Non, bien sûr que non, je ne vais pas bien.

Il faut que j'arrête de me voiler la face. Élodie fait remonter à la surface des émotions que je ne voulais plus ressentir. Mon passé, mon enfance me reviennent dessus avec la violence d'un boomerang à pleine vitesse. Toutes mes perspectives professionnelles sont en train d'être remises en cause. Alors, non, je ne vais pas bien. Mais je ne sais pas non plus comment faire pour me sortir de cette spirale.

– Oui, ça va. Plus de peur que de mal.

Sans attendre que Kelly ait fini, je prends lamentablement la fuite vers le salon, des regards pesants dans mon dos. Personne n'est dupe. Et tôt ou tard, Max et Logan vont me tomber dessus, je le sens.

Ma brunette me sourit faiblement depuis son tas de couvertures. On ne voit plus que sa tête qui dépasse. L'odeur immonde de son thé de Noël embaume la pièce et je réprime à grand-peine une grimace de dégoût. Nous sommes seuls, les autres ne m'ont pas suivi et Kelly s'est volatilisée. Je suis tellement soulagé que l'incident ne soit pas plus grave et qu'Élodie arrive encore à sourire. Elle m'a offert un petit signe et je l'accueille avec avidité.

– Comment est-ce que tu peux boire cette horreur? questionné-je pour la forme en m'asseyant à côté d'elle.

– J'aime bien. D'habitude, ça me met dans l'ambiance. Mais aujourd'hui, c'est raté, murmure-t-elle tristement.

En effet, le réveillon paraît sérieusement compromis.

Des perles commencent à poindre aux coins de ses yeux, me montrant à quel point sa déception est grande. Noël est une fête qui compte pour elle, même si je ne comprends pas pourquoi. Je n'ai pas le droit de la juger pour ça et je devrais m'excuser pour mon comportement de ces derniers jours. Mais voilà, fierté oblige, je n'en fais rien. Je me jure, par contre, de trouver un moyen de faire amende honorable. J'ai envie de revoir danser les étincelles dans ses yeux. Elle est si belle quand elle sourit, que je me promets d'être celui qui ramènera la joie sur son visage. Et j'ai ma petite idée…

– Comment est-ce que tu te sens ? Tu peux bouger à nouveau tes doigts ?

– Oui, j'ai mal parce que j'ai l'impression que je me fais dévorer par des milliers de fourmis, mais ça revient tout doucement.

– Je suis soulagé.

C'est sorti tout seul. Elle lève ses yeux de biche vers moi et je me perds encore un peu plus dans ses iris scintillants. Je ne comprends pas vraiment ce qui m'arrive. Elle m'énerve autant qu'elle m'apaise. Elle me bouscule, me pousse dans mes retranchements, m'incite à ressentir. Je devrais la détester de me jeter ainsi dans la tourmente. Mais c'est tout l'inverse. Elle m'attire comme un papillon est attiré par la flamme. J'espère juste que je ne vais pas finir par me brûler les ailes.

L'arrivée du médecin coupe court à cet échange muet et trop intense. Pendant un instant, j'ai vu le trouble voiler ses yeux. Mais comment l'interpréter ?

– Bonsoir, jeunes gens, nous salue-t-il en me tendant la main. Vos amis m'ont un peu raconté vos mésaventures. Il y aurait de quoi écrire un livre avec vos péripéties !

– Oh, oui, Élo, s'écrie Blondie en battant des mains comme une gosse. Toi qui as toujours rêvé d'en écrire un !

Je lui jette un regard intrigué, mais elle est occupée à faire taire Kelly à grand renfort de signes tout sauf discrets. Ce projet serait donc top secret... Ma brunette rêve de coucher des mots sur le papier. Quel genre d'histoire pourrait-elle avoir envie d'écrire ? Je parie sur de la romance, sa liseuse en est pleine. Et je me porte volontaire pour lui donner des idées, si besoin est de pimenter son texte !

– Bon, examinons cette jeune cascadeuse !

Le médecin est un homme ventripotent et très bavard. Bon public, il rit aux blagues vaseuses de Logan tout en examinant consciencieusement Élodie. Ses mains ont retrouvé une jolie couleur rosée, tout comme ses joues. Finalement, seul l'état de sa cheville est un peu inquiétant.

– Bien, jeune dame. Il va vous falloir rester allongée. Je ne peux pas vraiment écarter le risque d'une fracture sans avoir fait de radio, mais je pense tout de même que ce n'est qu'une petite entorse.

– Je l'emmènerai demain passer une radio à l'hôpital, rassuré-je le médecin.

– Oui, demain, ce sera bien. Avec cette tempête surprise, les accès sont bloqués pour le moment. Il n'y a rien d'alarmant. Je préconise tout de même une surveillance cette nuit. Juste pour rassurer tout le monde, bien que l'hypothermie semble avoir été légère et de courte durée. On ne plaisante pas avec ces choses-là.

Le praticien prend la tension au bras d'Élodie, ausculte son cœur et ses poumons et pratique les examens neurologiques de base pour finir par nous rassurer sur son état.

– En plus, votre petit ami est infirmier ! Vous ne pouviez pas rêver meilleure assistance pour cette nuit !

– Ce n'est…

– Oui, la coupé-je. Je me charge de la surveiller, ne vous en faites pas.

– Bien. Il ne me reste qu'à vous souhaiter un bon Noël.

– À vous aussi, doc', clame Logan scotché devant sa console.

Je raccompagne le médecin et prends Maxence à part. J'ai un service à lui demander. Je lui expose brièvement mon idée. Ce n'est rien d'extraordinaire, mais j'espère sincèrement que ça fera plaisir à Élodie. Il paraît ravi de mon initiative et embarque les autres avec lui, permettant au calme de s'instaurer dans le chalet. Ma petite blessée en a cruellement besoin.

Quand je reviens dans le salon, Élodie s'est assoupie. Sa tête est penchée selon un angle qui me fait grimacer tant il paraît inconfortable. Je ne sais pas si je peux me permettre de faire ce genre de chose, mais je la décale légèrement pour pouvoir m'installer près d'elle. Je pose sa tête sur mes genoux et remonte la couverture sur elle. Elle soupire dans son sommeil et sa main vient se poser sur ma jambe. Son contact est léger comme une plume, mais il assomme mon cœur comme un coup d'enclume.

Je ne peux pas m'empêcher de la contempler. Elle est ravissante dans sa fragilité. Loin de ce qu'elle montre au quotidien, de cette force qu'elle tente d'afficher en permanence. Loin de cette fausse assurance qu'elle balance à la face du monde comme un défi. Son visage fin ombré par ses longs cils noirs, sa bouche pulpeuse qui est, à elle seule, un péché de gourmandise, tout chez elle est parfait. Sa peau est douce, veloutée, et appelle aux caresses et à la volupté. Du bout des doigts, je suis l'arête de sa mâchoire, il faut absolument que je la touche. J'en ai besoin. Pour laver la peur que j'ai eue en voyant qu'elle n'était plus derrière moi sur ce maudit chemin. Pour éteindre ma colère quand elle a nié se rappeler notre étreinte la nuit dernière. Pour assouvir ce besoin que j'ai d'elle depuis que j'ai croisé son regard.

Je dégage délicatement son front barré d'une mèche de cheveux et je sens soudain qu'on m'observe. Max et Amanda se tiennent dans l'encadrement de la porte. La barmaid me montre son portefeuille qu'elle avait oublié. Je sais ce qu'ils ont vu. Je sais ce qu'ils se disent. Et moi, clairement, je ne sais pas ce que je fais.

18

Élodie

J'ai l'esprit encore un peu embrumé quand j'ouvre les yeux. Je peine à me rappeler pourquoi je suis enfouie sous une montagne de couvertures. Enfin… jusqu'à ce que mon corps me rappelle les événements de ces dernières heures. Ma cheville me lance terriblement, m'arrachant un gémissement pitoyable. Et je suis percluse de courbatures de la tête aux pieds. Tout me revient dans un flash assez violent. Luc, la tempête, l'écureuil, la chute… Mon Dieu ! Je ne suis qu'une idiote. Comment est-ce que j'arrive à passer d'une vie chiante à mourir où il ne se passe jamais rien en temps normal, à cette fille qui attire les catastrophes comme un aimant ? Je dois avoir battu un record à ce stade. Et Luc doit me prendre pour LA nana à éviter comme la peste noire. Et je ne sais pas pourquoi ça m'attriste autant qu'il me voie ainsi. D'ailleurs, où est-ce qu'ils sont tous passés ?

Je remarque alors que la pièce n'est éclairée que par les guirlandes clignotantes du sapin dans l'angle du salon. Ces lumières me réconfortent un peu. Je n'ai pas le droit d'être abattue le soir du réveillon ! Cette fête a toujours été synonyme de joie pour moi, et je refuse que cette année, ce séjour raté mette fin à ce sentiment de sérénité et de bonheur. Adieu le succulent repas que j'avais prévu de leur concocter. Je suis profondément déçue de ne pas avoir pu prouver l'étendue de mes talents culinaires. Mais qui s'en soucie à part moi, hein ? Luc a peut-être raison. Qu'est-ce que je cherche à prouver au fond ? Et surtout, à qui ?

J'ai les réponses à ces questions, bien sûr. Mais elles font si mal. Ça me blesse encore énormément d'admettre que Baptiste m'a complètement détruite. Que si je dois de nouveau trouver qui je suis et prouver ce que je vaux, c'est entièrement de sa faute. J'ai vécu tellement longtemps en lisant la désapprobation dans ses yeux que je me sens obligée de justifier chacun de mes actes, la moindre de mes décisions, même si personne ne me le demande. Je lui inspirais une profonde déception. Injustifiée. Malsaine. Destructrice. Et tout ça me pousse à vouloir exister juste pour moi, sans pour autant réussir à me détacher du regard des autres. J'ai l'impression d'avoir constamment quelque chose à prouver au monde entier. Et ces derniers jours, cette propension à vouloir vivre ma vie sans tenir compte de l'avis des autres m'a clairement mise en danger. Deux fois. Et sans Luc, j'y aurais laissé plus de plumes que ça.

J'entends des pas dans l'escalier juste avant que des notes de musique envahissent la pièce. Oh ! Une chanson de Noël ! Instantanément le sourire me revient. Ce ne sera pas la fête que j'avais imaginée, mais visiblement mes amis ne vont pas la laisser passer à la trappe non plus.

Je suis tellement heureuse que j'en oublie l'élancement douloureux de ma cheville et ma nuque raide qui me fait un mal de chien. Et quand je les vois apparaître à la file indienne en arborant fièrement leur bonnet de Père Noël, les larmes me montent aux yeux. Je suis émue parce que je sais que c'est uniquement pour moi qu'ils font ça. Amanda et Kelly sont même allées jusqu'à emprunter des vêtements qui m'appartiennent pour être dans le thème. Je ne peux m'empêcher de battre des mains comme une gamine en sanglotant. J'ai vraiment des amies en or.

– Oh, les filles, je ne sais pas comment vous remercier !

– Ne nous remercie pas, lâche Amanda. Nous n'y sommes pour rien sur ce coup-là !

Je ne comprends pas tout de suite. Logan me désigne discrètement du pouce Luc, qui se tient un peu en retrait. Il me dévore littéralement des yeux, épiant la moindre de mes réactions. Et là, tout de suite, j'ai vraiment du mal à croire que c'est ce Grinch en puissance qui est l'instigateur de cette soirée. Lui qui déteste Noël et qui n'a pas hésité à me le faire cruellement savoir. Décidément, il m'intrigue de plus en plus, ce mec. Il souffle le chaud et le froid et ça m'agace autant que ça m'attire.

Il est trop sexy avec son bonnet rouge sur la tête, mais aussi très très mal à l'aise. Mon sourire s'agrandit encore en voyant qu'il ne sait pas où se mettre ni comment se comporter. Il n'est clairement plus dans sa zone de confort et ce gros effort de sa part me fait immensément plaisir. Je rive mon regard au sien, n'osant exprimer de vive voix toute ma reconnaissance. J'espère sincèrement qu'il peut la lire sur mon visage.

– Bon, les gars, j'ai la dalle ! s'écrie Logan en sautant sur un des canapés.

– Je suis désolée, je n'ai pas pu…

– Hey, Élodie Jolie, me coupe-t-il, t'en fais pas ! L'ami Luc a pris les choses en main.

– Oh…

Mon étonnement ne cesse de croître. Quelque chose a changé entre nous, la hache de guerre semble avoir été enterrée au profit d'un sentiment indéfinissable. Il me sourit. Et c'est la première fois que je lui vois cette expression si sincère et si joyeuse. Il semble si loin de l'homme taciturne et renfermé à qui j'ai eu affaire depuis le début. J'aime cette facette de lui, celle qui ne se cache pas sous une montagne d'amertume.

On toque à la porte et il disparaît un instant, pour revenir les bras chargés de cartons de pizza. Ça, pour une surprise ! C'est la première fois de ma vie que je vais déguster une pizza de Noël, et je suis ravie que cette première fois se passe avec ces personnes qui sont si chères à mon cœur. Amanda et Kelly y sont depuis bien longtemps, mais je dois bien admettre que ces trois garçons y occupent aussi une place à part. Quels que soient les sentiments si différents qu'ils m'inspirent.

Je ris à gorge déployée quand Luc me pose mon carton sur les genoux. Je suis heureuse et je ne m'en cache pas. J'ai toujours été du genre démonstratif, ce qui indisposait beaucoup mon ex. Mais pas Luc visiblement, puisque son sourire s'élargit encore en retour. Oh, Seigneur !… Et cette fossette qui se creuse sur sa joue… Il s'installe près de moi et ne perd pas de temps pour ouvrir sa boîte.

– Je ne suis pas doué avec les mots, murmure-t-il juste à mon intention. Je voulais juste me faire pardonner pour mon attitude de merde…

– Je… Eh bien… Merci, finis-je par lâcher, à court de vocabulaire également.

Son corps est pressé contre le mien dans ce canapé beaucoup trop petit tandis que sa douce chaleur diffuse peu à peu en moi, me plongeant dans un état de bien-être indescriptible et me faisant perdre le fil de mes mots. Je suis plus troublée que je ne voudrais l'admettre. J'aime la sensation de sa cuisse contre la mienne, j'aime sentir son souffle caresser mon cou quand il me chuchote ces mots à l'oreille. Pleine d'incompréhension, je tourne la tête vers Luc pour plonger directement dans la profondeur de ses yeux. Ce soir, ils me paraissent plus foncés et leur beauté de même que l'intensité de ce que j'y lis me coupent le souffle.

Mon cœur bat la chamade et n'a jamais papillonné aussi vite dans ma poitrine quand ses doigts effleurent doucement les miens. Les yeux toujours ancrés aux siens, je lui rends sa caresse et je n'aurais jamais cru qu'un contact aussi léger puisse déclencher autant de sensations en moi.

– J'espère que tu seras plus douée à l'écrit, souffle doucement Luc. Une romancière qui a aussi peu de conversation, franchement, ça fait tache !

Au moins, il n'a rien perdu de son mordant au milieu de toute cette avalanche de guimauve. Ça me va parfaitement.

Les choses reprennent subitement leur cours normal. Je découvre également ma pizza de Noël, qui s'avère être une simple reine. Elle restera toutefois la meilleure pizza de ma vie. Je reste un instant interdite devant mon plat, que mon voisin de canapé a pris soin de décorer de petits éléments que je destinais à la bûche de Noël. Des mini-sapins en plastique côtoient des champignons, et un minuscule bûcheron se débat dans le fromage. On dit toujours que c'est l'intention qui compte. Et à cette seconde, ça ne saurait être plus vrai. Vous trouverez peut-être ça ridicule, mais mon cœur se charge d'une émotion toute particulière à la pensée qu'il ait pris soin de faire ça juste pour moi. Mes yeux sont tout embués et je ne sais plus très bien si je ris ou si je pleure quand je les relève vers lui.

– Mon sauveur de Noël…

– Ma catastrophe ambulante…

– Bon, si vous avez fini avec tous vos larmoiements, on peut peut-être attaquer? s'exclame Max. Sauver Élo devient un boulot à temps complet et franchement ça donne faim!

Je lui tire la langue et mords de bon cœur dans ma part de pizza.

Le dessert s'avère être tout aussi excellent. Nous avions eu le temps de concocter ce matin, avec Amanda, des verrines de mousse au chocolat noir au cœur de framboise. Et si j'en crois les exclamations enthousiastes, cette recette fait l'unanimité. Rien de tel que le chocolat pour mettre tout le monde d'accord!

– Maintenant, les cadeaux! s'écrie Kelly en sautant partout comme une puce.

– Oh, oui ! J'ai hâte que tu voies ce que je t'ai trouvé !

Les mecs paraissent gênés, mais je m'empresse de les rassurer. Cette cohabitation forcée n'étant pas du tout au programme, aucune de nous ne se formalise de l'absence de présent.

– Cette soirée est le plus beau cadeau qu'on pouvait me faire, alors franchement, pas de souci.

– Bon, les mecs, comme d'hab, hein... commence Logan en riant. Moi, je vous ai rien acheté.

– Idem, répond Max.

– Pareil.

Amanda se propose d'aller chercher les paquets dans notre chambre. Mais quand elle redescend, elle a les mains vides et une drôle d'expression sur le visage.

– Qu'est-ce que t'as, Mindy ? T'as vu un fantôme ? ricane Logan.

– Non... c'est que... je crois que les cadeaux ont été volés...

– Quoi ? C'est impossible !

La voix suraiguë de Kelly m'arrache une grimace. Une migraine commence à pointer le bout de son nez. Et que penser de la disparition des paquets ?

– T'es sûre ?

– J'ai retourné toute la chambre. Et franchement, il n'y a pas cent mille cachettes dans cette piaule !

– Je suis sûr que c'est un coup de la vieille ! grince Logan.

– Je ne vois pas comment elle aurait pu monter sans qu'on la voie, contré-je.

– Sauf si elle est venue en notre absence, réfléchit Luc.

Quand on y pense, il n'y avait absolument personne au chalet de tout l'après-midi…

– Elle va nous le payer, cette vieille rombière, fulmine Logan.

– Calme-toi, le geek, tempère Max. On va remettre un plan au point.

Kelly se réfugie dans les bras musclés de son beau gosse. Elle semble sur le point de pleurer. Amanda, quant à elle, est plongée en pleine réflexion.

– Il ne faut pas avoir de cœur pour voler des cadeaux de Noël, gémit Kelly.

– Elle a forcément un complice, déclare la barmaid. Il lui fallait les clés pour entrer. Je parie mon string sur le lutin de Noël !

– Oh oh, alors si un string est en jeu, Super-Logan est de la partie !

– Ce que t'es con ! Espèce de pervers !

Tout le monde y va de sa théorie sur le vol des cadeaux. Mais même si je suis profondément écœurée, la fatigue me rattrape. La douleur aussi. Luc s'en aperçoit et, prévenant, va me chercher un verre d'eau et un antalgique. Je sens ma tête dodeliner et je lutte pour garder les yeux ouverts.

– Bon, vu que le Père Noël ne passera pas, commence Luc, je propose qu'on laisse Élodie se reposer.

– Oui, la journée a été chargée en émotions, opine Kelly.

Les filles viennent me serrer avec précaution dans leurs bras et Amanda en profite pour me glisser au passage que si je lui refais une peur pareille, elle viendra en personne me filer des coups de pied au cul jusqu'à ce que j'en aie des bleus. Je n'ai pas envie de tester sa détermination, je sais qu'elle en serait parfaitement capable. Kelly se contente de me dire avec des trémolos dans la voix qu'elle est heureuse que je sois en un seul morceau. Et qu'elle me fera un massage demain pour m'aider à récupérer. Je les adore et je m'en veux tellement de leur avoir fait peur. Je leur promets d'être sage comme une image pour le reste du séjour. J'espère pouvoir tenir ma promesse. J'arrête de chercher les ennuis, en priant pour que ça ne soit pas eux qui me trouvent.

– Allez, Élo ! Bonne nuit ! Fais gaffe, Luc ronfle comme un cochon !

– Je sais… gémis-je. On l'entend à travers les portes !

– Repose-toi bien, Élodie Jolie, fait Max en me serrant doucement.

Une fois tout ce petit monde disparu, un silence gênant s'installe. Je ne sais pas quoi dire et je n'ose même pas regarder Luc. En plus, l'idée qu'il passe une autre nuit blanche par ma faute me met mal à l'aise.

– Tu devrais aller te coucher. Je t'assure que je vais…

– Que dalle ! Je reste avec toi cette nuit. Tu as entendu le doc ? Ton état nécessite une surveillance.

– OK, murmuré-je. Comme tu veux. Je ne veux pas te faire perdre ton temps, c'est tout…

– Je crois qu'on n'en est plus là, tous les deux, non ?

– Je ne sais pas…

– Allez, viens, je te porte.

– Quoi ? Tu veux m'emmener où ?

Il ricane avec un sourire en coin en voyant mon

incrédulité. Je ne sais pas si je dois lui faire confiance vu l'air un peu trop narquois qu'il arbore. Je croyais qu'il avait décidé d'arrêter ses sales coups… En plus, je suis totalement à sa merci. Avec ma patte folle, je n'ai aucune échappatoire.

– Aux toilettes. Je n'ai pas envie que tu me réveilles à trois heures du mat' parce que tu auras envie de pisser, miss Cata.

Il passe un bras sous mes genoux et je suis obligée de m'accrocher à son cou pour ne pas basculer. Je me repose contre son torse puissant et je me sens délicieusement bien. Je retrouve la chaleur de son corps avec un bonheur encore incompréhensible. Je me sens protégée par ses bras musclés et j'ai le sentiment que rien ne peut plus m'arriver quand il me tient contre lui. Il m'a déjà sauvée à deux reprises et il a prouvé qu'il était un homme sur qui on pouvait compter.

Il me dépose doucement par terre, me laissant faire mes petites affaires… Mon Dieu, que c'est gênant ! Et derrière la porte, je l'entends rire, le bougre. J'aime ce son grave et si rare venant de lui. Il ne perd tout de même rien pour attendre. Mais malgré moi, je sens poindre un sourire.

19

Luc

Je n'arrive pas vraiment à dormir, mais je somnole un peu, bercé par la respiration douce et régulière d'Élodie. J'ai disposé les canapés face à face pour garder un œil sur elle, et elle était trop épuisée pour protester. Dans mes trop nombreuses phases d'éveil, je me surprends à la contempler à la faible lueur de la lune qui perce à travers les rideaux. Elle paraît si paisible comparée à moi. Les tourments ne cessent de s'agiter dans ma tête en ce moment. Je finis par m'assoupir en regardant son beau visage, en me remémorant ses sourires. Réussir à ramener la joie sur sa jolie frimousse m'a comblé au-delà de ce que j'imaginais possible.

Des gémissements entrecoupés de sanglots me tirent brusquement du sommeil. En face de moi, ma brunette s'agite, en proie à un cauchemar. C'était prévisible, ce qui lui est arrivé n'est pas anodin, même si les conséquences sont minimes. Je n'aime pas la savoir si mal à cet instant. Je repousse ma couverture et m'agenouille à côté d'elle. Je la contemple un instant. Elle est encore plus belle quand ses pensées s'agitent, laissant place à sa fragilité.

– Élodie? Ma belle, réveille-toi.

Je caresse doucement ses cheveux pour la ramener dans la réalité. Sous mes doigts, sa fine chevelure sombre est aussi douce que de la soie et ce contact m'apaise en même temps qu'elle. Un doux parfum de violette monte jusqu'à moi et je grave dans ma mémoire cette fragrance aussi sucrée et acidulée qu'elle, aussi délicieuse qu'un bonbon. Je veux me repaître du moindre détail la concernant.

Élodie ne met pas longtemps à reprendre pied. Ses yeux encore paniqués cherchent un point d'ancrage dans les miens et je la laisse volontiers s'accrocher à moi. Je ne me voile plus la face, je suis prêt à lui donner tout ce qu'elle voudra prendre de moi. Je n'assumerai pas les conséquences, c'est quasiment certain. Mais si, à cette seconde, elle veut que je sois sa bouée de secours, alors je le serai. Parce que je suis complètement à sa merci.

– Luc, souffle-t-elle. J'ai eu si peur…

– Je sais. Moi aussi.

Je lui confie ma détresse tout en continuant à lui caresser la tête. Ce geste semble l'apaiser bien plus que les mots.

– Ma mère faisait souvent ça quand j'étais petite, me confie-t-elle d'une voix encore embrumée par le sommeil.

– Pourquoi est-ce que tu voulais t'éloigner de ta famille pour les fêtes? m'enquiers-je doucement. Visiblement, ils te manquent beaucoup. Je ne comprends pas…

– Oui, ils me manquent plus que je ne le pensais, fait-elle tristement.

Elle semble hésiter à se confier. Je la comprends. Qui suis-je à part un quasi-inconnu ? Mais je sens aussi qu'elle a besoin de parler, et je suis la seule oreille disponible pour qu'elle puisse s'épancher. Elle inspire profondément avant de se lancer.

– J'ai vécu une période très difficile après une rupture. Ma relation avec cet homme m'a anéantie. Je ne savais plus qui j'étais. Alors ma famille s'est mis en tête de décider de tout ce qui serait bon pour moi. Pendant un temps, ça m'a convenu. Et puis Amanda et Kelly m'ont ouvert les yeux, je me laissais vivre. Je ne savais plus prendre une décision toute seule. Je ne savais même plus ce que je voulais.

– Et tu as voulu t'affranchir de tout ça…

Élodie me regarde avec une intensité que je ne lui connaissais pas encore. Je devine la souffrance derrière ses mots. Les cicatrices qui peinent à guérir, j'en connais aussi la douleur et l'amertume. À cet instant, je me sens plus proche d'elle que je ne l'ai encore jamais été. Sans la quitter des yeux, j'avance ma main vers son joli visage troublé par les souvenirs pour en effleurer doucement les fins contours. Sa peau frissonne sous mes doigts et elle semble troublée. Ses yeux scintillent dans cette douce obscurité qui nous abrite comme dans un cocon quand elle continue sur le ton de la confidence.

– Oui. Et les critiques ont commencé à pleuvoir. Même si tout partait d'un bon sentiment. J'en ai eu assez que tout le monde décide qui je devais mettre dans mon lit ou pas, qui je devais voir ou quel boulot serait fait pour moi.

– Je comprends mieux ton impulsivité.

– Non, ça, ce n'est pas moi d'habitude... Je crois que c'est l'effet que toi, tu produis sur moi... souffle-t-elle, imperceptiblement, comme pour elle-même.

Élodie paraît une seconde déroutée par cet aveu, comme si elle peinait à croire ce qu'elle vient de me dire. Ses yeux cherchent de nouveau les miens et je m'y accroche avec plaisir. Ce que j'y vois danser me plaît. Un mélange de trouble et d'incertitude mêlé à un désir qu'elle ne comprend pas. Le trouble que je lui occasionne me ravit, je ne pensais pas provoquer ce genre de réaction chez elle. J'étais loin d'imaginer que je la poussais si loin dans ses retranchements.

– Je me rends compte que j'ai besoin de ma famille. C'est une belle brochette d'emmerdeurs, mais je les aime.

– J'imagine que la famille, c'est important, oui... fais-je en replaçant une mèche de cheveux soyeux derrière son oreille.

Je ne peux m'empêcher de la toucher. Mon instinct me souffle que cet instant entre nous est rare et précieux et je ne voudrais surtout pas en briser la magie, mais son contact m'est devenu essentiel. Je brûle d'envie qu'elle me livre non seulement ses secrets, ses blessures, mais aussi son corps. La moindre parcelle de ma peau est en manque de la sienne. Je veux retrouver sa chaleur veloutée et la douceur de sa bouche. Je veux de nouveau l'entendre gémir et avaler ses soupirs. J'en crève à petit feu.

– Pas la tienne? me demande Élodie, me ramenant sur terre.

– Non. On ne peut pas dire ça, non, dis-je avec un ricanement ironique.

– Pourquoi?

– Tu es bien trop curieuse, lui réponds-je en souriant.

– Tes parents ne te manquent pas, surtout pendant les fêtes de Noël?

– Je n'ai jamais fêté Noël avec mes parents.

Ma révélation la laisse sans voix pendant un court instant. Je sais que pour elle, ne pas célébrer cette fête est inconcevable. Mais tout le monde n'a pas la chance d'avoir une famille construite sur le même modèle aimant que la sienne.

– Explique-moi. Je ne comprends pas… Jamais, genre jamais, jamais?

– Mes parents sont des personnes assez haut placées dans la société. Et ma mère ne s'est jamais privée de me dire que je suis arrivé par accident. Comme un cheveu sur la soupe, comme on dit. Alors, il y avait toujours une réunion, un événement mondain, une soirée de charité… Depuis ma plus tendre enfance, j'ai été habitué à jouer seul, à me coucher seul le soir, à passer mes anniversaires ou les fêtes avec ma gouvernante ou au pensionnat. J'ai toujours été un boulet aux pieds de mes géniteurs. Alors toutes ces manifestations de joie, ce prétendu bonheur de partager, de se réunir en famille, pour moi c'est juste du vent. Une bonne grosse connerie.

J'ai débité mon laïus d'une seule traite, comme un pansement qu'on arrache. Je n'avais pas exprimé cette rancœur depuis bien longtemps. Et je suis soulagé d'avoir pu percer cet abcès qui n'avait cessé de grandir année après année. J'ai juste peur de lire de la pitié dans le regard d'Élodie, car ce n'était pas le but de ce discours. Mais quand j'ose enfin replonger mes yeux dans les siens, ce sont des larmes que je vois perler.

– Hé ! Je ne voulais pas te faire pleurer…

– C'est comme ça… Je ne peux pas m'empêcher d'avoir mal pour ce petit garçon qui n'a jamais connu l'euphorie des matins de Noël. Ni la joie de confectionner des gâteaux ou de décorer un sapin avec ses parents. Je trouve ça… cruel…

Ses mots sont comme un baume apaisant sur mon cœur. Sa compassion apaise la colère de ce petit garçon au fond de moi face à cette injustice de la vie. Mais je déteste aussi la voir pleurer pour moi.

– Je n'imaginais pas les bibliothécaires aussi sexy que toi… dis-je, espiègle, pour changer de sujet.

– Ah, oui ? Et tu les voyais comment ?

– Je ne sais pas trop… plutôt fades… chignon strict et grosses lunettes. Tu vois ? Genre l'air sévère, à traquer le moindre chuchotement.

– Je ne suis pas un cliché ! Mais toi, tu as été traumatisé, non ?

– Touché, ris-je de bon cœur. Nous avons été virés une année complète de la bibliothèque par une de tes consœurs mal b…

– Laisse-moi deviner… Quand tu dis « nous », je suis certaine que Logan et Max étaient de la partie !

J'opine du chef. Perspicace, ma brunette ! Effectivement, Logan, Max et moi avons été très vite inséparables.

Cette conversation plus légère est plus que plaisante. J'en apprends un peu plus sur elle et je me plie volontiers au jeu des questions qu'elle me pose. Sa curiosité est sans limites, mais ça me plaît. Je ne me suis jamais autant livré à quelqu'un. Je suis conscient que je lui mets entre les mains toutes les armes dont elle aurait besoin pour me briser. Mais je décide de lui faire confiance. Et ce sourire… Je lui livrerais tous les détails de ma vie pour ne jamais le voir disparaître de son beau visage.

– Je n'aurais jamais cru que tu étais infirmier.

– Ah, il faut un profil spécial pour ce genre de boulot?

– Non, ce n'est pas ce que j'ai dit. Mais tu parais si… renfermé… si… Je n'arrive pas à mettre des mots dessus. Tu es déroutant, Luc.

– Je sais. Je n'étais pas comme ça avant.

– Avant quoi? me demande-t-elle avec douceur.

L'instant est trop précieux pour être gâché par ce souvenir douloureux. Sa lumière ne doit pas se ternir au contact de cette culpabilité qui m'étreint.

– Je… Ce n'est pas quelque chose dont j'ai envie de parler, Élodie.

– Oh. D'accord…

J'apprécie qu'elle n'insiste pas pour le moment. Mais je sens qu'elle n'abandonnera pas la partie. Pour le coup, j'en ai trop dit ou pas assez, j'ai attisé les braises de sa curiosité. Je me sens obligé de me justifier, alors que je ne lui dois rien. Mais elle me pousse à ne pas vouloir la décevoir. Je voudrais juste qu'elle comprenne que cette histoire est une plaie à vif qui suppure encore, qui meurtrit chaque jour sans relâche mon cœur et mon âme.

– Ce n'est pas une belle histoire. Je ne suis pas prêt… personne…

– C'est OK, Lucky Luc. Mais si ça te ronge tellement, garder ça pour toi ne fera qu'empirer les choses. Ça ne fait pas de toi quelqu'un de faible de demander de l'aide, tu sais? Personne n'a le droit de te juger pour ça…

Je ne sais pas comment elle fait pour toujours appuyer là où ça fait mal. Elle détecte mes failles les plus profondes et fait voler en éclats mes défenses les plus solides sans même le vouloir. Avant même que je me rende compte de mon geste, ma main se pose délicatement sur sa joue. Du pouce, j'essuie les dernières larmes qu'elle a versées pour moi. Son âme est si belle et si généreuse. Elle est comme un phare dans la noirceur de mes tourments. J'ai envie de me laisser guider par sa lumière, j'en crève, j'en ai désespérément besoin. Ses prunelles brillent d'un éclat indéfinissable quand elles s'arriment aux miennes. J'ai l'impression que l'air se raréfie autour de moi, rendant ma respiration plus rapide et superficielle. Le contact de sa peau soyeuse sous ma paume envoie danser des étincelles entre nous, alimentant mon désir pour elle. J'en veux plus. Beaucoup plus.

Ses doigts fins s'accrochent à mon poignet, me mettant au défi de retirer ma main. Mais je suis comme aimanté par sa peau, et il m'est tout bonnement impossible d'envisager de rompre le contact. Et quand elle enfouit son visage dans ma paume, y frottant sensuellement sa joue et son nez, je voudrais ne plus jamais la lâcher. Sans me quitter des yeux une seule seconde, elle rend les armes à son tour en me montrant toute l'étendue de son désir pour moi. Alors qu'elle se souvienne ou non de la nuit passée n'a plus aucune espèce d'importance. Elle laisse traîner ses lèvres pleines sur mes doigts dans un subtil mélange de douceur et de provocation. Sa main libre vient délicatement crocheter ma nuque pour me rapprocher d'elle. Je ne suis plus qu'un pantin à sa merci. Une marionnette diablement consentante. Elle me teste, elle m'aguiche, m'explore. Et je la laisse faire à sa guise. Elle aime mener la danse et je n'y vois aucun inconvénient pour ce soir.

Son souffle est aussi rapide que le mien et envoie sa chaleur divine sur mes lèvres. Je n'ai qu'une envie à cette seconde, c'est de goûter au carmin velouté de sa bouche, mais ma belle sait se faire désirer. Elle m'effleure du bout des lèvres, prenant le temps de découvrir mon visage. Et quand elle les pose enfin sur les miennes, une puissante vague déferle le long de ma colonne. C'est comme une libération, un réveil après un long coma. Dans mon boxer, mon sexe se tend à la limite du supportable. Je n'ai jamais connu l'éveil d'un tel désir. Je n'ai jamais éprouvé une telle envie, un besoin si impérieux pour quelqu'un. C'est délicieusement douloureux. Une torture si sensuelle que j'en redemande.

De doux, son baiser se fait plus appuyé, dicté par un besoin avide de nous appartenir enfin. Sa langue cherche la mienne et entame un ballet empli de promesses et de divine luxure. Je la devine joueuse dans ses envies, elle me cherche, me met au défi de suivre son rythme ou d'imposer le mien. Ses doigts se faufilent dans mes cheveux, agrippant mes mèches, oscillant entre douceur et sauvagerie.

Élodie met fin à ce baiser bien trop tôt à mon goût. Je ne suis pas rassasié, loin de là. Je saisis son visage délicat entre mes mains et replonge sur sa bouche. J'ai envie de la dévorer, de m'approprier chaque parcelle de son corps. Elle attrape sauvagement ma lèvre inférieure entre ses dents avant de la lécher, tire mes cheveux en arrière avant de me lâcher et de m'autoriser à enfin prendre possession de sa jolie bouche. Elle me veut sauvage, elle m'impose de lâcher la bride. Avec elle, je peux enfin être entier, je peux être celui que j'ai trop longtemps enfoui sous un amas de faux-semblants. Elle veut le vrai Luc, alors je vais le lui montrer.

Le baiser que je lui donne frise l'indécence. Je veux qu'elle se livre tout entière, elle aussi. Alors je prends. Ma langue tourmente la sienne sans relâche dans une danse foutrement érotique. Je penche sa tête en arrière pour approfondir ma possession. Son souffle est devenu le mien. Ses lèvres étroitement soudées aux miennes, je ne sais plus où finit son corps et où commence le mien. Je me fonds en elle, dans la chaleur accueillante de sa bouche. Ses gémissements viennent mourir dans la mienne, attisant un peu plus le feu qui brûle dans mes reins.

Quand je la libère enfin, front contre front, des étoiles explosent devant mes yeux. Cet ascendant qu'elle a sur moi est aussi effrayant qu'enivrant. Élodie peine à reprendre son souffle, mais elle n'en a pas fini avec moi.

– Tu ne m'as pas tout donné…

Je ne comprends ce qu'elle veut dire que quand elle pose sa main sur mon sexe tendu à l'extrême. Du bout de sa langue taquine, elle redessine les contours de mes lèvres tandis qu'elle entame un va-et-vient délicieusement cruel à travers le tissu de mon sous-vêtement. Son petit manège m'amène tout droit vers le point de non-retour et je tente vainement de l'arrêter.

Espiègle, elle vient murmurer tout contre ma bouche, emprisonnant ma raison sous un épais tapis d'érotisme :

– Laisse-toi aller… Je veux te sentir jouir de ma main…

Je ne peux pas résister. Je ne pense pas que quiconque le puisse.

Elle empoigne une dernière fois ma verge et je me sens gonfler dans sa paume, cherchant la délivrance dans un interminable gémissement rauque.

Ma conscience refait surface après un long moment où je n'ai pu me résoudre à la lâcher. Son sourire me désarme et me plonge encore un peu plus dans cette dépendance que j'ai d'elle. J'en veux plus, beaucoup plus. Et si j'en crois son regard et le frottement lascif de son corps contre le mien, sa faim n'est pas non plus apaisée.

Je me débarrasse vivement de mon boxer et de mon tee-shirt alors qu'elle reste assise au bord du canapé. Puis je m'installe derechef entre ses jambes que j'écarte doucement mais fermement. La main d'Élodie se pose sur mon torse et y dessine de légères arabesques, elle semble en apprécier avec gourmandise la musculature. Elle mordille sa lèvre inférieure en me jetant un regard sans équivoque. Je savoure sa caresse brûlante et ferme les yeux, victime consentante de cette délicieuse torture.

Ma main cherche sa peau dans un besoin impérieux

de se repaître de sa chaleur. Je passe sous son haut et gémis quand le velouté tendre de son épiderme fusionne avec ma paume. Avide, je la déleste de ce bout de tissu encombrant pour accéder aux délices de son corps avec plus de facilité. Ses seins sont comme une magnifique offrande que je ne peux refuser. Ils sont parfaits pour mes mains, fermes et sensibles aux caresses. J'effleure les pointes dressées du bout des doigts, tirant un gémissement rauque à Élodie, qui se cambre un peu plus vers moi. Je la savais passionnée dans la vie, je découvre l'étendue du brasier qui couve en elle alors qu'elle m'autorise l'accès à son corps sublime.

Je ne résiste pas à l'envie de la goûter et ma bouche trouve sans mal le chemin de sa poitrine. Du bout de la langue, j'agace un des tétons offerts, me délectant des soupirs qui s'échappent de la bouche de ma belle. Ma main libre va se perdre entre ses jambes pour masser délicatement cet endroit encore non dévoilé à mes yeux. Son fin legging ne me cache absolument pas le feu qui brûle dans son intimité. Je sens son humidité à travers le vêtement et je grogne cette mâle satisfaction de la savoir prête pour moi.

Sans délaisser un instant ses seins, je passe mes doigts sous la ceinture du pantalon. Élodie soulève son bassin pour m'aider à le lui ôter, me donnant son consentement silencieux à cette étreinte. Ma queue est déjà prête pour un deuxième round, mais je veux prendre mon temps pour savourer l'instant.

Je remonte butiner ses lèvres, entamant une nouvelle

fois cette danse torride avec ma langue, et j'étouffe son cri quand mon pouce vient se poser sur son clitoris. J'ancre mes yeux aux siens tandis que je commence une lente et douce caresse sur ce bourgeon si sensible. Je grave dans ma mémoire la beauté de son visage qui s'abandonne au plaisir, le désir trouble qui envahit ses yeux...

Ses mains agrippent ma nuque quand mes doigts se frayent facilement un chemin dans son intimité brûlante et ses ongles se plantent dans ma peau. Je gémis mon contentement contre sa bouche, j'aime la sauvagerie sans retenue dont elle fait preuve. Et je suis certain que j'aimerai en retrouver les stigmates demain matin. Mû par un instinct vieux comme le monde, son bassin ondule sur mes doigts, cherchant son propre plaisir.

– Luc, souffle-t-elle, comme à l'agonie.

– Ne bouge pas, ma belle.

Je me précipite dans le couloir à la recherche de mon portefeuille et y trouve heureusement ce que je veux. Élodie ne m'a pas quitté des yeux, j'ai l'impression qu'elle va me dévorer. Et moi, je ne demande que ça.

Je m'installe sur le sofa et l'invite à venir à califourchon sur moi pour épargner sa cheville blessée. Je reprends possession de son sexe trempé tandis qu'elle m'arrache la pochette en aluminium des mains pour gainer habilement de latex ma verge tendue. Elle se mord la lèvre pour s'empêcher de manifester trop bruyamment son plaisir et je m'amuse un instant à titiller un point sensible en elle qui lui tire des gémissements plus rauques.

Sans me laisser le temps de protester, elle se dégage

de l'emprise de mes doigts et s'empare de mon sexe pour le présenter à l'orée du sien. Rejetant la tête en arrière, j'attends le moment où elle me donnera le plein accès à son intimité.

– Regarde-moi, murmure Élodie à mon oreille.

Je ne peux qu'obéir à la supplication dans sa voix. Je rive mes yeux aux siens, fasciné par les paillettes de désir qui y dansent follement, tandis qu'elle s'abaisse lentement sur ma queue, me laissant conquérir son fourreau incandescent à un rythme diaboliquement lent. Je laisse échapper un gémissement qui oscille entre plaisir et souffrance, je suis noyé sous un flot de sensations qui dépasse l'entendement. Son regard ne me laisse pas m'échapper, nous sommes comme aimantés l'un à l'autre. Je ne lâche pas des yeux son visage perdu dans le plaisir quand elle se met à onduler franchement sur moi, m'invitant toujours plus loin au creux de son ventre.

Je saisis ses hanches à pleines mains pour l'aider à garder ce tempo endiablé qu'elle donne à cette danse érotique. Je lui ai laissé les rênes, elle prend le pouvoir. Diabolique, elle se redresse pour renverser sa tête en arrière, offrant à mes yeux gourmands la cambrure de son corps et sa poitrine gonflée de désir. Ses tétons pointent effrontément vers moi et j'en profite pour les sucer, les faire rouler sous ma langue. Ses longs cheveux viennent chatouiller mes cuisses et elle passe lascivement ses mains dedans. Cette fille me tue, elle est cette nuit la définition même de la sensualité. Je ne peux que me délecter de ces images indécentes qu'elle m'offre sur un plateau.

J'accélère soudain la cadence de ses reins, la poussant plus fort sur mon membre au bord de l'explosion. Je ne suis pas loin de basculer une nouvelle fois dans les affres de la jouissance et j'aimerais l'y emmener avec moi, qu'elle y plonge, enchaînée à mon désir. Ses gestes se font plus vifs, plus bruts, et elle vient cogner son front contre le mien, mélangeant nos souffles pour n'en faire qu'un. Ses griffes se plantent sans merci dans les muscles de mes épaules.

– Tu es tellement belle quand tu danses sur ma queue…

L'orgasme la cueille par surprise et j'étouffe son cri rauque sous un baiser profond. Sa jouissance précipite la mienne dans un dernier coup de reins et je me laisse porter par cette vague inouïe, me figeant dans son corps, m'ancrant dans sa chair.

Alors que nous peinons tous les deux à retrouver notre souffle, j'écoute nos cœurs affolés tenter de reprendre un rythme normal. Élodie toujours emprisonnée entre mes bras, je me dis que si chacune de nos étreintes ressemble à ce tsunami émotionnel, je ne risque pas d'y survivre très longtemps.

20

Élodie
25 décembre

J'ouvre les yeux ce matin avec l'agréable sensation d'être reposée. Oui, je me sens bien. Mais je les ouvre aussi sur un canapé vide et une pièce emplie de monde. Je n'espérais pas vraiment d'intimité en dormant dans le salon, mais j'aurais bien voulu parler avec Luc. Juste histoire qu'on soit sur la même longueur d'onde concernant notre petit rapprochement… physique. Je ne sais toujours pas quoi penser de tout ça, bien que l'intermède ait été plus que plaisant. Et l'envolée de papillons dans mon ventre quand ses lèvres ont touché les miennes ne me trompe pas. Ce puissant désir et ce sentiment d'abandon total, je les pensais complètement éteints depuis Baptiste. Mais je refuse de penser à leur signification pour le moment. Je ne suis pas prête à confier de nouveau mon cœur à quelqu'un. Je ne sais pas si je le serai un jour, à vrai dire.

Je m'étire en grognant sans aucune grâce. Mon corps délicieusement courbaturé me rappelle la vigueur de notre ébat et le plaisir immense que j'y ai pris. J'avais presque oublié que ma cheville était en vrac jusqu'à ce que j'essaie de poser le pied par terre. L'appui me fait monstrueusement mal et me tire un cri aigu. Ça me contrarie un peu, mais je vais devoir demander de l'aide.

Ah, non... pas besoin de demander finalement. Luc s'est déjà téléporté auprès de moi, me souriant d'un air complice. Il effleure ma cheville douloureuse avec douceur. Son regard s'attarde un peu trop longtemps sur mon corps, et du coin de l'œil, je vois Amanda froncer les sourcils en nous regardant tour à tour. Moi qui voulais éviter de mettre la puce à l'oreille à tout le monde, c'est raté. Je viens d'entrer dans le radar de ma meilleure amie. Et elle ne me lâchera pas avant d'avoir eu ses réponses.

– C'est bon, Lucky Luc, je n'ai pas besoin que tu me portes !

Il essuie ma rebuffade sans rien dire, mais ça ne lui plaît pas. En un clin d'œil, je me retrouve assise à table, une tasse de thé aux effluves de cannelle dans les mains et une assiette pleine de pancakes sous le nez.

– Tiens, ma chérie ! s'exclame une Kelly rayonnante. Je me suis mise aux fourneaux pour toi ! J'espère que c'est bon... Je ne suis pas aussi douée que toi.

– Délichieux... marmonne Logan la bouche pleine.

– Oui, c'est parfait, mon petit sucre d'orge, lance un Max en admiration totale devant la blondinette.

À côté de moi, Logan s'étouffe de rire devant une Kelly qui vire écarlate et il se ramasse une claque derrière la tête de la part de son pote. L'ambiance est détendue, joyeuse, comme on pourrait s'y attendre un matin de Noël. Les cadeaux en moins. Ma tasse bouillante réchauffant avec délice mes paumes, je les regarde tous les uns après les autres, mesurant la chance que j'ai de les connaître. Même si pour certains ce passage sera éphémère. J'ai toujours pensé qu'aucune des rencontres qui jalonnent la vie n'est fortuite. Qu'elles soient positives ou non, elles apportent chacune une pierre à l'édifice. Parfois elles vous aident à grandir, à vous remettre en question. Ou bien elles vous déçoivent, ou pire, vous détruisent. Mais elles sont là pour vous forger.

– À quelle heure est-ce que tu veux qu'on aille à l'hôpital? s'enquiert Luc.

– C'est moi qui vais l'emmener, coupe Amanda d'une voix sans appel. Tu en as déjà fait énormément, et vraiment merci pour tout, Luc, mais on va prendre le relais.

– Oh… fait Kelly. C'est-à-dire que… avec Max…

– On a un rendez-vous au spa ce matin, la coupe Maxence.

Le beau brun lance un sourire plein d'assurance à la tablée. Le moins qu'on puisse dire, c'est qu'ils ne perdent pas de temps, ces deux-là. Kelly nous avait bien dit qu'elle comptait profiter à fond de son séjour. Mission accomplie… De mon côté, plus de doute possible, Amanda a des choses à me dire et je ne suis pas certaine que ça va me plaire. Et Luc est plus que furax d'être éconduit une seconde fois. Il me fusille du regard, me promettant silencieusement une future entrevue mouvementée.

– Bien, mon Lucky! On dirait qu'aujourd'hui tu vas être l'assistant de Super-Logan!

– Génial…

Je pouffe devant l'air totalement blasé de Luc. Mais quand ses yeux croisent de nouveau les miens, je tente de lui insuffler un peu de ma bonne humeur. Cet homme a désespérément besoin de se dérider un peu, de prendre la vie comme elle vient. De profiter des petits bonheurs. De s'amuser tout simplement. Un début de sourire fait frissonner les commissures de sa bouche et creuse cette fossette qui m'hypnotise tant.

– Allez, viens, miss Catastrophe… Je t'emmène à l'étage, lance Luc en me présentant son dos. Accroche-toi !

– Vous avez enterré la hache de guerre, tous les deux ? fait Logan. Ça fait bizarre de vous voir vous parler normalement.

– On va dire ça, réponds-je très vite.

Luc marmonne, grogne, grommelle jusqu'à la salle de bains. Je sais bien ce qu'il pense. Que je suis lâche de ne pas assumer ce qui débute entre nous. Mais je ne peux pas me livrer comme ça tout de suite, c'est au-dessus de mes forces. Je dois d'abord réfléchir à tout ce que ça implique. Parce que même si je suis devenue une adepte des rencontres sans lendemain, je sens qu'avec lui c'est différent. L'intensité des émotions qui m'envahissent quand il est près de moi est trop déroutante. Luc me dépose doucement sur le sol tandis que je rassemble tout mon courage pour lui parler.

– Est-ce que tu veux bien juste me laisser un peu de temps pour réfléchir, Luc ?

Il laisse passer un silence avant de planter son regard dans le mien.

– C'est très vexant que tu veuilles cacher ce qu'il y a entre nous.

– Et qu'est-ce qu'il y a entre nous exactement ? Je… On se connaît à peine…

– T'es en train de me faire quoi, là ? C'est quoi, le plan ? Avec toi, quand on fait un pas en avant, tu en fais trois en arrière…

– Qu'est-ce que tu veux entendre ?

– La vérité, ce serait pas mal pour commencer.

Je souffle. Je veux être totalement honnête avec lui.

– Je t'ai dit cette nuit que ma précédente relation avait été compliquée. Je ne cherche plus rien de sérieux. Je ne suis pas prête à ça…

Luc me contemple d'un air pensif et un peu perdu. Son expression froide me confirme que cette mise au point était nécessaire. Lui et moi ne jouons pas les mêmes accords sur ce coup-là. Mais quand on y pense, oui, Luc est bien le genre de mec à s'engager dans quelque chose de durable. Il n'a rien de l'homme qui profite, qui papillonne. Il est bien trop sérieux pour ça. Trop intense. Il avait d'ailleurs vaguement abordé le sujet la nuit où il m'a veillée après ma chute sur les pistes. Il cherche une femme avec qui avoir un avenir, des enfants. Il rêve tout simplement de se construire la famille dont il a tant manqué, pas besoin d'être psy pour voir ça.

– Il vaudrait mieux qu'on en reste là… soufflé-je, oscillant entre soulagement et déception.

– Tu veux juste un plan cul, c'est ça ? me lance Luc en se passant les mains dans les cheveux. C'est ce que tu attends de moi? Et si je te dis que ça me va?

Mon Dieu, qu'il est sexy quand il fait ça…

Il a l'art et la manière de prendre les gens par surprise, on ne peut pas lui enlever ça. Est-ce que j'ai envie de le rabaisser au même rang que mes autres conquêtes? C'est ça la vraie question au fond. Est-ce que cet homme, qui a fait renaître des sensations enfouies au plus profond de mon être, mérite d'être traité comme tous ceux dont je ne me rappelle pas le prénom? Maintenant, c'est moi qui hésite, poussée dans mes retranchements. Parce que je sais aussi qu'une fois ma décision prise, il ne me laissera pas revenir dessus, il est bien trop fier. Mais pourquoi est-ce que je me prends autant la tête pour un mec?

– J'ai l'impression d'entendre ton cerveau carburer à toute vitesse… reprend-il.

– Oui… Je… Écoute, est-ce qu'on ne pourrait pas juste vivre les choses comme elles viennent? Sans se mettre la pression? Ce séjour est déjà bien entamé, je ne veux pas passer le reste de mes vacances à me poser mille questions existentielles.

– Vivre les choses comme elles viennent, mais en cachette, c'est ça?

– Pour le moment. Si ça te convient.

Est-ce que je lui laisse vraiment le choix? Il acquiesce en silence et se penche doucement vers moi. Ses lèvres effleurent tendrement ma joue, déclenchant une vague de frissons qui dévale délicieusement ma colonne. Je n'ai plus qu'une envie, c'est qu'il prenne possession de ma bouche, qu'il scelle notre accord de la meilleure des façons. Fermant les paupières, anticipant le délice à venir, j'offre mon visage à sa caresse. Je sens déjà le torrent de volupté naître aux creux de mes reins.

Mais rien ne vient. Enfin si, son souffle vient chatouiller mon oreille quand il murmure sa sentence :

– Dans ce cas, je dois redescendre. Tout le monde va trouver ça louche que je m'attarde. Débrouille-toi toute seule.

La frustration m'arrache un gémissement pitoyable. Visiblement, Monsieur sait jouer, lui aussi.

Élodie, ou comment se faire prendre à son propre jeu en une seule et unique leçon…

***

Le silence d'Amanda dans la voiture ne me dit rien qui vaille. Je crois qu'elle réfléchit à la manière dont elle veut me balancer les choses qui lui pèsent. Et moi, je suis profondément désolée de foutre en l'air son séjour. Et j'ai toujours détesté les silences, c'est mon plus grand défaut. Ça me met très mal à l'aise, j'ai l'impression d'être obligée de parler pour combler. Incapable de me taire plus longtemps, je brise la glace.

– Je suis désolée d'avoir gâché ces derniers jours…

– C'est un détail, ça, ma belle.

– Alors dis-moi ce qui cloche. Tu fais ta tête des mauvais jours… Je déteste quand tu es comme ça !

Elle ne me dit rien de plus avant d'être garée sur le parking devant l'hôpital. Quand elle se tourne vers moi, je vois bien qu'elle est gênée. Une grande première pour Amanda. Elle qui est si franche, si naturelle d'habitude. Ce séjour a décidément un drôle d'effet sur nous.

– Écoute, Élo… Je sais que ça ne me regarde sûrement pas…

– Tu veux me parler de Luc, c'est ça?

– Oui! Je vois bien comment les choses ont subitement changé entre vous. Je vois aussi comment il te regarde… On croirait qu'il va te bouffer!

– Et moi, je crois que tu t'inquiètes pour rien.

– Je ne crois pas, non. Je vais être honnête, ma chérie. Je te dis tout ça parce que je tiens à toi. Quand je t'ai ramassée après que ce connard de pervers narcissique t'a brisée, tu étais au plus bas. J'ai vu combien tu en as bavé pour remonter la pente. Et je ne suis même pas certaine que tu sois vraiment sortie d'affaire.

– Luc… n'est pas comme lui. Je le sens. Tu penses que je vais dans le mur?

– En effet. Élo, mon instinct me trompe rarement. Ce mec est écorché vif, il essaie de cacher un truc énorme, mais ça va lui exploser en pleine tronche. Je n'ai pas envie que tu sois un dommage collatéral. J'ai eu trop mal de te voir souffrir après Baptiste.

Je comprends son inquiétude. Moi non plus, je n'ai pas envie de revivre les moments sombres qui ont suivi l'échec de ma relation avec mon ex. Mais je ne supporte plus non plus que les gens me dictent ma conduite. Amanda le sait, et heureusement ce n'est pas vraiment ce qu'elle tente de faire. Ce serait malvenu de la part de celle qui m'a tant poussée à m'affranchir de toutes ces décisions qui ne m'appartenaient pas. Mon amie tente juste de me mettre en garde.

– Et si je te promets que je ferai attention à moi ? Qu'au moindre signe, je prendrai mes jambes à mon cou ?

Son air dubitatif me fait un peu mal. C'est vrai que je ne prends pas toujours les meilleures décisions… Bon, OK, je prends rarement les bonnes décisions… Mais son manque de confiance en moi commence à être vexant. Moi qui souhaitais garder les choses secrètes, je me surprends à me justifier auprès de mon amie. Mais j'ai désespérément besoin qu'elle comprenne. Et qu'elle me soutienne. De toute façon, elle a déjà tout deviné, je ne tiens pas à lui mentir.

– Alors je te dirai que quoi que tu fasses, je serai là… Comme toujours.

Elle m'attire contre elle pour un gros câlin qui nous fait du bien à toutes les deux. J'ai besoin d'elle, je ne supporte pas nos désaccords même si ça arrive souvent. Elle est un peu comme la petite conscience sur mon épaule qui me souffle des « Attention, Élo ! », « Qu'est-ce que tu fous ? », « Non, ce n'est pas une bonne idée… ». Petite conscience que finalement je n'écoute pas souvent, à bien y réfléchir… mais qui est toujours présente.

– On y va ?

Je suis soulagée que la radio de contrôle confirme que ce n'est qu'une légère entorse. D'après le médecin, une chevillère et des antalgiques régleront le problème en peu de temps. Je dois juste éviter de poser le pied par terre pendant une semaine. Me voilà donc équipée de béquilles, qui me sont aussi utiles sur la neige qu'une fourchette pour manger de la soupe. Fin des activités en plein air pour moi, je suis condamnée à rester au chalet pour le restant de mes vacances, mais bien résolue à ne pas foutre en l'air celles des autres. Ça me donnera l'occasion de me pencher sérieusement sur ce projet de roman, je vais avoir du temps à revendre… L'avantage à être séquestrée à l'intérieur, c'est qu'il y a peu de risques que les catastrophes me tombent dessus, j'aurai au moins gagné ça.

21

Élodie

Le trajet du retour est nettement plus détendu. Amanda est aussi soulagée que moi que ma cheville n'ait rien.

– J'ai eu peur qu'elle soit cassée, avoué-je à mon amie. J'aurais été plus que déçue de devoir arrêter mes cours de pole dance.

– Oui, je suis soulagée aussi que ce ne soit rien de grave. Tu vas t'ennuyer maintenant ! Et enfin arrêter de te fourrer dans les ennuis !

– Je trouverai de quoi occuper mes journées, ne t'en fais pas pour moi. Vous êtes ici pour vous détendre, toi et Kelly, et les garçons aussi.

– OK. Cela dit… tes nuits risquent d'être plutôt intéressantes…

– J'espère… ris-je de bon cœur. Mais, s'il te plaît, ne dis rien à personne ! Promis ?

– Croix de bois, croix de fer !

Son regard en coin me fait marrer. J'ai toujours partagé mes anecdotes les plus croustillantes avec mes amies, mais là je ne sais pas pourquoi, je n'ai pas envie de lui parler de ce qui s'est déjà passé entre Luc et moi. Pas tout de suite. J'ai envie de garder un peu ces instants pour moi. Qu'elle soit au courant de mes projets concernant Luc est déjà bien suffisant pour moi qui voulais garder ça secret.

En fait, plus j'y pense et plus je me rends compte qu'avec ce mec, rien ne se passe comme d'habitude. Il enraye toute ma petite mécanique bien huilée. En règle générale, je ne me laisse pas croquer deux fois par le même mec. Or là, même si je ne me souviens pas de la première fois, j'ai voulu y goûter encore. Et je ne suis toujours pas rassasiée.

– Pense aux copines… ricane-t-elle. Dis-nous au moins si ma théorie sur les pieds tient la route !

Nous en rions encore quand elle se gare devant le chalet. Amanda est ma bouffée d'oxygène. J'adore Kelly, bien sûr, mais ma blondinette est souvent à côté de la plaque. Elle n'a pas l'intuition de ma barmaid préférée pour comprendre mes états d'âme. Et en ce moment, je lui pardonne de préférer un certain beau gosse aux yeux enivrants.

À notre arrivée, tout le monde est aux petits soins pour moi. C'est un peu gênant, mais ce n'est pas comme si j'avais le choix. Du moins tant que je ne peux pas marcher sans mon équipement de Robocop. Au moins, je peux me déplacer toute seule jusqu'aux toilettes.

– Alors, Blondie, ce spa ?

Kelly bafouille tellement que je ne comprends pas un traître mot de ce qu'elle baragouine. Mais je vois très bien le tableau… Je crois qu'il n'y a pas que le sauna qui les a fait transpirer.

– Et le programme de cet après-midi? Les pistes sont de nouveau ouvertes?

– Quelques-unes, oui, répond Logan. Mais si tu veux, je peux rester te tenir compagnie. Je veux ma revanche à Mario Kart!

– Non, non, surtout pas. Je ne veux devenir le boulet de personne.

– Trop tard, ricane Max.

– Je t'ai trouvé de quoi t'occuper, lance Luc avec un sourire qui ne me dit rien qui vaille.

J'ai appris en peu de temps à me méfier de ce petit sourire en coin. Je suis quasi certaine que ça sent le coup fourré. Je crois qu'il a décidé de me faire payer mes cachotteries. Je l'interroge du regard et je ne récolte qu'une moue énigmatique en retour.

– Patience, petit padawan, me rétorque-t-il, moqueur.

Heureusement, je n'ai pas à attendre bien longtemps pour découvrir sa surprise. Alors qu'ils sont tous sur le départ pour les pistes, j'entends la porte d'entrée s'ouvrir. Et je suis littéralement pétrifiée de voir débarquer Huguette, un immense panier à la main.

– Qu'est-ce que…

Je crois qu'à cette seconde je donnerais tout pour pouvoir bondir sur Luc et l'étrangler de mes propres mains. Huguette, quoi! Il abuse! Son sourire Colgate me donne juste envie de l'étriper.

– Oh, une baby-sitter!… Comme c'est attentionné, fais-je, les dents serrées.

– Ah, on m'a dit que la petite blessée avait besoin de compagnie! Votre mari est vraiment charmant, ma chère, il s'en voulait tellement de vous laisser seule. Je ne supporte pas de savoir les gens tristes, et me voilà ! Allez, oust, les jeunes ! Je vais prendre soin de cette petite dame, ne vous inquiétez pas. Mon Charles me dit toujours…

Mon Dieu, achevez-moi… Tiens, je croyais que son mari s'appelait Henri ? Je n'écoute déjà plus cette diarrhée verbale qui me file le tournis. Je crois que mon agonie atteint son apogée quand Huguette dévoile le contenu de son panier. Je n'aurais pas été contre quelques petits gâteaux pour adoucir mon calvaire. Mais elle en sort un jeu de Scrabble… Est-ce qu'on peut mourir d'une overdose d'Huguette ? Parce que c'est clairement ce qui m'attend. Luc va me le payer, c'est certain.

Quand ils passent la porte pour aller s'éclater sur les pistes, me laissant seule et complètement désemparée aux côtés de la vieille dame qui caquette toujours, j'entends Logan chantonner une chanson paillarde à l'oreille d'une Kelly qui râle et lui frappe le bras avec son bonnet.

– Un jour, la p'tite Huguette… Tripote-moi la…

– Stoop !!

Luc est le dernier à partir. Il se croit malin avec son sourire débile auquel je réponds en passant mon pouce en travers de ma gorge. Crétin. Abruti de crétin trop sexy.

***

Luc

Je trouve mon idée génialissime. Un coup de maître. Bon, je m'attire clairement les foudres d'Élodie, mais c'est pour la bonne cause. Et j'avoue que cette petite vengeance a un goût très doux. Je ne sais pas comment je dois prendre le fait qu'elle veuille se cacher. Ça me contrarie au plus haut point. De quoi a-t-elle peur? Je ne lui demande rien.

Élodie ne le sait pas, mais pendant que notre mamie cleptomane sera occupée avec elle, nous serons tranquilles pour fouiller son chalet. Le seul hic dans le plan, c'est papy. Je croise les doigts pour qu'il ne soit pas chez lui, sinon tout notre stratagème tombe à l'eau.

– Arrête avec cette chanson débile et vulgaire, râle Blondie en tapant l'épaule de Logan.

– Nan, nan, Catwoman. Quand on emmène le loup dans des visites très privées du spa, on n'a plus de raison d'avoir peur de la p'tite Huguette!

– Mais… Mais…

Mon pote adore chercher Kelly, la faire rougir est devenu son passe-temps favori. La petite esthéticienne de notre Max national est visiblement bien partante pour faire des cochonneries, mais devient aussi fermée que les cuisses d'une nonne dès qu'elle en entend parler. C'est quand même à mourir de rire.

– Bon, moi, je fais le guet, décrète Logan. Sérieux, je ne veux pas finir de nouveau entre les pattes de Roméo.

– OK. Catwoman, tu restes avec moi. Je veux t'avoir à l'œil, fait Max en la collant contre lui.

– Merci pour la confiance!

– Mon dernier excès de confiance en toi m'a fait rencontrer un nain, je te rappelle.

– Vous êtes des tarés, ricane Amanda.

Les derniers détails mis au point, je sors la clé du chalet que j'ai piquée discrètement dans la poche d'Huguette à son arrivée chez nous. Un jeu d'enfant. Chacun se disperse comme prévu. Amanda et moi prenons la chambre tandis que Max et Blondie inspectent le salon et la cuisine. Rien en bas de notre côté. L'intérieur est parfaitement rangé. Mais il y a quelque chose qui me chagrine. Une impression qui me dérange et que je n'arrive pas à identifier.

– C'est bizarre quand même, chuchote Amanda, faisant écho à mes pensées.

– Quoi?

– Bah... Mamie nous casse les oreilles avec son mari. Mais je ne vois rien qui montre qu'un homme habite ici avec elle.

– À quoi tu vois ça?

– C'est propre, il n'y a rien qui dépasse. Pas de fringue de mec dans l'armoire.

Elle ouvre la porte de la salle de bains. Elle a raison, pas un seul produit masculin dans ce chalet. Je crois que la barmaid vient de mettre le doigt sur ce qui me dérangeait depuis le début.

– Tu crois qu'elle a perdu la boule ou un truc comme ça? Après tout, c'est une vieille dame...

– Ou alors, en plus d'être une voleuse, c'est une mytho!

Amanda paraît sceptique. Nous sommes obligés de déclarer forfait, il n'y a rien dans cette chambre qui ressemble de près ou de loin à un bonhomme de neige.

– Vous avez trouvé des indices? s'exclame Logan en entrant dans la pièce.

– Tu devais pas rester dehors, toi? grogné-je. Non, on n'a rien. On devrait partir maintenant.

Je suis finalement très mal à l'aise de fouiner dans le

logement d'Huguette et j'aimerais en finir au plus vite. J'ai toujours été droit dans mes bottes, c'est bien la première fois que je déroge autant à mes principes.

– Minute papillon ! On n'a pas fini, il reste les pièces du haut, marmonne Amanda.

Avant de sortir de la pièce, Logan avise le vêtement en train de sécher sur l'étendoir. Il a toujours eu des idées à la con. Et ce n'est pas près de s'arranger. Alors quand il a l'occasion d'en concrétiser une, il n'hésite jamais. Consterné, je le regarde enfiler le truc informe et dégainer son téléphone pour prendre un selfie qui devrait faire bondir Élodie. Il est tellement plié de rire tout seul qu'il ameute les autres.

– T'es sérieux, mec?! s'esclaffe Maxence.

– Oh, putain! s'écrie Amanda. Qu'est-ce que tu fous avec cette gaine? Attends, ne l'enlève pas, ça te va trop bien!

– Mais nooon, Logaaaan! s'écrie Blondie en s'enfuyant vers l'étage.

Cet intermède nous fait bien marrer, mais je suis contrarié. Je reste persuadé que cette vieille nous cache un truc. Kelly nous interpelle soudain depuis le haut. Montant les marches comme un seul homme, nous déboulons dans l'étroit couloir.

– Vous devriez venir voir ça…

Elle est comme pétrifiée sur le seuil de la porte d'une des chambres de l'étage. Et ce que je vois me laisse interdit moi aussi. C'est un véritable capharnaüm qui règne dans cette pièce. Et pas n'importe lequel. S'entassent ici des centaines de décorations de Noël en tout genre. Une collection de plusieurs années sans aucun doute. Des guirlandes, des sapins artificiels, des montagnes de boules multicolores… Je ne sais même plus où regarder tellement il y en a.

– Merde… C'est quoi, ce délire?

– Une fétichiste de Noël! s'exclame Amanda. Prends des photos, le geek, il nous faut des preuves!

– Je le savais! Mon instinct ne me trompe jamais! fanfaronne-t-il.

– Bah, ça va, t'as le triomphe modeste, toi, ricane Kelly.

D'abord, un mari qui n'existe pas, et ensuite, tout cet amas de bricoles sans doute volées au fil des années. Elle commence à faire flipper, mamie gâteau. Finalement, laisser Élodie seule avec elle n'était peut-être pas l'idée du siècle.

– Regarde, je viens de trouver nos paquets, commente Amanda.

– Oui, et le bonhomme de neige d'Élo est juste là, constaté-je.

– Ne touchez à rien, les filles. Elle ne doit pas se douter qu'on est venus ici, les avertit Max, toujours pragmatique.

Nous prenons soin de ne pas laisser de traces de notre passage après avoir pris les preuves en photo. Reste à savoir comment on va pouvoir s'y prendre pour la confondre.

– Elle cache bien son jeu, la p'tite Huguette, ricane Logan.

– Qu'est-ce qu'elle peut bien faire de tout ça? C'est fou… souffle Blondie.

– Mon petit sucre, je crois que ce genre de pulsion, ça ne se contrôle pas vraiment.

Après avoir consulté ma montre, je constate qu'il est plus que temps de regagner le chalet et de délivrer ma brunette des griffes de sa tortionnaire. Je me marre d'avance en imaginant sa bouille furax. Et je suis quasi certain que je vais en prendre plein la tronche.

22

Luc

Quand nous arrivons au chalet, je m'attends presque à entendre un chapelet d'insultes bien fleuries s'égrener de la jolie bouche d'Élodie. Mais le spectacle est encore plus hilarant. Ma brunette est littéralement au bout de sa vie, affalée sur la table et la tête enfouie dans ses bras, tentant d'échapper à la verve aiguë de mamie Huguette. Celle-ci déplace inlassablement ses lettres sur la barrette de jeu de Scrabble dans un cliquetis terriblement agaçant. Je ne suis là que depuis quelques minutes et déjà ce son me hérisse le poil.

En nous entendant entrer, Élodie relève vivement la tête et m'implore du regard de la sauver. Son petit air de chien battu me tire un sourire contrit. Elle a l'air d'être vraiment à l'agonie, j'ai pitié d'elle et je ne suis plus très fier de m'être servi d'elle pour faire diversion. Mais maintenant, on a les preuves qu'on voulait et je suis sûr qu'elle comprendra.

– Élo, faut AB-SO-LU-MENT que tu voies ça, crie Kelly depuis l'entrée.

Du coin de l'œil, je vois Logan attraper Blondie au vol en lui plaquant une main sur la bouche. La tigresse en profite pour lui mordre la main, faisant lâcher prise au grand blond dans un hurlement.

– Eh bien, qu'est-ce donc tous ces cris? grince Huguette en nous toisant. Toute cette cacophonie est épuisante. Jeunes gens, l'éducation est primordiale et vous en manquez cruellement. Si mon Charles était là…

– Bien, bien, ma chère Huguette, nous vous remercions d'avoir veillé sur notre amie, mais elle a vraiment l'air épuisée et le médecin a préconisé beaucoup de repos.

Je raccompagne la vieille dame en la guidant par les épaules. Savoir qu'elle est responsable des vols dans notre chalet me met hors de moi et je me contiens assez difficilement. Il va vite falloir trouver un moyen d'en finir avec cette histoire.

Logan saisit Élodie sous les genoux, la faisant couiner de surprise, et l'emmène sur un des canapés. Il entreprend de lui masser les épaules en me jetant un regard en biais. Je vais respecter ma parole et jouer l'indifférent, mais intérieurement je bouillonne. Surtout quand Élodie se met à manifester clairement son bien-être. Je me demande ce que peut bien suspecter mon pote pour me chercher comme ça. Ce n'est pas son genre.

– Tu seras contente de savoir, Élodie Jolie, que le mystère est résolu! s'exclame-t-il de manière théâtrale. Mon flair de Super-Logan ne m'a pas trompé.

– Quoi? Laisse-moi deviner! C'est mamie Huguette… dans le salon… avec le chandelier!

– Nan, nan, nan, ma belle, tu te trompes de jeu, là…

– Mais c'est bien la vieille peau, la coupable, interrompt Amanda. Attends, j'ai pris des photos. Mate-moi ce bordel…

Pendant qu'Élodie regarde attentivement les photos sur le portable d'Amanda et que Logan lui explique notre intervention en long, en large et en travers, j'en profite pour l'observer. C'est un loisir qui me plaît beaucoup. Déchiffrer toutes ses petites mimiques. Élodie est tellement expressive, tellement naturelle dans ses sentiments. Tellement… elle. Qu'elle aime, qu'elle déteste, elle le fait savoir sans se cacher derrière des faux-semblants. C'est pour ça que ces cachotteries autour de… nous me froissent autant. Je ne la comprends pas. Mais j'y penserai plus tard. À cet instant, je veux juste savourer le sourire éclatant qui illumine ses prunelles. Ses yeux se plissent quand elle rit, c'est mignon. Ses lèvres charnues me ramènent inévitablement à notre baiser et au merveilleux moment qui s'est ensuivi. Bien évidemment, plus au sud, mon sexe ne loupe pas une miette de ce souvenir exaltant et je me sens de plus en plus à l'étroit dans mon pantalon. Génial. En plein milieu du salon, bravo Lucky…

– Il est super tard, ça vous dirait qu'on aille tous tester ce restaurant sur le front de neige? proposé-je.

– Super idée, mec, je suis mort de faim, répond Max.

– C'est pas compliqué, t'as tout le temps faim, fait Kelly.

Les filles montent se changer, Élodie galérant un peu dans les escaliers, mais refusant toute aide. Elle ne se débrouille pas trop mal avec ses béquilles. J'enfile vite fait un jean brut et une chemise noire.

Comme il fallait s'y attendre, nous poireautons un moment dans l'entrée. Quand les filles finissent par apparaître, je laisse mes yeux vagabonder sur le corps d'Élodie moulé dans un jean slim accentuant le délicieux fuselage de ses cuisses. Elle a légèrement maquillé ses yeux, les rendant encore plus grands. Au naturel, elle est déjà très belle, mais un brin de sophistication lui va à ravir également. Elle a camouflé les petites cicatrices, témoins de sa propension à se fourrer dans les ennuis. Et puis, quoi qu'elle porte, quoi qu'elle fasse, je la trouve magnifique. Je voudrais pouvoir lui dire à quel point elle est belle, mais cette règle qu'elle nous impose me l'interdit et ça me frustre. Je ne peux plus détacher mes yeux d'elle. Je ne veux plus. La vision de son corps enflamme mon désir, mais je sens bien qu'il n'y a pas que ça. Quelque chose se réveille au plus profond de moi. Un sentiment qui me remue les tripes, qui me vrille la tête. J'ai l'impression d'étouffer quand elle se détourne de moi. Elle m'est devenue aussi essentielle que l'oxygène qui me maintient en vie.

J'aimerais à cet instant me persuader que je ne peux pas déjà avoir des sentiments aussi intenses pour cette femme que je ne connais que depuis quelques jours. Mais au fond, je sais que je me voile juste la face. Comme un con, je suis tombé sous son charme. Elle qui ne voit en moi qu'un plan cul ne méritant pas d'être vu avec elle. Comment est-ce que je vais pouvoir me remettre de ça?

– Ça risque d'être marrant de te voir marcher dans la neige avec tes quatre pattes, ricane Logan.

– Oh, je pensais que Luc pourrait me porter…

– Moi aussi, je peux ! rétorque-t-il, en bombant le torse.

– Je ne veux pas te vexer, beau gosse, mais tu es taillé comme une allumette…

– Ouch, Élodie Jolie… Tu sais frapper là où ça fait mal…

Pour un peu je serais presque jaloux du sourire qu'elle lui renvoie en guise d'excuse. Sans rien dire, je présente mon dos à ma brunette et je glisse mes mains sous ses fesses pour la soutenir quand elle y grimpe. Je sens ses muscles se contracter autour de ma taille, en réponse à ma caresse passée inaperçue aux yeux des autres. Elle s'agrippe à mon cou, un peu trop fort, me forçant à ramener ma tête en arrière, mon oreille à portée de sa tendre bouche. Son souffle chaud m'électrise et je crispe mes doigts dans la chair tendre de son derrière. Finalement, la partie se joue à deux, j'aurais dû me douter qu'elle ne passerait pas son tour.

– Attention, petit Lucky, ton pantalon ne laisserait pas beaucoup de place à l'imagination si je voulais me venger…

Sous les regards en coin intrigués et impatients de nos amis, nous nous mettons en route. Élodie est légère comme une plume, je la sens à peine dans mon dos. Si ce n'est le balancement volontairement accentué de ses hanches qui m'oblige à me concentrer pour ne pas céder aux images à la limite de la pornographie qui envahissent mon esprit. Je suis dans un état second quand nous arrivons devant le restaurant, mais si j'en crois son souffle saccadé à mon oreille, son jeu est à deux doigts de se retourner contre elle.

– Miam, ça sent bon le fromage ! s'exclame Élodie. Prépare-toi pour le trajet du retour, monsieur Muscles.

Je vais manger trois fois mon poids en raclette!

Super, quel programme! Par quel miracle est-elle aussi fine et légère en mangeant autant? Et en effet, ça empeste le fromage à plein nez. En même temps, je ne devais pas m'attendre à autre chose d'un restaurant de montagne, non?

Le repas se déroule sans accrocs, si ce n'est que les effluves immondes de fromage à raclette agressent mon odorat. Je suis sans aucun doute la victime d'un odieux complot puisque toute la tablée – sauf moi – s'empiffre de cet infâme plat. Je baigne dans le fromage… Les seules choses qui me gardent de bonne humeur sont les regards sans équivoque que me jette Élodie assise en face de moi. Ils me font mille et une promesses inavouables. Enfin, je crois. Ou est-ce que c'est ce délicieux vin blanc qui me monte à la tête? Est-ce que je suis aussi en train d'imaginer cette caresse furtive sous la table?

Elle me sourit d'un air entendu et son pied se fait plus insistant contre ma jambe. Il en faut peu pour que mon sexe réagisse à son audace. Mes yeux percutent les siens, emplis de désir, et nous oublions un instant tout ce qui se passe autour de nous. Dans notre bulle, je deviens sourd au bruit des couverts ou des conversations quand le mouvement de va-et-vient qu'elle mime devient franchement évocateur. Je me remémore sans peine les sensations de sa main serrée autour de ma queue. Elle joue, elle me cherche, me provoque. Elle peut bien faire ce qu'elle veut, je suis une victime consentante.

Je saisis discrètement son pied aventureux avant d'être dans une situation délicate.

Moi aussi, je peux jouer, ma belle…

Passant outre son avertissement silencieux, je le dénude légèrement et entreprends un massage qui a l'air de lui faire beaucoup d'effet. Je vois le souffle d'Élodie s'accélérer et elle prend rapidement une gorgée de vin pour masquer son trouble quand Max lui adresse la parole. Le rouge lui monte aux joues et j'adore en être responsable. Je lui fais perdre contenance et je suis anormalement satisfait de provoquer cette réaction. Elle aura beau prétendre ce qu'elle voudra, son corps me parle un autre langage. Et il me dit que je ne suis pas un simple coup d'un soir. En tout cas, j'aimerais m'en persuader.

Avec un sourire mielleux, je relâche son pied et mets fin à ce petit jeu dangereux.

Durant le reste du repas, Élodie est aux anges. Cette ambiance conviviale et les conversations animées la mettent en joie. Je sais qu'elle affectionne particulièrement ces moments de partage. Et moi, que ça laissait simplement indifférent, je commence à comprendre. Toute cette gaieté est contagieuse et je me surprends à rire aux blagues pourries de Logan. J'ai l'impression que mon esprit s'allège. Mes soucis s'envolent, tout comme le doux tintement des éclats de rire d'Élodie. Pour la première fois depuis ce qui me semble une éternité, je peux dire que je me sens bien. Sans mentir. Et miss Catastrophe ambulante n'y est pas pour rien. Je dirais même qu'elle est le catalyseur de toute cette bonne humeur qui me contamine.

Au moment où nous commandons les desserts, une petite famille vient s'installer à la table juste à côté de la nôtre. Deux enfants très jeunes ne tardent pas à nous faire comprendre qu'ils ne sont pas ravis d'être obligés de rester assis, à grand renfort de cris et de pleurs.

– Voilà pourquoi je ne veux pas de mômes, marmonne Logan avec un rictus désabusé.

– Ooooh, mais regarde comme ils sont mignons, s'extasie Kelly.

– Euh… nan. Les mioches, c'est bien chez les autres.

Son ton un peu agressif nous surprend tous un peu. Où est passé le Logan qu'on connaît? Celui qui prend la vie comme elle vient et qui tourne tout à la dérision? Pour un mec qui ne se prend jamais au sérieux, je suis un peu soufflé d'apprendre qu'il s'est déjà posé la question d'avoir ou non des gosses. Me suis-je tellement renfermé sur moi-même ces derniers mois que je suis passé à côté de quelque chose?

D'un haussement de sourcils, Élodie me fait comprendre qu'elle est aussi perplexe que moi.

– Quoi? Quand on y pense, il faut être bien maso pour avoir envie de faire des nuits blanches pendant des mois, mettre ses mains dans la merde, la morve et le vomi, non? Je tiens trop à ma vie sociale!

Logan, le retour. Mais je ne peux m'empêcher de penser que ce trop-plein de sarcasmes cache autre chose. Je ne peux pas lui en vouloir, ce n'est pas comme si moi aussi je ne cultivais pas bien sagement mon secret.

– Non, Esteban! Je t'ai déjà dit que les cacahuètes n'étaient pas pour les petits enfants comme vous, clame la mère.

Je lève les yeux au ciel. La serveuse nous apporte nos desserts. Élodie a visiblement encore de la place pour un fondant au chocolat.

– Oh, c'est trop bon, gémit-elle en fermant les yeux. Je donnerais n'importe quoi pour du chocolat…

Sa langue rose toute mignonne s'enroule autour de la cuillère, provocatrice. Notre petit jeu tout à l'heure ne lui a pas suffi.

– Je ne sais pas comment tu peux encore avaler…

Je suis interrompu par des hurlements de panique provenant de la table voisine. Élodie, la cuillère à la main, fixe d'un air effaré le gamin d'à côté. Et ma seule réaction en voyant ce môme s'étouffer est de rester totalement tétanisé. La mère est complètement affolée et hurle à pleins poumons tandis que son conjoint tape désespérément dans le dos de son fils pour déloger ce qui l'empêche de respirer.

C'est pas possible. Dites-moi que c'est juste un mauvais rêve.

J'ai l'impression que ma vie vient de se mettre en mode *repeat* sur un cauchemar que j'aurais préféré oublier. Je suis incapable de bouger. Mon esprit est comme englué dans la mélasse de mon pire souvenir. Mes réflexes d'urgentiste refusent de s'enclencher. L'âge du gamin, la situation, tout me ramène deux ans en arrière en plein dans ma tourmente.

Ma vue se brouille. Je me sens loin, je me détache, m'enfonçant dans le brouillard. Les sons sont comme étouffés autour de moi, je ne perçois plus que les battements effrénés de mon propre cœur qui s'emballe. Les images du passé me percutent avec une violence inouïe.

Je reçois un coup de pied sous la table qui me ramène brutalement sur terre. Élodie me fixe, dans l'incompréhension la plus totale. Et je suis aussi perdu qu'elle.

23

Élodie

Mais qu'est-ce qu'il attend au juste?

Je nage en pleine confusion. Mon regard passe du gamin en train de s'étouffer à la table voisine à Luc complètement tétanisé en face de moi. Je ne comprends pas. Il est urgentiste, il doit savoir quoi faire, non? Alors pourquoi est-ce qu'il ne réagit pas? Luc est comme… absent. Il fixe la scène avec des yeux vides. Il ne va pas nous taper une crise de panique quand même? Ce serait vraiment un comble!

Et ce gamin qui suffoque… Je commence à paniquer moi aussi. Les hurlements de la mère sont emplis d'horreur et d'impuissance. Son bébé s'est mis à pleurer lui aussi, mais personne ne s'occupe de lui. Ça me tue de ne rien pouvoir faire. Tout le restaurant est figé, mais pas un client ne pense à se lever pour donner un coup de main.

Je balance un violent coup de pied dans le tibia de Luc, oubliant que c'est avec mon pied blessé. La douleur irradie instantanément dans ma cheville, me faisant grincer des dents. L'infirmier paraît enfin redescendre sur terre et me fixe, plein d'incompréhension.

Euh, moi non plus, mon grand, je ne pige pas…

– T'attends le déluge pour faire ton boulot?

J'aurais peut-être pu être moins brutale, mais j'ai l'impression qu'il a besoin d'un électrochoc. Et je crois que j'ai fait mouche. Luc fronce les sourcils et ses yeux se chargent de colère. Contre moi? Contre lui? Je m'en tape, on s'expliquera plus tard. Pour le moment, priorité à l'enfant.

Je me lève sans faire attention à ma cheville blessée et me précipite vers le bébé. J'entends Maxence appeler le SAMU pendant que je tente de calmer le tout-petit. Amanda rassure la maman comme elle peut et je demande si je peux prendre le bébé dans mes bras. À côté de moi, Luc est enfin arrivé comme un missile, détachant l'enfant de sa chaise haute.

– Je suis infirmier. Il a avalé quoi?

– Une cacahuète, répond le père piteusement.

Luc se contente de hocher la tête. Des perles de sueur dévalent dans sa nuque, seul indice qu'il est au comble du stress. Pourtant, ses gestes sont assurés quand il s'assied en plaçant le gamin à plat ventre sur sa cuisse, la tête légèrement vers le bas. On dirait qu'il tient une poupée de chiffons entre les mains. Mon Dieu, faites que rien de grave n'arrive…

Du plat de la main, Luc assène fermement une grande claque dans le dos de son petit patient. Une fois, deux fois. Je retiens mon souffle en serrant fort le bébé contre mon cœur.

La troisième fois est la bonne. L'enfant se met à tousser et respire enfin bruyamment. Je crois que tout le monde autour était suspendu à ce souffle de vie qui vient de s'exhaler de nouveau des petits poumons d'Esteban. Sa mère se précipite pour le prendre dans ses bras tandis que le père pleure en remerciant mille fois Luc pour son intervention. Le héros de la soirée est hyper mal à l'aise.

– Bravo, mec, le félicite Max en lui tapant sur l'épaule.

– T'assures grave, renchérit Logan.

Il ne répond que par un grognement. Quelque chose cloche. Je le sens au fond de moi. Son front est barré par un pli de contrariété et son visage arbore une expression sombre que je ne lui avais encore jamais vue. Je cherche son regard, et quand je le trouve enfin, je découvre des prunelles hantées et agitées. Je suis soufflée par cette souffrance que tout le monde semble ignorer. Moi, elle me percute de plein fouet. Je ne comprends pas sa réaction, il devrait être fier d'avoir sauvé la vie de ce petit garçon. À la place, Luc se perd dans une tourmente qui n'appartient qu'à lui et dont il cache toute l'étendue.

J'aimerais qu'il me fasse assez confiance pour me confier ce qui le plonge dans cette douloureuse torpeur. Je ne sais pas pourquoi. Je veux simplement l'aider. Comme un juste retour de tout ce qu'il a fait pour moi jusqu'à présent. Ou peut-être plus, je ne sais pas. Je ne veux pas y penser pour l'instant.

Nous attendons l'arrivée des secours pour que Luc puisse leur détailler son intervention et aussi un peu pour les entendre dire que tout va bien aller après cette frayeur.

Je crois que je suis comme Logan, pas du tout prête pour les enfants. J'ai bien cru que mon cœur allait s'arrêter. Si être maman implique de frôler la crise cardiaque tous les jours, non merci, très peu pour moi.

Sur le chemin du retour, Luc me reprend comme promis sur son dos. Ma cheville me fait un mal de chien, mais je m'abstiens de me plaindre. L'ambiance est plombée de chez plombée, alors qu'on devrait plutôt se réjouir que tout se soit bien terminé.

– Tu devrais peut-être me faire rouler jusqu'au chalet. Avec tout le fromage que j'ai mangé, je dois bien ressembler à un gros ballon !

Logan ricane en silence, mais ma blague tombe à l'eau tout de même.

OK... Peut mieux faire, Élodie.

– C'est génial ce que tu as fait pour ce petit ce soir, tente doucement Kelly.

Toujours pas de réponse. Les doigts de Luc sont raides sous mes cuisses, trahissant son humeur. Je ne comprends pas ses réactions. Il a sauvé cet enfant, ce soir, il devrait être fier de lui. Mais non, il tire une tronche d'enterrement qui met tout le monde très mal à l'aise. Un mauvais pressentiment me tord le ventre. Amanda n'a pas arrêté de me mettre en garde contre un truc énorme que cacherait Luc. Et appelez ça de l'intuition féminine, un sixième sens ou ce que vous voudrez... mais j'ai l'impression qu'elle avait raison et que ça ne va pas tarder à nous exploser à la figure.

Les mains de mon porteur se font de plus en plus raides

et me pincent durement les cuisses. Je crois qu'il ne se rend même pas compte qu'il me fait mal. Il est totalement ailleurs, et visiblement ce voyage dans ses souvenirs n'est pas plaisant. Et comme je ne suis pas d'un naturel très patient, comme d'habitude, je suis incapable de me retenir de mettre les pieds dans le plat. C'est devenu ma marque de fabrique…

Agacée par la rudesse de ses doigts dans ma chair, je tire un peu brutalement sur ses cheveux pour le stopper. Effet immédiat. Il s'arrête tellement vite que mon front vient cogner l'arrière de son crâne. Merde… Ça fait mal !

– Bon, ça suffit ! Pose-moi tout de suite !

– Ne sois pas ridicule, il reste au moins dix bonnes minutes de marche. Tu comptes faire comment sans béquilles, grosse maligne ? me lance Luc assez sèchement.

– Je vais marcher. Ce sera toujours mieux que de subir ton humeur de bouledogue. Pose-moi ou je te jure que je te mords !

– Je ne suis pas… Merde ! Arrête de parler de ce que tu peux pas comprendre !

– En effet, personne ici ne risque de comprendre quoi que ce soit ! Puisque tu ne dis rien !

– Arrête ! Ce ne sont pas tes affaires.

– Ça le devient quand tu agis comme un con envers moi ou mes amis. Luc, ouvre les yeux ! Personne n'ose te parler. On marche sur des œufs en permanence avec toi !

Luc me laisse tomber à terre sans prévenir et se détourne de nous, empli de colère à peine contenue. J'ai peur d'avoir poussé le bouchon un peu loin. Mais son comportement ne peut mener à rien de bien. Ni pour lui, ni pour ceux qui l'entourent. Parce que maintenant c'est clair pour tout le monde, il cache un truc. Quelque chose qui le fait tellement souffrir qu'il préfère l'enterrer. Qui suis-je pour oser le forcer à se dévoiler comme ça ? Personne. Absolument personne. Mais je ne supporte pas les gens qui souffrent en silence. Il n'y a pas si longtemps, j'ai été cette femme que personne ne voyait souffrir, et j'aurais aimé que quelqu'un me force à déballer mon sac, avant de me perdre totalement. Je ne laisserai personne dans cette situation, même pas un mec insupportable que je connais depuis moins d'une semaine.

Comme il commence à s'éloigner d'un pas rageur, je suis prise d'une furieuse envie de le secouer. Je ramasse de la neige et en fais une boule assez conséquente. Purée, ce mec m'exaspère !

– Élo… je ne sais pas si… commence Maxence.

Trop tard, le projectile est lancé avec toute la force dont je suis capable. En toute honnêteté, je ne pensais même pas toucher ma cible. Et pourtant… Comme au ralenti, je vois la boule de neige éclater à l'arrière de sa tête, en plein de petits morceaux. Luc fait immédiatement volte-face et me toise, furax. Je me mettrais bien à courir, mais bon, je suis comme qui dirait clouée sur place par une cheville défaillante. Je vais me faire massacrer…

Enfin, ça, c'était compter sans l'aide précieuse de mes amis. Logan me cueille pour me mettre à l'abri derrière un panneau publicitaire, et je tombe sur les fesses dans la neige. Kelly et Amanda se mettent à bombarder de boules de neige l'ours furieux qui déboule sur nous. C'est du vrai délire… Nous nous retrouvons à nous canarder avec la neige comme des gamins, sur un chemin à peine éclairé.

Je me mets à rire tellement fort que tout le monde s'arrête un instant pour me regarder. Non, je ne suis pas folle. C'est la situation qui l'est. Et pas qu'un peu. Si quelqu'un nous voyait à cet instant, il appellerait sans tarder les urgences psychiatriques. Mais le rire, c'est contagieux. Et il faut croire que le mien contamine les autres plutôt vite. Les boules de neige pleuvent de nouveau et je ne suis pas épargnée, même planquée derrière mon panneau.

Je me suis relevée, prête à en découdre. Luc me toise, un sourire vicieux aux lèvres, et me vise. Il n'osera pas. Si ? Oh, il a osé ! Je n'ai pas le temps de me détourner, tellement certaine qu'il ne le ferait pas, et je prends la neige en pleine face. Je m'écroule en arrière dans le tapis de poudreuse. Je ne bouge plus.

Au moment où Luc arrive près de moi, essoufflé, je fauche ses jambes d'un geste rapide. Il s'écroule sur le dos à côté de moi, complètement pris par surprise.

– Merde, Élo, j'ai cru que je t'avais blessée !

– T'inquiète, je n'ai rien.

Nous fixons le ciel un instant. Le reste de la troupe est venu s'asseoir aussi. Le calme est revenu autour de nous, mais les battements de mon cœur s'affolent. Je crois que c'est la proximité de Luc qui me fait cet effet-là. J'ai envie qu'il me touche. Et je voudrais tellement qu'il me parle.

Même si je suis bien consciente que je n'ai aucunement le droit de lui demander ça.

– Dis-moi, chuchoté-je.

– Te dire quoi? rétorque-t-il sur le même ton.

– Ce qui te pèse tellement... C'est comme un brouillard sombre que tu emportes partout avec toi. Il te ternit, il te ronge, c'est évident.

– Je... je me hais tellement pour ça. Comment est-ce que je pourrai supporter que mes amis me tournent le dos quand ils sauront?

Logan grogne en contrebas. Mon infirmier tourmenté a visiblement oublié que tout le monde était assis autour de nous.

– Mec, si c'est vraiment ce que tu penses de nous, alors ouais, on devrait peut-être te laisser dans ta merde, s'exclame le grand blond sans nous regarder.

Luc soupire, je le sens hésitant. Il a vraiment la trouille du regard des gens. Mais avec ce qu'il m'a raconté l'autre soir sur sa famille, je le comprends. Il a été élevé comme ça. Selon le principe qu'il faut être irréprochable aux yeux de tout le monde. Confier une faiblesse, une défaillance, doit être horriblement difficile pour lui. J'aimerais tant lui communiquer un peu de ma force.

Je tâtonne dans la neige à la recherche de sa main. Un éclair de chaleur vient zébrer mon ventre quand mes doigts trouvent les siens, et je les presse de toutes mes forces. Il se lance enfin en prenant une grande inspiration:

– Il y a deux ans, à la fin d'une garde aux urgences, nous avons accueilli un enfant. À peine 3 ans. Un blondinet avec une bouille toute ronde. Je n'oublierai jamais ce visage.

Luc souffle. La confession est sans conteste horrible pour lui, alors je serre sa main un peu plus fort encore. Je sens mon cœur se crisper par anticipation.

– Il avait échappé à la vigilance de sa mère pour aller piquer un grain de raisin dans la cuisine. Et il s'est étouffé. J'ai pris en charge ce petit garçon à son arrivée. J'ai assuré à cette mère en pleurs que tout irait bien pour son fils, qu'elle n'avait pas à s'en faire. Je... je m'en veux de lui avoir donné de faux espoirs. J'ai essayé de déloger le raisin de sa trachée, plusieurs fois, mais il était trop loin, trop coincé. Avec le médecin de garde ce jour-là, nous avons tout tenté. Mais le gamin s'est mis en arrêt cardio-respiratoire. J'ai massé son petit cœur pendant une éternité avec les hurlements de sa mère dans les oreilles. Dans mes cauchemars, je les entends encore. Le petit est décédé entre mes mains. Et c'est quelque chose que je ne me pardonnerai jamais.

Les doigts de Luc compriment les miens, comme une supplique de ne pas le lâcher. Je n'ose imaginer comment on peut vivre avec cette chape de culpabilité sur la conscience. Maintenant, je comprends tout. Je le comprends, lui. Il n'est coupable de rien, et au fond de lui, il le sait. Mais en surface, c'est tout autre chose. Réussir à se regarder de nouveau en face après un tel drame doit être affreusement difficile. Et Luc n'a sans doute pas eu le soutien qu'il aurait dû avoir.

Je tourne la tête vers lui. En toute franchise, je ne sais pas quoi lui dire, mais je veux lui assurer mon soutien.

Je suis tellement triste pour cet homme qui a sacrifié un bout de son âme à son métier. Luc fixe les étoiles en silence, les mâchoires serrées, et mon cœur a mal pour lui.

Ma main toujours liée à la sienne, je me tourne complètement vers lui. Les mots sont bloqués dans ma gorge, mais je veux qu'il comprenne qu'il peut compter sur moi, que je ne le juge pas. Que personne n'a le droit de le condamner pour ça. Il paie déjà assez cher. Je frôle doucement son visage de mes doigts froids, attirant son attention. Il semble perdu très loin dans ses pensées.

Et comme à chaque fois que ses yeux se rivent aux miens, une connexion intense s'établit entre nous. Plus besoin de mots, je sais qu'il peut lire en moi. Je suis celle qui le décrypte le mieux, celle qu'il a laissée entrevoir l'homme qu'il est sous sa carapace. Il est celui qui m'a rendue plus vivante, celui qui m'a prouvé qu'il était de taille pour me protéger. Je veux qu'il reste ancré dans cette réalité avec moi, le voir se réfugier si loin m'est difficilement supportable.

– Merci…

C'est le seul mot que j'arrive à lui souffler pour qu'il comprenne. Et ses doigts serrent les miens, un peu plus fort encore, avant qu'il les porte à ses lèvres.

24

Luc

Je n'avais aucune intention de me confier sur cette affaire. Je ne sais toujours pas comment elle s'y est prise pour me pousser à la confidence. Élodie est très douée pour obtenir ce qu'elle veut, de qui elle veut. J'ai tout déballé d'une traite, comme on arrache un pansement. C'est douloureux. Terriblement. J'ai l'impression qu'une main invisible me comprime le cœur, m'empêchant de respirer. Le plus surprenant dans tout ça, c'est bien qu'en deux ans c'est la première fois que je parle de ce petit garçon. J'ai lutté contre moi-même, j'ai sombré, je me suis perdu, j'ai été submergé par la colère et l'injustice. Mais m'épancher comme ça, c'est une grande première que je ne dois qu'à ma brunette. Elle abat mes barrières en un battement de cils, c'est effrayant. Et moi, en un battement de cœur, je suis entièrement à sa merci. Consentante victime.

Ma main toujours dans la sienne, je me laisse porter un instant par le lourd silence qui nous entoure. Un sentiment de malaise et d'impuissance prédomine, que je ne sais pas comment effacer. Je me demande ce qu'ils pensent de tout ça… et si j'ai réellement envie de le savoir. Je me concentre sur la chaleur des doigts d'Élodie, qui me fait un bien fou. Petit à petit, l'étau dans ma poitrine se desserre. En me tournant sur le côté, je m'aperçois que ma belle me regarde. Je plonge droit dans ses yeux brillants de larmes. Je m'en veux de la faire pleurer. Ce n'est pas la première fois que ses larmes coulent pour le mec cabossé que je suis.

– Merci… souffle-t-elle.

Je ne dis rien, me contentant de serrer ses doigts froids entre les miens avant d'y déposer un baiser. Je sais exactement ce qu'elle veut me dire avec ce simple mot. Plus qu'un remerciement, elle me dit qu'elle a conscience de la confiance que je lui accorde en me mettant à nu pour elle. Kelly sanglote discrètement contre Maxence. Amanda a les yeux rivés sur moi, pensive. Elle doit sûrement se demander quel autre squelette je pourrais cacher dans mon placard. Mais c'est Logan qui a la réaction qui me surprend le plus. Mon ami se lève d'un bond, me jette un regard blessé et se casse. Tout simplement, il s'en va. Son dos droit et rigide me laisse penser qu'il est furieux. Je crois qu'à sa place je le serais aussi.

Amanda se remet vivement sur ses pieds et s'apprête à courir après Logan, mais je ne peux pas la laisser faire. Ça ne la regarde pas. C'est entre moi et mes potes que ça doit se passer.

– Laisse-le, Amanda. C'est à moi de régler ça.

– Comme tu veux, le bûcheron. Écoute bien, je ne te le dirai qu'une seule fois.

Je crains le pire. Les phrases qui démarrent comme ça sont rarement de bon augure.

– Si jamais tu as besoin de parler, je sais très bien écouter.

J'en reste sur le cul. Ce n'est pas du tout ce que je m'attendais à entendre. J'imaginais plutôt une sorte d'avertissement pour que je reste loin de sa copine. Ou une tirade sur ma lâcheté. Cette femme est décidément très secrète et une alliée de choix. Je hoche la tête en me levant. Je dois aller trouver Logan. Tenter de lui expliquer et m'excuser. Je ne sais pas trop encore, tout est confus. C'est de nouveau un beau bordel dans ma tête.

Maxence garde le silence, mais son bras amical sur mon épaule m'informe de son soutien. La dernière chose que je souhaite, c'est de perdre leur confiance. Leur amitié m'est essentielle. Ils font partie du paysage depuis si longtemps, ils sont dans tous mes meilleurs souvenirs.

Logan marche vite devant nous, et sa démarche trahit sa colère.

– C'est la première fois que je le vois comme ça, fais-je.

– En même temps, tu admettras que t'as balancé du lourd.

Quand j'arrive au niveau de mon ami, je tente de mettre ma main sur son épaule pour le stopper. Je dois vraiment arranger les choses, mais ma tentative est rejetée d'un geste vif de Logan. Je ne le reconnais pas dans cette attitude.

– Logan, attends, mec.

Il fait volte-face et me plaque durement sa paume sur le torse.

– Quoi? Qu'est-ce qu'il y a à ajouter à toute cette merde?

– Écoute, Logan, je suis désolé… Je…

– Désolé ? De quoi exactement ? D'avoir jugé qu'on n'était pas assez bien pour t'apporter notre aide ? D'avoir trahi notre confiance ? Ou bien de nous avoir baratinés pendant deux ans ?

– Je ne vous ai pas menti.

– Non, tu nous as juste fait croire que tu déprimais à cause de ta rupture avec ta salope d'ex. T'appelles ça comment, toi ? Merde, Luc ! On a toujours été là pour toi !

– C'est pas si simple.

– Si, ça l'est, au contraire. Tu as un problème, tu en parles, on voit ce qu'on peut faire pour t'aider.

– Tu ne…

– Quoi? Tu vas nous sortir qu'on ne peut pas comprendre?

– Bah, excuse-moi, Logan ! Mais dans ta petite vie virtuelle, je ne vois pas ce qui peut se passer de travers !

Merde. Mes mots ont dépassé mes pensées. Je ne sais pas pourquoi je lui ai balancé ça dans la tronche. Logan est aussi blessé que furieux. Et il ne tarde pas à me le montrer. Il ponctue chaque mot d'une violente claque sur mon épaule, me faisant vaciller. C'est la première fois que je le vois faire preuve d'une telle violence. Je ne peux pas croire que c'est juste à cause de moi.

– Parce que tu crois que tu as le monopole des emmerdes? Qu'est-ce que tu sais de ma vie depuis deux ans, hein ? Y a pas que toi qui baignes dans la merde, Luc, ouvre les yeux !

– Logan, fait Max, calme-toi. On a toujours été là les uns pour les autres. Luc a fait le con, mais on doit continuer à se serrer les coudes.

– Qu'est-ce qui se passe, Logan? demandé-je plus calmement. Tu as des ennuis?

– Je crois qu'on parlait de toi et de ton manque de confiance en nous.

– Tu n'y es pas du tout. Vous êtes les personnes qui comptent le plus pour moi, que je… je ne veux pas décevoir. Vous auriez vu une facette de moi dont je ne me vante pas.

Mon meilleur ami me regarde droit dans les yeux. Ça me blesse qu'il teste ma loyauté comme ça, mais je l'ai mérité. Ils ne m'ont jamais fait défaut, et a posteriori je ne sais pas pourquoi j'ai gardé tout ça pour moi. Ma décision me semble complètement stupide à présent.

– Écoute, Logan, je m'en veux de vous avoir caché ça. J'ai touché le fond et j'essaie de remonter la pente. Et j'avoue franchement que tout seul, je n'y arrive plus. J'ai… J'ai…

– Dis-le. Ça ne t'arrachera pas la gueule, réplique le grand blond, acerbe.

– J'ai… besoin de vous. Mes parents diraient que je suis devenu faible de demander de l'aide, mais…

– Arrête. Ça fait juste de toi quelqu'un d'humain, me coupe Maxence, toujours bienveillant.

– Et tu sais ce qu'on pense de tes parents, Lucky Luc.

Le soulagement s'empare de moi. Je n'avais même pas conscience de la tension qui m'habitait avant d'en être débarrassé. Le retour de mon surnom dans la bouche de Logan signe sans doute la fin de notre prise de bec. Mais je ne peux m'empêcher de ressasser ses paroles. En effet, je ne suis pas le seul à avoir des emmerdes, lui aussi a visiblement son lot. Et comme un con, je suis passé à côté, bien terré au fond de mon trou.

– Logan…

– Bon, les jeunes, si vous vous êtes rabibochés, je suis très heureuse pour vous. Mais vous avez vu l'heure ? Une vieille dame comme moi a besoin de dormir et votre escarmouche m'en empêche. Allez jouer ailleurs…

Ah ah ah, la blague ! Mamie Huguette nous surplombe légèrement, accoudée à sa fenêtre. Elle est affublée d'un bonnet de nuit horriblement laid et nous toise sévèrement. Cette vieille nous poursuit ! Logan se retient de rire et Max s'excuse avant de faire signe aux filles de venir.

Nous délaissons la compagnie de mamie pour nous rediriger vers notre chalet. C'est seulement quand Kelly et Amanda arrivent à notre hauteur que je me rends compte d'un léger problème.

– Attendez, les gars ! crie Amanda.

– Qu'est-ce qui se passe, Mindy ?

– Arrête avec ce surnom débile ou je te fais manger tes…

– Oui, oui, on a compris le principe, s'écrie Kelly. Maintenant, si quelqu'un pouvait aller chercher Élo avant qu'elle pète un plomb, ce serait sympa…

Élodie… Oui, la brunette qui sautille ridiculement à cloche-pied dans la neige. Et que nous avons légèrement oubliée en arrière… Difficile de la louper quand on y pense, vu qu'elle vocifère comme un beau diable entre deux chutes. Mamie Huguette va apprécier…

– Toi, le bûcheron, tu ne perds rien pour attendre ! me menace ma brunette en pointant son petit index vers moi.

– Aucune pitié pour moi ?

– De la pitié ? C'est ce que tu attends de moi ?

– Non, tu as raison. J'attends quelque chose de beaucoup plus… chaleureux…

Je profite de ce que nous tournons le dos au reste de la troupe pour attraper sa main et la porter à mes lèvres. Je suçote son index accusateur en y laissant courir ma langue. Sa jolie bouche s'entrouvre sous le coup de la surprise… et d'autre chose, j'espère. À la faible lumière de la lune, j'ai l'impression de distinguer un délicieux éclat dans ses yeux, parfait reflet de son désir. Après ce douloureux aveu de ma faiblesse, j'ai envie de passer à autre chose pour ce soir. Ma vie manque cruellement de légèreté en ce moment et Élodie est une diversion qui frôle la perfection. J'ai envie d'elle. De son corps, de sa peau, de sa lumière.

Toujours à l'abri des regards indiscrets, je saisis son visage fin entre mes mains et relève sa tête vers moi. Ses prunelles noisette scintillent pour moi. Le froid embue nos souffles et ils se mêlent quand je plonge sur sa jolie bouche pour la dévorer. Je fais passer dans ce baiser toute la violence et le tumulte des émotions qui m'assaillent. Élodie est de taille à lutter et elle répond parfaitement à la fougue de mes lèvres. Je cherche l'apaisement dans la chaleur accueillante de sa bouche, je trouve la rédemption dans la lutte charnelle qu'engage sa langue. Elle se livre entièrement à ma bouche avide, elle m'insuffle l'oxygène qui manque cruellement à mon existence. Elle me donne une part de sa lumière pour me montrer le chemin. Je me perds en elle, je prends cette étincelle de vie qu'elle m'offre.

À regret, je quitte sa bouche et pose mon front contre le sien. Élodie est comme un petit animal trop fougueux qui court après sa liberté. Comment pourrais-je lui avouer qu'elle m'est devenue vitale sans la faire fuir?

En rentrant, nous avons accepté de bonne grâce le défi d'Élodie de nous exploser à Mario Kart, défi qu'elle a par ailleurs perdu. Logan est imbattable à ce jeu. Amanda nous a concocté des cocktails de son cru, dont un très salé pour moi, commande spéciale de Logan pour concrétiser sa petite vengeance personnelle. C'est de bonne guerre. Et c'était tout bonnement dégueulasse. Je crois même que ma tête dégoûtée est désormais enregistrée dans la galerie photo d'Amanda. J'ai de bonnes raisons de croire que toutes les tensions et les barrières sont tombées entre nous tous. Nous sommes sans aucun doute en train de nous créer de super souvenirs dans ce chalet, en dépit d'un très mauvais départ.

Et pendant tout ce temps, Élodie a réveillé mon désir à coups de regards incendiaires et de frôlements bien placés. Le message est plutôt bien passé et je n'ai qu'une hâte, c'est que tout le monde monte enfin se coucher. Le manque de sa peau commence à se faire sentir, je suis comme un junkie réclamant sa dose. Elle fait du bien à mon âme, elle apaise mes tourments, et mes démons s'effacent quand elle est près de moi. Et si mon âme est déjà prise dans ses filets, je sais que mon cœur a pris le même chemin. Reste à savoir où en est le sien. Mais pour une fois, je vais suivre son conseil et prendre les choses comme elles viennent. Tirer des plans sur la comète n'a pas du tout réussi à ma dernière relation, alors autant changer de tactique. Et si je dois me contenter de ses sourires et de la douceur de son corps, alors je prendrai tout ce qu'elle consentira à me donner.

25

Élodie

Je suis plutôt contente que la soirée se finisse sur cette note beaucoup plus légère. Ça commençait à virer sérieusement à l'orage entre les mecs. Heureusement, Logan est un homme intelligent, même si je me doute bien que la discussion n'est pas vraiment close. Et sa petite vengeance était franchement très drôle.

Appuyée contre l'évier de la cuisine, en équilibre précaire pour ne pas poser mon pied un peu douloureux par terre, je repense à Luc. À sa terrible révélation sur son passé. Et j'ai mal pour lui. Je n'ose imaginer ce par quoi il a dû passer ces dernières années. Il n'y a qu'une seule chose qui me rende perplexe, c'est sa volonté de taire ce qui lui arrivait à ses deux meilleurs amis. Avec les filles, on se dit pratiquement tout. Enfin, quand je dis tout… tout sauf ce qui concerne mon bûcheron, sans que je sache vraiment pourquoi.

Inévitablement, penser à lui me ramène au petit jeu de séduction de ce soir. C'est plus fort que moi, il faut que je le regarde. Je brûle de le toucher. Je me sens bien quand il est près de moi. C'est complètement paradoxal quand j'y songe et je suis effrayée de ce que je suis en train de ressentir pour lui. Je ne suis pas encore prête à m'ouvrir de nouveau à un homme. Surtout un homme torturé comme lui. Il semble encore tellement souffrir de ce qui est arrivé à cet enfant. Maintenant je comprends pourquoi il est resté comme paralysé au restaurant. Ce cauchemar avait un mauvais air de déjà-vu.

Je suis tellement perdue dans mes pensées que je ne sens la présence de Luc qu'au moment où il vient coller son torse contre mon dos. Le choc de son corps contre le mien est tel que ma respiration se coupe un court instant. Sa chaleur se diffuse délicieusement en moi et je ferme les yeux de contentement. Son odeur de musc et de pin m'enveloppe et j'inspire cette essence qui me fait chavirer. Son souffle chaud vient chatouiller ma nuque quand il ramène mes cheveux sur mon épaule et pose un long baiser appuyé sous mon oreille. Dénudant mon épaule tout doucement, il y trace un long chemin brûlant du bout de la langue, envoyant de puissantes vagues de désir jusqu'à mon entrejambe. Il ne dit pas un mot, il n'en a pas besoin. La collision était inévitable. Nous la désirions tous les deux.

Ses mains se faufilent sous mon haut et s'étalent en étoile sur mon ventre. Luc veut clairement être le maître du jeu ce soir. Et ça me va. Je comprends qu'il veuille reprendre un semblant de contrôle sur sa vie et je lui laisse volontiers les rênes. Et s'il veut que je sois son exutoire, eh bien, je le serai avec plaisir. Mon corps ne semble pas me laisser le moindre choix, de toute façon.

Pendant qu'il continue de picorer mon cou de petits baisers voraces, ses mains remontent avec assurance pour emprisonner fermement mes seins. Rien ne m'avait préparée à cette explosion des sens. Je retiens à grand-peine mes gémissements quand il se met à en agacer les pointes durcies à travers leur prison de dentelle. Il me reste un semblant de lucidité pour me souvenir que nous sommes en plein milieu de la cuisine, éclairés par la lumière de la lune qui filtre à travers la fenêtre. Si jamais quelqu'un descendait, il ne pourrait pas nous louper.

– Toute cette dentelle est magnifique sur toi, souffle Luc d'une voix rauque. Mais je suis certain que ces deux merveilles pourraient s'en passer…

– Ils sont trop petits, fais-je en laissant aller ma tête contre son torse.

– Ils sont parfaits…

Je voudrais me retourner, pouvoir le toucher, le contempler. Mais quand j'essaie, il me plaque contre l'évier d'un puissant coup de bassin. Son désir pour moi est bien palpable dans le bas de mon dos. J'ondule des hanches et frotte malicieusement mes fesses contre son érection, lui arrachant un grognement si sexy qu'il fait encore grimper mon excitation. Mon sexe palpite d'impatience et je serre mes cuisses pour tenter de soulager la tension qui s'y est logée. Mon haut disparaît soudain, comme par magie, et Luc fait glisser mon soutien-gorge le long de mes bras en laissant traîner ses doigts sur ma peau dans une longue et enivrante caresse. Il m'explore, devient maître de mon corps et je me laisse faire, pantin avide de ses mains.

Saisissant mon menton entre ses doigts, il fait basculer ma tête en arrière et s'empare de ma bouche. Son baiser est à la fois tendre et agressif, laissant transparaître le besoin urgent qu'il a de moi. J'entrouvre les lèvres pour le laisser prendre profondément possession de moi. Ma langue entame alors un ballet lascif avec la sienne et je dérive à présent sur des déferlantes de désir pur. Son doux contact m'électrise, la chaleur de ses paumes sur ma poitrine m'irradie. C'est tellement bon, tellement grisant. Je suis à bout de souffle quand il me lâche enfin et mes jambes me portent à peine.

Mais Luc n'en a pas fini avec ses caresses. Il me mène au bout de ma patience, attisant ma frustration avec sa lenteur et sa légèreté. J'ai un peu de mal à lui laisser les rênes à cet instant, d'habitude je suis celle qui décide comment ça se passe, où et avec qui. Il m'oblige lui aussi à lâcher prise.

Sa bouche continue son itinéraire brûlant sur mes épaules et suit le trajet de ma colonne vertébrale. Je me cambre involontairement. Je le sens s'agenouiller derrière moi et butiner ma chute de reins. C'est délicieusement indécent.

D'un geste vif, il fait sauter le bouton de mon jean et j'ai l'impression que le glissement de la fermeture Éclair est assourdissant dans cette cuisine qui abrite nos jeux érotiques. Seuls les bruits hachés de nos respirations haletantes et contenues brisent le silence de la nuit. Le risque d'être surpris augmente considérablement mon excitation. C'est mal, je sais. Je n'ai pas de tendance exhibitionniste en temps normal, mais être avec Luc à cet instant repousse mes limites au-delà de ce qui est acceptable. Et je n'arrive pas à culpabiliser d'adorer ça.

Ses lèvres suivent le trajet de mon pantalon quand il le fait glisser sur mes cuisses, effleurant mes fesses habillées de la même dentelle noire que mes seins. Il suit le fin liseré de ma culotte dans un frôlement absolument exquis qui me tire un long feulement incontrôlable.

– Penche-toi… souffle Luc.

Mon Dieu… L'esprit complètement perdu dans des méandres de pure luxure, je m'exécute et sa main appuie doucement dans le bas de mon dos pour accompagner ma reddition. Je m'accroche comme je peux au bord du plan de travail, en prévision du tsunami qui ne va pas tarder à ravager mon corps.

– Putain…

Son murmure est autant une expression d'émerveillement que de désir. Mon corps lui plaît et cela ravit mon cœur plus que de raison.

Ses mains s'emparent fermement de mes fesses pour en apprécier le rebondi et il les pétrit un instant avant de plonger la tête entre mes cuisses. D'un geste, il les écarte pour se faire une place de choix entre elles. Et à nouveau je ne peux plus réfléchir, mon corps reprend le contrôle, avide de sensations. À travers la dentelle, il peut sans aucun doute sentir à quel point je suis prête pour lui.

– Voyons si ton goût sur ma langue est aussi délicieux que je l'imagine.

– Si tu ne te dépêches pas, tu ne le sauras pas…

– Je dois ajouter l'impatience à la liste de tes défauts?

– Et toi, tu es bien trop bavard pour un mec…

Son rire contre ma peau se répercute directement dans mon bas-ventre, y provoquant de délicieux spasmes. Il crochète ma culotte pour la tirer sur le côté et libérer mon intimité. Son souffle chaud se balade sur l'intérieur de mes cuisses, mais il ne me touche pas encore. Même à cet instant, il a décidé que le jeu n'était pas encore fini.

– Tortionnaire, soufflé-je, plus pour moi-même que pour lui.

– La vengeance est plutôt douce, tu ne trouves pas?

Mais je sais qu'il brûle autant que moi de poser sa bouche sur moi. Je l'entends à sa voix qui est encore descendue d'une octave, ce qui la rend si grave et si excitante.

Un cri d'agonie m'échappe quand sa langue se fraye enfin un chemin sur mon sexe gonflé de désir. Je mords ma main pour ne pas faire plus de bruit tandis qu'il me goûte, qu'il m'explore. Il tournoie autour de mon clitoris, le suçotant, l'agaçant, le cajolant, jusqu'à trouver la bonne manière de me faire vibrer contre sa bouche. Les vagues de plaisir ravagent mon ventre, de plus en plus fortes, de plus en plus vite, me plongeant à chaque fois un peu plus dans les profondeurs de l'extase. Je rends les armes quand deux de ses doigts prennent possession de mon antre dans un va-et-vient à la lenteur diaboliquement calculée. Dans cette position, il percute invariablement mon point sensible, attisant le brasier en moi.

– Plus vite, le supplié-je.

– Montre-moi.

Ses doigts arrêtent leur danse entêtante et je comprends qu'il me laisse choisir mon rythme. Je saisis le peu de contrôle qu'il m'octroie pour ce soir et mes hanches s'animent pour venir s'empaler sur ses phalanges. Je le percute de plus en plus vite, de plus en plus fort, sa bouche s'activant au même rythme. Je me retiens de crier tant les sensations sont incroyables, je crois bien n'avoir encore jamais atteint de tels sommets. Et quand l'ultime vague de jouissance me fauche, je vois des myriades d'étoiles danser devant mes yeux. Mon corps tremble et mon cœur bat tellement vite qu'il en est presque douloureux.

Je me laisse tomber, mes jambes sont incapables de me porter plus longtemps. Heureusement, Luc me rattrape et me porte jusqu'à la table. Il en profite pour me débarrasser de mon jean toujours attaché à une de mes jambes et de l'étoffe de dentelle trempée. Je ne sais pas quel spectacle j'offre ainsi exposée, mais à travers la brume qui m'enveloppe encore, je vois ses prunelles briller de convoitise. Il est encore habillé, ce qui ne me plaît pas du tout.

– C'est un peu injuste que je ne puisse pas te voir…

Il ôte son pull sans se faire prier, me laissant admirer sa musculature puissante. Il est magnifique, taillé comme un dieu de l'Antiquité. Mes yeux dérivent sur ses abdominaux délicieusement dessinés, et la lueur de la lune lui confère un air dangereux. Il n'y a plus de lenteur dans ses gestes à présent et il se débarrasse rapidement de son pantalon et de son boxer. Son corps m'apparaît dans toute sa glorieuse nudité. Je l'admire, je me gorge de toute la puissance qui émane de lui. Il n'a pas à rougir de ce dont la nature l'a pourvu, c'est clair.

– La marchandise te plaît?

– Pas mal, le bûcheron… Encore faut-il savoir s'en servir…

Avec un sourire narquois, il saisit sa queue tendue et fait coulisser sa main sur toute sa longueur. Ce geste est un véritable attentat pornographique qui attise aussitôt les braises dans mon ventre. Je le veux en moi sans attendre, je n'en peux plus. J'ai besoin qu'il vienne combler ce vide en moi. J'ai le sentiment qu'il peut réussir là où les autres ont échoué. Je le supplie du regard et les mots deviennent superflus entre nous. Il récupère un préservatif dans son pantalon et gaine son sexe de latex.

D'un geste sec, il m'attire à lui et positionne mes fesses au bord de la table, m'obligeant à entourer sa taille de mes jambes pour ne pas tomber. Et sans me quitter une seule seconde des yeux, il prend possession de mon intimité. Luc me pénètre lentement, son sexe épais trouvant peu à peu sa place en moi. Il revient goûter mes lèvres dans un baiser profond et exigeant. Et front contre front, il commence à bouger. Il se retient, mais lui comme moi savons que ce n'est pas ce dont il a besoin ce soir.

– Prends-moi, Luc, chuchoté-je contre sa bouche. Prends tout ce que tu veux…

Dans un râle oscillant entre plaisir et souffrance, il accélère le mouvement de ses coups de reins. C'est divinement douloureux, puissamment libérateur. J'oublie où je me trouve pour me laisser posséder. Sa main se crispe sur ma nuque, m'interdisant de bouger quand l'autre cloue ma hanche à la table. J'accompagne comme je peux sa danse frénétique et nos corps se percutent durement dans un claquement mouillé et régulier. Je ne suis pas loin de basculer de nouveau dans les brumes extatiques de l'orgasme. Mon vagin se contracte autour de sa queue et ses coups de boutoir deviennent erratiques. Mon cœur est sur le point d'exploser et ma respiration est laborieuse. Et quand la vague me submerge à nouveau, je l'emmène avec moi sans scrupule. Luc se libère en moi tandis que j'avale son cri rauque dans un baiser.

Nous restons un long moment les yeux dans les yeux, savourant le calme qui succède à cette tempête. Nos cœurs s'accordent enfin sur le même tempo.

Ce soir, je lui ai livré mon corps, mais je lui ai aussi fait don de ce qu'il restait de mon âme. J'ai senti au fond de moi que je pouvais être de nouveau entière, de nouveau moi avec lui. Et tant pis si c'est avec un homme aussi brisé que moi. Tant pis s'il ne connaît encore rien de ce qui me ronge et m'empêche d'avancer. Nous avons prouvé que nous étions à même de nous compléter, de rassembler un peu les morceaux éparpillés. Avec toute la sensualité et la violence dont nos corps sont capables, sans avoir besoin de mots à coller sur nos échecs et nos souffrances.

26

Luc

Les jours suivants passent sous le signe de la bonne humeur. Dès le matin, nous partons skier pendant qu'Élodie reste au chalet pour reposer son pied qui va de mieux en mieux. Elle arrive déjà à se passer de ses béquilles. Elle est ravie, elle n'arrête pas de répéter que sinon sa petite surprise du Nouvel An serait complètement gâchée. Elle n'a rien voulu me dire, pas un seul indice n'a filtré de sa jolie bouche. J'accepte de bonne grâce de jouer le jeu, bien que les surprises ne soient pas mon fort.

En attendant, elle s'occupe comme elle peut. Elle a trouvé le courage de s'atteler à l'écriture du roman dont elle rêve. Ma brunette nous assure qu'elle ne voit pas le temps passer quand elle s'immerge dans son histoire. Mais là encore, elle applique la politique du « motus et bouche cousue » et ça me rend encore plus curieux. Elle ne souhaite pas nous faire lire sa prose et je respecte sa décision.

Le plus dur à gérer dans tout ça? Le fait qu'Élodie souhaite de tout cœur prolonger la magie de Noël… Nous

nous réveillons donc gaiement, depuis cinq jours, au son de la douce voix de Mariah Carey et de son « All I Want for Christmas is You ». Elle ne réussira pas à me faire changer d'avis sur cette fête, mais ce sourire enfantin sur son visage déclenche tellement de choses chez moi et dans mon caleçon que je veux bien me taper toute sa playlist. Même si je frôle l'overdose. La cannelle est devenue un parfum d'ambiance permanent, me poussant à ouvrir les fenêtres en grand, ce qui fait râler Kelly qui a tout le temps froid. Au moins, ma brunette en a fini avec sa boulimie de raclette. Mais je maintiens que cette fille est définitivement fêlée.

Le bon côté, c'est qu'elle met tous les jours une robe aux couleurs de Noël. Des robes très courtes qui me laissent admirer le galbe parfait de ses jambes. On se console comme on peut…

Son corps me rend dingue, j'ai envie de me fondre en elle à la moindre occasion. Nous profitons des rares moments où nous sommes seuls pour faire l'amour. Je ne suis jamais rassasié. J'aime tellement me perdre en elle, elle me fait revivre et ce sentiment est plus grisant qu'un shoot d'adrénaline. Certaines étreintes sont sûrement dignes de scénarios érotiques, notamment cette délicieuse fellation dans le hammam, dont je me souviendrai sans doute toute ma vie. Je crois qu'Élodie est la seule femme à me faire atteindre le paroxysme du désir et de la jouissance. En fermant les yeux, je revois encore ses lèvres délicieuses serrées autour de ma queue, le flou de ses courbes dans la brume épaisse de la pièce et le plaisir évident qu'elle avait à me prendre dans sa bouche. Je me suis assuré que nous étions seuls, mais Élodie avait un doute. Ça ne l'a pas empêchée de me sucer jusqu'à ce que j'explose, émoustillée par le risque de se faire surprendre. Nous avons déployé des trésors d'imagination pour créer des moments d'intimité torride, le lit étant la seule chose impossible à tester.

Chaque fois qu'elle me laisse posséder son corps et que je livre le mien à ses mains gourmandes, j'ai la sensation de lui appartenir un peu plus. Et réciproquement. Je me sens comme un conquistador quand elle m'ouvre les bras ou ses cuisses. Et Élodie cartographie avec application toutes les zones de mon corps qui réagissent à ses caresses ou à ses baisers, comme si elle les apprenait par cœur. Nos étreintes sont évidentes, l'alchimie entre nous fait des étincelles. Je m'endors avec des images de ma brunette, plus ou moins chastes, ma première pensée le matin est pour elle. Mais si elle en est consciente, elle n'en fait pas étalage. Sa stupide règle du silence est toujours de rigueur.

Par deux fois, mamie Huguette est passée prendre le thé avec nous. Élodie a raison : dans le fond, cette femme n'est pas mauvaise. À chaque visite, elle nous a apporté des pâtisseries et nous a longuement parlé de son Charles ou Henri, elle ne sait même plus, la pauvre. Plus je l'écoute, plus je suis persuadé que cette pauvre vieille dame a vraiment été mariée. Je pense qu'elle ne se souvient tout simplement pas que sa moitié n'est plus de ce monde. J'ai presque pitié d'elle. La dénoncer à la police n'a plus vraiment de sens.

Aujourd'hui, ma priorité, c'est de coincer Logan pour lui tirer les vers du nez. Son mal-être est de plus en plus évident et il fait diversion à chaque fois que Max ou moi tentons de lui parler. Ses mots ont tourné encore et encore dans ma tête, je n'arrête pas d'y penser. Quelque chose le tracasse et il n'a pas le droit d'adopter cette attitude qu'il m'a reprochée il y a quelques jours.

Nous profitons de ce que les filles sont au spa pour faire quelques longueurs dans la piscine couverte du complexe. Le sport m'a toujours aidé à me vider la tête et à y voir plus clair quand tout s'emmêle.

Accoudés tous les trois au bord de la piscine, nous attendons que Logan parle le premier. Ce qu'il ne fait pas, bien entendu, ce mec est têtu comme une mule. Une famille s'installe sur les transats près de nous et mon ami ne quitte pas des yeux les deux bambins. Un éclair de souffrance passe dans son regard. Furtif, mais pas assez pour que je ne m'en rende pas compte. Je ne comprends pas ce qu'il a.

– Logan… Je vais te répéter tes propres mots…

– Te fatigue pas, mec. Je vais bien.

– Ouais, c'est évident ! ricane Max. Tu transpires la joie de vivre.

Mon ami se renfrogne.

– Écoutez, les gars, je vous remercie de vous inquiéter pour moi. Je vais pas vous mentir, j'ai reçu une mauvaise nouvelle. Mais je ne veux pas en parler. Pas maintenant.

– Tu sais qu'on sera là quand tu seras prêt à le faire.

– Yep, je sais… Bon. Sinon, la prochaine étape, c'est le

câlin collectif? s'esclaffe-t-il, son air enjoué enfin de retour.

Maintenant, c'est plus qu'évident, ce masque de bonne humeur et d'humour constant lui sert juste à se camoufler. Il ne pourra pas se protéger éternellement, je viens d'en faire l'amère expérience.

– Tu ne veux pas que je te roule une pelle aussi, tant qu'on y est? réplique Max.

– Nan, ça, c'est la spécialité de Blondie, je ne veux pas marcher sur ses plates-bandes.

– Ils vont bientôt en faire un sport national, m'exclamé-je, hilare.

– Tu veux qu'on parle d'Élodie? me fait Logan avec un demi-sourire qui me donne à penser qu'il sait quelque chose.

– Non, il n'y a rien à dire. Je suis juste content qu'elle se soit calmée.

Logan et Max ricanent comme deux ados attardés.

– Quoi? Traîner avec des meufs ne vous réussit pas, les mecs. Vous voulez une discussion qui dégouline d'œstrogènes?

– Si Amanda t'entendait parler, tu porterais déjà tes couilles en collier…

Rire avec mes amis m'avait manqué. Ce genre de conversation inutile m'avait manqué. Leur présence m'est indispensable. Ils comblent parfaitement bien les vides immenses que ma famille a creusés.

– Dans ce cas, vous devriez être plus discrets. Quand tu la regardes, on a l'impression que tu vas lui sauter dessus pour la bouffer.

Je grogne pour toute réponse. Garder le secret m'emmerde

au plus haut point, mais je ne veux pas trahir la promesse que j'ai faite à Élo. Même si je suis certain que mes deux acolytes savent très bien à quoi s'en tenir, et les filles aussi. Nos journées sont ponctuées de regards langoureux et pleins de promesses torrides. Nos frôlements discrets sont autant de projets sensuels. La salle de bains a aussi été le témoin muet de l'osmose qui nous unit et de la passion qui nous anime. Le rideau de douche n'a pas résisté à la fougue d'Élodie. Et à chaque fois que je rentre dans la cuisine, mon regard se porte sur la table et je ressens de nouveau l'abandon de son corps contre le mien. Je la revois encore totalement offerte à moi et mon cerveau disjoncte.

J'ai de plus en plus de mal à me tenir loin d'elle. Le besoin de la toucher devient une obsession. Je suis en manque de son corps souple et délicieux. Et je suis certain que c'est réciproque. Il y a entre nous une alchimie qui ne trompe personne.

***

Élodie

Ce massage est tout bonnement divin. Je n'avais pas conscience d'être aussi tendue. J'en gémirais presque de plaisir, tellement c'est bon. Après plusieurs jours cloîtrée dans le chalet, je suis contente de passer ce moment avec mes amies.

Après notre enveloppement aux algues et un gommage revigorant au miel, nous prenons un moment pour nous plonger dans les bains à remous. Je pourrais y rester toute ma vie. La tête renversée en arrière, je ne pense plus à rien. Ni à Luc. Bon, si je dois être honnête, il occupe toutes mes pensées. Jour et nuit. Je suis folle de son corps, c'en est effrayant. Plus je le touche, moins je suis rassasiée. Quand sa main me frôle, ma peau brûle de sentir ses caresses. Quand il m'embrasse, il déchaîne un désir irrépressible au creux de moi. Il comble parfaitement mon besoin impérieux de sensations. Il a compris comment nos corps peuvent chercher l'oubli dans la volupté. Ce côté possessif qu'il développe peu à peu me fout la trouille autant qu'il m'excite. J'aime ce sentiment d'être unique à ses yeux, la seule qui possède la clé pour voir plus loin en lui. Alors j'évite de penser à ce que ça implique.

Peu importe ce qu'il décide de me faire avec sa bouche, ses doigts, sa queue, c'est toujours avec une évidence troublante que j'accepte le plaisir immense qu'il me donne. Et il sait y faire pour que ce soit inoubliable. Rien que d'y penser, je sens mon ventre qui fourmille d'impatience de le retrouver.

– Et sinon… commence Amanda. Est-ce que ma théorie est exacte?

– De quoi tu parles? s'enquiert Kelly en soulevant son masque pour la regarder.

– Élo nous a promis de nous dire si les pieds du bûcheron tenaient ses promesses…

– Eh bien, comme je n'ai pas couché avec Luc, je ne peux pas te répondre, fais-je en gardant les yeux clos.

Pourvu qu'elles me croient…

Loupé !

Leurs éclats de rire résonnent dans la petite cabine.

Elles se foutent de moi ou je rêve ?

– Et tu comptes faire avaler ça à qui ? reprend Amanda, hilare.

– Élo… Vos regards sentent le cul à plein nez !

– KELLY !

Amanda et moi nous exclamons en même temps. C'est bien la première fois que j'entends ce mot dans la bouche de ma blondinette. Je suis presque choquée.

– Je ne suis pas crédible ?

– Non, pas du tout…

– Mais vous ne le saurez quand même pas !

– Oh oh ! On dirait que la chasse devient très très privée, ricane Amanda.

Je cherche désespérément comment changer de sujet.

– Et sinon, vos numéros sont au point pour la soirée de demain ?

– Je vais faire une démonstration de mes talents de barmaid. *Flair bartending*, ma belle !

– Et toi ? me questionne Kelly.

– Comme ma cheville va mieux, je crois que je peux assurer mon numéro de pole dance. Je pense que Luc va apprécier le spectacle…

– Quel mec n'aimerait pas… affirme ma blonde.

J'espère que ma petite surprise va lui plaire. J'ai un peu le trac et ça fait un moment que je ne me suis pas entraînée. Je ne voudrais pas ressembler à une dinde, ni me vautrer. Après tout, Luc et moi ne parlons pas beaucoup. Je ne connais pas ses goûts, il ne me demande rien sur les miens, à part pour le sexe. Les rares moments où nous ne sommes rien que tous les deux, nous les passons dans le désir et la luxure. Et ça me va, enfin je crois. Ça me rassure qu'il ne demande rien de plus que ce que je lui offre. Nous nous sommes rapprochés et nos moments sont très complices. Nous sommes en quelque sorte complémentaires dans nos tourments. Malheureusement, les discussions à cœur ouvert sont impossibles dans une colocation comme la nôtre. Il y a trop d'oreilles indiscrètes.

Mais voilà, à présent, je me retrouve pleine d'incertitudes concernant la soirée du Nouvel An. Et s'il trouvait ça vulgaire ? Si j'étais à côté de la plaque ? Non, comme dit Kelly, tous les mecs aiment ce genre de truc, non ?

Mais Luc n'est pas comme tout le monde…

Ça m'énerve de me poser autant de questions. Je dois garder à l'esprit que, dans quelques jours, chacun reprendra sa route et que nous conserverons juste de précieux souvenirs de ces vacances peu ordinaires.

Enfin, je crois…

27

Élodie
31 décembre

– Sérieusement, les gars, je suis déçue, m'exclamé-je.

– Oh, allez, Élodie Jolie, ne fais pas la tête ! On a juste mieux joué le coup que vous ! rit Logan.

– Mais vous faire exempter de vos gages ce soir, c'est déloyal ! m'écrié-je, un peu contrariée.

Je dois avouer qu'ils ont été plus rusés que nous. Les mecs sont allés trouver Roméo à l'accueil et l'histoire de mamie Huguette a été dévoilée. Il s'avère que cette vieille dame vit seule ici presque toute l'année. Sa famille semble l'avoir oubliée et je trouve ça triste. Luc a eu une idée qui arrangera tout le monde, je pense. Chacun récupérera les biens qui lui ont été dérobés, personne ne portera plainte contre la vieille dame sénile et le reste des décorations entassées sera offert à une association qui vient en aide aux enfants défavorisés. Je trouve ça très touchant que Luc ait pensé à ça. Sous ses airs d'ours mal dégrossi, il y a finalement un cœur tendre et généreux. Mais ils ont osé négocier leur peine, les bougres.

– Vous auriez pu obtenir notre grâce à nous aussi ! Après tout, c'est mon bonhomme de neige qu'elle a volé.

– Et louper ce que vous nous avez concocté en cachette ? JA-MAIS ! s'écrie Logan en portant la main à son cœur dans un geste théâtral.

Je pouffe. Ce mec est dingue et je l'adore.

Je ne peux pas m'attarder plus longtemps, je dois me préparer pour mon petit numéro. Je m'apprête à monter me changer quand j'entends Logan s'éclaircir la voix dans mon dos. Il s'assure d'avoir l'attention de tout le monde avant de déclamer :

– « Il la pénétra d'un coup de reins puissant qui arracha un cri de plaisir à sa partenaire d'un soir. Il continua d'agacer les pointes de ses seins dressés… »

Je marque un temps d'arrêt avant de percuter qu'il est en train de lire à haute voix ce que j'ai écrit un peu plus tôt. En me retournant, je le vois tenir dans ses mains mon ordinateur portable que j'ai oublié de ranger.

– Hé ! Repose ça tout de suite !

– Eh bien, il y a une sacrée coquine parmi nous, rit Maxence depuis le canapé.

– Élodie Jolie, c'est Lucky Luc qui t'inspire ? fait Logan en haussant ses sourcils d'un air suggestif.

– Arrête de raconter n'importe quoi…

– Oh, je pensais que votre partie de jambes en l'air dans la cuisine avait débloqué ta créativité….

Wow wow wow ! Attendez une minute ! Comment il sait ça, lui ?

Devant son sourire canaille après qu'il a jeté le pavé dans la mare, je n'arrive même pas à être fâchée contre lui.

– Je… Eh bien…

C'est pas vrai, c'est une honte intersidérale… Tous les yeux sont braqués sur moi, ils attendent que je confirme leurs soupçons. Mon visage s'enflamme quand je jette un œil vers la table qui a encaissé notre étreinte.

– Tu joues les voyeurs, le geek ? s'esclaffe Luc en vendant la mèche.

– Ah, vous étiez cachés ? J'avais pas remarqué…

– Logan ! Luc, tu m'avais promis !

– Sur la table ?? s'exclame Max, feignant d'être dégoûté. Sérieux, vous n'avez pas trouvé mieux ?

Honteuse d'avoir été surprise, je me précipite dans les escaliers. Pourtant, quand on joue à ce jeu-là, il faut s'attendre à perdre… Voilà qui ne me met pas en confiance pour ce soir. Logan m'a suivie et me regarde d'un air penaud.

– Désolé, ma belle, je ne voulais pas t'embarrasser. Mais vous deux, ce n'est plus vraiment un secret…

– Mais tu m'as vue… gémis-je en cachant un instant mon visage dans mes mains.

Logan me sourit d'un air bienveillant. Je sais bien qu'il n'a pas cherché à mater volontairement, mais ma gêne est quand même à son maximum. Et Luc a trahi sa promesse. Contre son gré, certes, mais il aurait pu s'abstenir de confirmer.

Mauvaise foi, bonjour !

– Il faisait noir, je n'ai pas vu grand-chose…

Sur un clin d'œil, il me laisse seule dans la chambre. Je dois me dépêcher de me changer si nous voulons arriver à l'heure à la soirée. Logan est un amour. Un ami précieux, jamais dans le jugement. Franc, honnête, à l'écoute. Ses paroles me font un bien fou, même si je suis dépitée.

Bon, stop. Cette nuit, nous avons prévu de nous amuser, je dois arrêter de ressasser. Place à l'ambiance festive ! J'emballe ma tenue pour ma danse, enfile une petite robe du soir noire. Un classique efficace. Par contre, avec ma cheville fragile, je dois me contenter de ballerines à la place de mes habituels talons de soirée.

Heureusement, le trajet jusqu'à la salle où se tient la fête est court. Luc m'escorte en me tenant le bras.

– Je suis désolé, Élo. C'était pas cool de sa part de t'afficher comme ça.

– Non, laisse, ce n'est pas grave. Il faut croire que la discrétion, ce n'est pas notre point fort.

– J'aime beaucoup ce que tu écris… Si tu veux de l'inspiration, je suis volontaire !

– Je n'en doute pas, ris-je en m'appuyant contre lui.

Je suis bien dans ses bras, sa chaleur est rassurante et je m'y fonds toujours avec bonheur. Je suis en train de me voiler la face, Luc me plaît plus que de raison. Tout chez lui m'inspire confiance. Et je sais bien qu'on a tous les deux dépassé le stade du sexe sans lendemain. Tout ça s'est écrit sans que j'y prenne garde, sans qu'il tente quoi que ce soit. Il a respecté mon choix de se laisser porter et voilà où cette alchimie et cette complicité nous mènent. Je ne sais pas encore quoi faire de ces sentiments et je suis presque certaine qu'ils sont partagés. Mais est-ce que je me sens prête? Est-ce que je peux vraiment lui donner plus?

La musique est plutôt bonne, l'apéritif dînatoire est copieux et savoureux. Luc me porte pour me faire danser et je m'amuse comme une petite folle. Contre toute attente, j'apprécie de pouvoir embrasser Luc à la vue de tous. Se cacher s'est révélé épuisant. Stimulant, excitant, mais fatigant.

– Je danse avec la plus belle femme de la soirée, me chuchote Luc à l'oreille.

– Tu es un vilain flatteur!

– Non, pas mal de mecs te regardent.

– Tu es jaloux?

– J'ai des raisons de l'être, affirme-t-il.

Pour toute réponse, je l'embrasse langoureusement. J'espère qu'il ne fait pas partie de ces hommes excessivement jaloux et possessifs, parce qu'on risque de ne pas s'entendre très longtemps si c'est le cas. Non, il n'a clairement pas à s'en faire, ce soir je ne vois que lui. Cela faisait très longtemps que je n'avais pas ressenti ce besoin d'exclusivité avec quelqu'un.

Roméo annonce le début des numéros. Une dizaine de personnes se succèdent dans des démonstrations plus ou moins réussies, des karaokés hilarants aux paroles incompréhensibles. Luc et moi passons notre temps à rire et à nous moquer gentiment. Je découvre encore une autre facette de sa personnalité, une qu'il avait sans doute bien enfouie. Amanda fait sensation en faisant voltiger ses verres à cocktail et Kelly est applaudie chaleureusement pour sa démo maquillage de soirée. Le cobaye n'était autre que Logan et il était impayable.

C'est l'heure pour moi d'aller me préparer dans les coulisses. Je laisse Luc sur un dernier baiser et file mettre ma robe de Mère Noël. Très courte, elle dévoile la finesse de mes cuisses et j'ai pris soin d'y associer un legging noir. Mais c'est le décolleté dans le dos qui est le plus séduisant ; il descend si bas qu'on devine sans peine la cambrure de ma chute de reins. Je fixe mon bonnet à pompon avec des épingles pour qu'il tienne en place pendant ma danse. Je vire mes chaussures pour plus de confort.

Quand la musique débute, j'inspire profondément pour chasser le trac.

Allez, Élo, tu peux le faire !

J'ai choisi un morceau qui me plaît beaucoup : c'est « Thinking Out Loud » d'Ed Sheeran qui résonne dans la salle. Ma barre est éclairée, installée spécialement pour mon numéro. Elle n'attend que moi.

Je glisse gracieusement jusqu'à elle, en priant pour que ma cheville ne me joue pas un mauvais tour. Je m'enroule autour de l'axe dans un mouvement lent et sensuel. Je cherche Luc des yeux dans le public, mais je ne le trouve pas. Tant pis. Je virevolte autour de la colonne de métal, retrouvant mes réflexes. J'accroche mes mains et fais tourner mon corps autour de la barre avant de retoucher terre dans un mouvement léger. J'aime la sensation de liberté qui m'envahit quand je danse. C'est ce qui m'a aidée à tenir bon après le désastre avec Baptiste. Aujourd'hui, ma blessure m'empêche de faire une démonstration dans les règles de l'art, mais je sais bouger autour de la barre et je ne m'en prive pas. De nouveau, mes mains trouvent leur prise et je propulse mon corps vers le haut. Tête en bas, j'exécute un grand écart parfait en tournoyant doucement.

Et je danse, oubliant que je suis devant un parterre de parfaits inconnus. Je danse pour moi, pour me reconnecter à mon corps, pour exprimer ma liberté. Je joue avec la barre, la frôle, la caresse. Et à la fin du morceau, j'enroule souplement mon corps autour d'elle en lâchant mes mains, la tête renversée en arrière.

Un tonnerre d'applaudissements salue ma prestation et je suis heureuse. Je suis un peu déçue toutefois de ne pas avoir capté Luc, après tout cette danse était pour lui. J'envoie des baisers à mon public, et essoufflée, je quitte la scène pour laisser la place à la personne suivante.

Je suis interceptée dans ma course par un homme qu'il me semble avoir déjà vu. Oh ! M. Combi-jaune-poussin !

– Très jolie prestation, Élodie, sourit-il.

– Merci !

Il me ramène sur la piste de danse tout en continuant à échanger poliment avec moi. J'aurais voulu trouver Luc pour avoir son avis aussi, mais j'ai beau le chercher des yeux, je ne le vois pas. Et puis, je peux bien prendre cinq minutes pour papoter avec… *Argh, je ne sais plus son nom…*

– Une danse ? propose-t-il.

J'hésite. J'avais autre chose en tête. Mais j'aime beaucoup cette chanson et je suis encore grisée par ma petite démonstration. J'accepte le bras qu'il me tend et nous commençons à tourner lentement au rythme de la musique. M. Combi-jaune-poussin reste à une distance prudente, ses mains ne s'égarent pas sur mes hanches. Je pense qu'il a peur que Luc ne débarque de nulle part pour lui péter le nez. Ce qui n'aurait aucun sens, bien sûr.

À la fin du morceau, je le remercie poliment avec un sourire et repars en quête de mon cavalier de ce soir, cet interlude déjà expédié dans le fond de ma mémoire. À peine ai-je posé un pied dans la pièce qui me sert de vestiaire qu'on m'agrippe par le bras. Je me retrouve collée contre un torse massif. Heureusement que je reconnais sans mal l'odeur virile et boisée de Luc, sans quoi j'aurais vraiment paniqué. Il pose ses lèvres sur les miennes, exigeant que je les entrouvre pour envahir ma bouche. Nos langues se frôlent, s'excitent dans une lutte érotique et un peu agressive. Il presse son bassin contre le mien. Son érection ne laisse aucun doute sur l'efficacité de ma démonstration.

– Ma danse t'a plu, on dirait, murmuré-je en souriant contre sa bouche.

– Oui, beaucoup.

Je suis satisfaite d'avoir réussi mon coup. Me regarder danser a attisé son désir et je suis fière d'avoir fait mon petit effet. Baptiste, lui, ne supportait pas que je pratique quand nous étions ensemble. Il m'avait ordonné d'arrêter, il trouvait ça vulgaire.

– Ça fait un moment que je t'attends…

– Oh, oui, j'ai salué quelques personnes au passage.

– J'ai vu ça, oui… grogne Luc.

En relevant la tête vers lui, je croise ses prunelles

furieuses. Je me prends sa bouffée de colère de plein fouet et j'ai un mouvement de recul involontaire.

– Qu'est-ce qui te prend? Je…

– Tu préfères visiblement laisser d'autres mecs poser leurs mains sur toi.

– Mais…

– Les miennes ne te suffisent pas? Une seule queue ne te comble pas? Je comprends pourquoi tu préfères les plans cul!

Je suis profondément peinée par les paroles qu'il me jette soudainement au visage avec une hargne que je ne lui connaissais pas. Je sens que c'est la jalousie qui parle, je sais qu'il ne me pense pas vraiment capable de ce qu'il avance. Si? Et ça fait mal. Mon cœur s'effrite à mesure qu'il éructe sa colère. Je craignais que cette possessivité qu'il a à mon égard ne nous amène que des problèmes. Nous y voilà. Au moins, je découvre la dernière part d'ombre de cet homme. La jalousie est un sentiment que j'exècre au plus haut point. Elle ne sert qu'à vous enfermer dans une belle cage dorée, à vous couper les ailes. Si c'est plaisant au départ d'être l'objet d'un sentiment aussi intense, l'étouffement qui vient ensuite tue à petit feu.

– Tu me crois réellement capable de courir dans les bras d'un autre alors que je sors tout juste des tiens? C'est ça que tu penses de moi?

– Je ne sais pas. On ne se connaît pas, finalement.

– Sur ce point, tu as raison! Si j'avais su que tu étais capable de me balancer de telles horreurs, jamais je n'aurais accepté que toi aussi, tu poses les mains sur moi!

Le ton monte et je ne contrôle pas ce que je dis. J'ai conscience d'aller un peu trop loin, de le pousser dans ses derniers retranchements.

– Tu n'étais pas pressée de revenir, alors je suis allé te chercher. Et je te découvre en train de te frotter comme une…

– STOP ! Tu vas trop loin, Luc ! Je ne supporterai pas une seule seconde de plus tes insultes ! Je danse si je veux, avec qui je veux ! Tu n'as absolument aucun droit sur moi, je ne suis pas un meuble ou un animal. Je suis libre, tu m'entends ?

M'entendre crier lui fait l'effet d'un uppercut. Je recule encore, sous le choc de ses dures paroles. Il attrape mon bras pour me ramener à lui, mais je me débats, furieuse et peinée. Sa remontrance, ce dégoût qui transparaît dans ses paroles me ramènent deux années en arrière quand Baptiste régissait ma vie. Je refuse de me noyer à nouveau.

JE REFUSE !

J'entends de nouveau les remarques blessantes, les jugements qu'il portait sur moi, sur mon physique. Je me revois me morfondre tous les jours parce que je ne me pensais pas assez bien pour lui. Je suis presque sortie de tout ça aujourd'hui et il est hors de question que ce trou du cul vienne détruire ce que je peine à reconstruire.

Des larmes plein les yeux et le cœur broyé dans un étau sans pitié, je me précipite dehors pour tenter de respirer un peu mieux. L'air froid me cingle la peau, mais il n'a pas l'effet escompté sur la douleur que je ressens. Il n'y a pas pire sentiment que la déception, surtout quand elle survient à cause de quelqu'un auquel on tient énormément. C'est comme ça que je prends conscience de mon attachement profond pour ce connard. À l'instant même où il me brise le cœur.

Je ne peux pas rester ici. Je dois m'en aller. Rentrer chez moi et retrouver ma famille. Retrouver mes repères qu'il a envoyés voler sans ménagement. J'envoie un texto aux filles et repars presque en courant vers le chalet. Je serre les dents sous la douleur qui irradie dans ma cheville. Les larmes dévalent mes joues, mais elles ne parviennent pas à purger ce sentiment atroce qui me submerge. Devant le chalet, je suis attrapée au vol par Logan, appuyé au mur. Je n'avais pas fait attention à lui. Il me tient un instant contre lui.

– Hé, Élodie Jolie ! Où est-ce… Attends, ma belle, tu pleures ?

Il prend mon visage en coupe dans ses mains et essuie mes larmes avec ses pouces. Je dois ressembler à un panda sous Xanax, mais je m'en moque. J'ai besoin d'une épaule pour exorciser ma colère et mon chagrin.

– C'est Luc ? Ce con a encore merdé, hein ?

– Il… Je…

– Dis-moi, ma belle, tu m'inquiètes !

– Je croyais le connaître, je me suis trompée. Tout ça parce que j'ai dansé avec un mec insignifiant… Je… Logan, il m'a dit de telles horreurs !

– Élo, écoute-moi. S'il n'est pas capable de t'accepter entièrement avec tes défauts, tes coups de gueule ou les choses qui te font vibrer… alors il ne te mérite pas.

Ton besoin de liberté, d'indépendance, te rend spéciale. C'est un abruti s'il te laisse partir.

Je regarde par-dessus mon épaule, mais personne ne m'a suivie. Luc n'est pas sur le chemin, il n'a pas essayé de me retenir. Il n'est pas venu s'excuser. Pourtant, s'il l'avait fait, à cet instant, je sais que ça aurait tout changé. J'étouffe un nouveau sanglot, mais ma décision est prise. Logan a compris et il ne fait rien pour me retenir.

– Tu as mon numéro, Élodie Jolie. Notre amitié m'est précieuse.

Je hoche la tête avec un pauvre sourire et l'embrasse tendrement sur la joue avant d'entrer dans le chalet. Mes valises sont rapides à boucler. Je laisse un mot d'excuse pour mes amies et Max. Tout au fond de moi, je sais que je prends la bonne décision, mais c'est terriblement dur de refermer cette porte. Je retarde l'échéance, espérant sans doute que Luc se trouve sur le seuil. Mais non. Seul le vent glacial m'accueille. La solitude me tombe dessus comme une chape de plomb. La mort dans l'âme et le chagrin chevillé au cœur, je gagne mon véhicule et m'éloigne de ce lieu qui aura vu naître de belles amitiés, mais qui aura aussi violemment soufflé sur la petite flamme d'espoir qui s'était rallumée en moi.

28

Luc

Je suis le roi des cons.

J'ai merdé, et en beauté. Je ne sais toujours pas ce qui m'a pris de lui dire ça. Enfin, si, j'ai ma petite idée. Voir tous ces mecs baver sur son corps m'a rendu dingue. Et ce connard qui a osé poser ses mains sur elle, comme si elle lui appartenait ! Je me suis laissé dépasser par ma colère et la jalousie. Je n'ai pas plus de droits sur elle qu'un autre, mais j'ai vu rouge quand l'autre abruti l'a empêchée de revenir vers moi.

Élodie a raison, elle vit sa vie comme elle l'entend, sans se laisser atteindre par ce besoin d'être irréprochable aux yeux des autres. Elle est libre de faire ce qu'elle veut, elle est comme un oiseau qu'il est impossible de mettre en cage. Et avec ma jalousie mal placée, c'est exactement ce que j'ai essayé de faire. Lui couper les ailes. Bien sûr qu'elle peut danser, toute la nuit, toute la vie, si c'est ce qui la rend heureuse. Bien sûr qu'elle a le droit d'accorder ses magnifiques sourires à qui elle juge bon.

La colère me submerge de nouveau d'un seul coup. Une rage que je ne gère absolument pas et que je ne cherche même pas à contenir. Ce n'était qu'une question de temps avant que j'explose, et sans Élodie pour canaliser mes démons, je plonge droit dans le cœur de mes tourments.

En hurlant comme un dingue, j'envoie valser d'un coup de pied la grande psyché qui éclate au sol dans un vacarme de verre brisé. Je contemple tous les morceaux éparpillés et j'ai l'impression d'y voir ma vie. Une existence en lambeaux que je n'arrive pas à rassembler pour m'y reconnaître à nouveau. Il aura finalement fallu peu de temps à ma brunette pour me cerner et agrandir les failles. Et moi, comme un con, j'ai tout fait foirer.

Pris de remords et mon esprit débarrassé de cette brume amère, je sors pour la chercher. La salle n'est pas si grande et il est évident qu'elle n'est plus à l'intérieur. Je croise Amanda qui me percute, furieuse.

– Je l'avais mise en garde contre toi ! Et j'avais entièrement raison ! Si tu n'es pas capable de la laisser vivre, casse-toi ! Je ne te laisserai pas être celui qui la brise à nouveau !

La barmaid crache son venin en me frappant le torse, martelant chacun de ses mots pour me les graver dans la peau. La briser ? Non, il n'a jamais été question de ça ! Au contraire, j'avais le sentiment qu'ensemble nous pouvions de nouveau être entiers. Je ne comprends pas pourquoi elle me dit ça.

– Est-ce que tu sais où elle est ?

– T'en as pas assez fait ?

– Amanda !

Elle me scrute, à la recherche de la moindre parcelle de sincérité dans mes yeux. Je suis désolé de la tournure que prend la soirée et j'essaie de lui faire comprendre que je veux juste arranger les choses.

– Je veux juste la retrouver pour m'excuser. Si elle ne veut plus me voir, je lâcherai l'affaire.

– OK… Elle nous a envoyé un SMS il y a une demi-heure pour nous prévenir qu'elle rentrait au chalet.

– Merci.

– Attends-moi, je viens avec toi.

Sur le pas de la porte de notre logement, je remarque tout de suite les traces laissées par une valise qu'on a traînée dans la neige.

Non ! Elle n'a pas pu me faire ça !

L'angoisse fait pulser mon cœur à un rythme douloureux. Je me rue dans les escaliers pour entrer dans la chambre des filles. J'ai le sentiment de tomber de dix étages quand je vois son étagère entièrement vidée de ses affaires. La salle de bains l'est également. Elle est partie.

Elle est partie, bordel !

Le cœur au bord du naufrage, je m'assieds sur la première marche d'escalier, la tête dans mes mains. Je suis un connard. J'avais à ma portée une femme pleine de vie, avec laquelle je me sentais de nouveau moi, et je l'ai forcée à fuir.

– T'as dû y aller fort pour qu'elle se casse…

Amanda porte la contrariété sur son visage, mais elle s'assied une marche plus bas et me regarde franchement. Je lui dois la vérité. Je lui relate dans le moindre détail mon altercation avec Élo, espérant qu'elle me dise ce qui a vraiment mis le feu aux poudres.

– Bon. Je ne vais pas te dire que tu es un enfoiré de première, je pense que tu le sais déjà, siffle-t-elle entre ses dents.

Elle doit se contenir pour ne pas m'en coller une dans la tronche. Et je la remercie intérieurement de ne pas laisser sa colère s'exprimer.

– Je ne voulais pas briser qui que ce soit, Amanda, il faut que tu me croies.

– Écoute, Luc, je vais te raconter une histoire qui n'est pas la mienne. Elle me tuera quand elle saura ce que je t'ai dit, mais je prends le risque.

– Pourquoi ?

– Parce que même si tu es un crétin fini, tu as ramené sur son visage un sourire que je n'avais pas vu depuis une éternité. Alors je te laisse le bénéfice du doute. Et crois-moi, c'est une faveur qui ne se renouvellera pas.

Je hoche la tête, un peu perdu. Cette femme me fait flipper. Je crois qu'elle serait réellement capable de me casser les deux jambes si l'envie lui en prenait.

– Il était une fois une fille qui tombe amoureuse d'un garçon sympathique, canon. Bien sous tous rapports. Le genre de mec qu'on a envie de présenter à ses parents et à qui on veut faire des bébés. Ils filent le parfait amour, emménagent ensemble, se fiancent et fixent une date pour le mariage. Et puis la fille se met à changer, à refuser des sorties, à porter des fringues informes qui ne lui ressemblent pas. Elle se renferme et se fane, elle demande l'autorisation pour tout à ce prince charmant pour éviter de le contrarier. Totalement impuissante, la meilleure amie de cette fille voit ce mec la claquemurer dans une cage dont elle n'ose pas sortir, encaissant insultes, brimades et réflexions immondes.

– Merde… Je ne savais pas!

– Tu crois qu'elle le crie sur tous les toits? Bien sûr que tu ne savais pas. Élo a débarqué une nuit chez moi, complètement paumée, pleurant toutes les larmes de son corps. Elle venait de surprendre son connard de copain dans leur lit avec une fille. Elle n'a même pas fait de scandale. Il lui a juste jeté à la gueule qu'il fallait qu'elle s'estime heureuse qu'il la baise encore vu le physique de truie qu'elle se tapait. Il lui a dit de faire ses valises et c'est ce qu'elle a fait. Elle s'est fait jeter de son propre appartement.

Je serre les dents et les poings. Plus le récit avance, plus je me rends compte qu'elle aussi cachait plutôt bien son jeu. Jamais personne n'aurait pu soupçonner qu'elle était passée par cette épreuve. Je comprends mieux l'attitude hyper protectrice des filles à son égard. Mon cerveau percute. Elle refuse d'être un pantin privé de libre arbitre entre les mains de quelqu'un. Elle a soif de liberté parce qu'elle en comprend parfaitement le sens.

– Élo est restée chez moi un moment. Elle était un petit oiseau aux ailes brisées. Se reconstruire n'a pas été facile pour elle. La danse l'a beaucoup aidée à se retrouver, à reprendre confiance en elle.

Tout est bien plus clair à présent, j'ai tout foiré dans

les grandes largeurs. Ça ne m'étonnerait pas qu'après ça elle me raye définitivement de sa vie. Je n'avais pas fait attention, mais Logan, Kelly et Max sont aussi assis dans les escaliers, silencieux. Mes deux potes sont plutôt préoccupés. La blondinette est, quant à elle, ouvertement fâchée.

– Tu mériterais que je te badigeonne de cire pour qu'il ne te reste pas un seul poil sur ton corps d'abruti. T'entendre crier serait une grande satisfaction !

Merde, je suis choqué… Logan est plié d'un rire nerveux et Max regarde sa belle, totalement interloqué.

– Continue à faire des menaces, Catwoman, lance Logan entre deux éclats de rire, et notre petit Max va jouir dans son pantalon.

– Rhaaaa, les mecs, sérieux ! râle Amanda.

Je les remercie d'un signe de la tête de faire retomber la tension après cette douloureuse histoire. Un peu de légèreté me fait du bien à cet instant. Je ne veux pas me morfondre, je veux à tout prix rattraper le coup avec elle.

– Bon, sérieusement, Lucky Luc, tu comptes faire quoi maintenant que tu as fait décamper Élo ? s'enquiert Logan.

– M'excuser serait un bon début. Je vais aller la voir chez elle et…

– Ouais, on voit tous à quel point tu sais parler aux femmes, me pique Max.

Les vrais amis se soutiennent, quoi qu'il arrive. Je suis un abruti de l'avoir oublié si longtemps. Max a raison, je ne veux pas me retrouver devant elle sans savoir quoi dire, ou pire, lui balancer encore une fois des choses que je ne pense pas.

– Tu pourrais lui écrire une lettre, suggère Logan.

– Une lettre ? Sérieux, qui écrit encore des lettres à notre époque ? Tu te crois dans une comédie romantique, ou quoi ?

– Élo est bibliothécaire. Et elle écrit un roman ! Je crois sérieusement qu'elle apprécierait de recevoir une lettre… Et puis toutes les filles sont folles de comédies romantiques, non ?

– Bonjour les clichés, marmonne Amanda en levant les yeux au ciel.

Encore une fois, Logan s'est montré perspicace. Ce mec est très observateur, il cerne les gens assez facilement. Et quand il les apprécie, il aime les connaître vraiment. Il en sait peut-être bien plus sur Élodie que moi, en fin de compte.

– D'ailleurs, les filles, ce roman… enchaîne le grand blond avec un haussement de sourcil grivois. Je ne savais pas que la miss était adepte de ce genre de trucs !

– Si tu savais, rit Amanda. Son chef l'a surprise à plusieurs reprises en train de lire en cachette des romances un peu chaudes pendant le boulot. Elle a pleuré toutes les larmes de son corps quand elle a été transférée dans la section des ouvrages philosophiques !

J'imagine sans peine la tête d'Élodie au moment où elle s'est fait piquer. Ça colle parfaitement bien avec le personnage. Miss Catastrophe… Ce surnom lui va comme un gant. Je laisse mes amis essayer de me distraire de la mélancolie qui m'envahit petit à petit. C'est fou la place qu'elle a prise dans ma vie en si peu de temps. Elle n'est pas arrivée en douceur, loin de là. Elle a défoncé mes murailles pour s'imposer à moi comme la seule évidence, avec la délicatesse d'un char d'assaut. Une tornade force 5… Et il aura fallu que je la perde pour me rendre compte à quel point elle m'est devenue précieuse, indispensable. Sans elle près de moi, les couleurs n'ont pas le même éclat, rien n'a la même saveur.

– Hey, me murmure Amanda en me poussant de l'épaule. Va écrire cette lettre. Je la lui donnerai en arrivant chez elle demain.

– Vous partez ?

– Elle a besoin de nous.

– Et après, je fais quoi ?

– Rien. Tu attends. La balle sera dans son camp. Tu apprendras à être patient.

– Elle me manque déjà.

– C'est comme ça avec Élodie… Quand elle est là, on a envie de l'étrangler, et quand elle s'en va, elle laisse un vide immense derrière elle.

***

Élodie
Deux semaines plus tard

– Tu ne penses pas qu'il a assez mariné ? me lance Kelly.

– Et toi ? T'as rappelé Maxence ?

Mon amie se tait et baisse la tête, signe que non, elle ne l'a toujours pas rappelé. Je regrette aussitôt le ton sec de ma réponse, elle ne mérite pas mon ressentiment.

– Lui et moi, on ne s'est rien promis. Et puis, il a des délires un peu bizarres…

– Stop ! Même bourrée, je ne veux pas savoir !

Je finis mon verre de mojito spécial Amanda. Cette soirée filles me fait du bien. Après le fiasco du réveillon du Nouvel An, je me suis terrée chez mes parents pour me faire chouchouter. Bon, j'ai eu droit à tout un laïus sur ma désertion pour les fêtes de Noël, mon inconstance avec les hommes et mon inconscience quand je leur ai raconté mes mésaventures. Mais ma mère m'a quand même organisé un second repas de Noël pour me consoler. Une formidable attention qui m'a un peu sortie de ma léthargie.

Après quelques nuits blanches à ruminer et à ressasser notre dispute, après de longues heures à regarder dans le vide ou à attendre en vain que l'écran de mon téléphone affiche son prénom, j'ai eu de nouveau envie de prendre le large.

Je suis rentrée chez moi pour y trouver une lettre de Luc. Que je n'ai pas encore ouverte. Le courage me manque. Les filles ne se privent pas de me parler de lui à chaque occasion et je sais qu'Amanda a très envie de me secouer pour que je lise enfin cette missive.

– Raconte-lui la tête qu'il a tirée quand tu l'as menacé de l'épiler intégralement, ricane ma meilleure amie.

La description de Kelly me fait marrer. Cette joyeuse petite bande me manque. Et si je dois être totalement honnête, Luc aussi. Terriblement.

– Tu devrais ouvrir cette lettre, fait la barmaid, revenant encore une fois à la charge.

– Et je fais quoi si ce ne sont pas des excuses ?

– Tu ne peux pas le savoir avant de la lire !

– Je ne veux pas de nouvelles de lui ! J'ai tourné la page.

– Menteuse ! Tu crèves d'envie de la lire !

– Non !

– Si !

– D'accord, je vais le faire ! Je vais lire cette maudite lettre juste pour que tu me foutes la paix !

Amanda tente de cacher un sourire satisfait. Cette fille est une diablesse manipulatrice et je me suis fait avoir. Elle me tend la fine enveloppe que j'ai froissée tant de fois entre mes mains sans oser l'ouvrir.

Je décachette fébrilement la lettre, les doigts tremblants. Mon cœur bat la chamade, je ne sais pas ce que j'espère trouver dans les mots de Luc, mais j'y accorde plus d'importance que je ne l'aurais voulu. J'inspire un grand coup et cherche le soutien dans le regard de mes amies. Amanda me fait un signe de tête et Kelly me sourit gentiment.

Mon Élodie Jolie, ma brunette,

À l'heure où je t'écris ces lignes, je viens de me rendre compte de ton départ et du vide que tu laisses derrière toi. Je suis profondément désolé. Je n'avais pas compris qui tu étais vraiment, je n'avais pas compris ton besoin de liberté. Je m'en veux, si tu savais, de toutes ces horreurs que tu as entendues de ma bouche. Je n'en pensais aucune.

Ton amie Amanda m'a longuement parlé de toi et maintenant je sais. Je sais que ma jalousie n'était pas justifiée. Je sais que j'aurais simplement dû mieux te regarder pour te comprendre. Mais j'ai eu la trouille. Ton indépendance et ton envie de vivre comme bon te semble sont aux antipodes de ce que j'ai toujours connu. Il y a peu, tu m'as demandé du temps. Moi, je te demande une deuxième chance de te montrer que je suis celui qui pourra combler les failles de ton cœur. Que je peux être celui qui te donnera sa force quand tu en manqueras. On se complète si bien, toi et moi.

Tu manques à mon cœur, Élodie. Je me sens comme un pauvre mec qui a perdu la moitié de lui-même. Mon âme est perdue et mon corps te cherche. Sans toi, je ne sais plus comment être moi-même. J'ai besoin de toi. Ne me laisse pas.

Je t'en supplie, Élodie, pardonne-moi.

Un bûcheron décidément trop con

Les larmes dévalent mes joues et je ne cherche pas à les retenir. Elles viennent tacher les mots de Luc de ma détresse. Dans un sanglot, je porte mes mains à ma bouche, j'essaie de ne pas laisser mon cœur se disloquer.

Je ne sais pas quoi faire. J'ai envie de lui pardonner, de lui donner cette deuxième chance qu'il me demande. Mais je lui ai donné les pleins pouvoirs pour me briser et je suis déjà en train de ramasser les miettes de mon cœur et de mon âme. Comment être certaine? S'il savait, lui aussi, le vide que je ressens depuis que je l'ai laissé derrière moi… S'il savait que le mal qu'il m'a fait est proportionnel à ce que je ressens pour lui.

Mais je ne peux pas lui pardonner juste comme ça, juste parce qu'il s'excuse dans une lettre. Même si ses mots transpirent le regret et la sincérité. Même si je lui manque terriblement. Je suis perdue.

La sonnette de mon appartement retentit. C'est étrange, on n'attendait personne, notre soirée cocktails est ultra-confidentielle ! Je sèche mes larmes, souffle et tangue un peu jusqu'à la porte. Qui s'ouvre sur Logan et Max.

– Oh, je suis contente de vous voir ! m'écrié-je en sautant au cou de Logan.

– Je vois que vous avez commencé sans nous ! rigole le grand blond.

Je les laisse entrer chez moi et je ne peux m'empêcher de jeter un œil dans le couloir, à la recherche de quelqu'un qui n'est visiblement pas là. Maxence m'a captée et me sourit.

– Il n'est pas là, Élo.

Je ne réponds pas. C'est inutile. Mes pensées sont toutes emmêlées et l'alcool n'a jamais aidé qui que ce soit à y voir plus clair. Je suis déçue et soulagée à la fois. C'est n'importe quoi. Jamais je ne me suis sentie aussi paumée qu'en ce moment. Le visage de Luc s'infiltre dans mes pensées tous les jours. Je me réveille parfois la nuit en croyant sentir ses mains sur mon corps. Je vais devenir folle à force de penser à ce mec. Et il suffit que je me remémore ce qu'il m'a dit après ma danse pour que la colère flambe de nouveau en moi.

Je m'assieds à côté de Logan. Il m'a manqué ces derniers jours. Même si on s'échange pas mal de messages, ce n'est pas pareil. Il me prend par l'épaule pour me rapprocher de lui. Son air tristounet ne le quitte plus maintenant. Quand il a eu besoin de confier ce qui le rongeait, j'étais là. Et je suis profondément peinée pour lui. Il m'a promis d'en parler aussi à Luc et à Max.

– Allez, le geek ! Goûte donc le célèbre Spécial Amanda ! Tu vas voir, ça remonte le moral !

– Vu le sourire que tu affiches, t'en es pas à ton premier !

– Touché !

– Élo… Pourquoi tu ne le rappelles pas ?

– Je… Je crois que j'ai peur, Logan. Il m'a déjà prouvé qu'il était de taille à me faire du mal.

– Crois-moi, tu lui en fais autant en le repoussant.

Je médite un instant ses paroles – enfin, j'essaie – dans les méandres compliqués et très alcoolisés où mon cerveau tente de ne pas se noyer. Est-ce que ça anesthésie un peu la douleur qui étreint mon cœur ? Même pas…

Un nouveau coup de sonnette rompt le silence.

– C'est pas vrai, les filles ! Vous avez invité tout le quartier, ou quoi ?

Amanda me lance un de ses sourires énigmatiques. Kelly, elle, s'en fout royalement, perchée sur les cuisses de Max à pratiquer leur sport favori : le roulage de galoches. Quelque chose me dit qu'Amanda a mijoté un coup fourré.

J'ouvre une seconde fois la porte pour me retrouver cette fois face à un énorme bouquet de fleurs. Je signe la tablette du livreur et tente de faire rentrer la composition. Elle est énorme.

– T'as un admirateur secret, Élo ? ricane Logan.

– Nan, sûrement pas. Je ne fréquente pas vraiment le genre de type à envoyer des fleurs le lendemain…

Je détache la petite enveloppe où s'étale mon nom en lettres dorées. Oh…

Je ne connais pas tes fleurs préférées, alors j'en ai pris une de chaque… Si tu m'en donnes la chance, je m'appliquerai à tout savoir de toi. De ton parfum de glace favori jusqu'aux films qui te font pleurer. Je les regarderai même avec toi si tu veux me torturer. Je veux faire partie de ta vie, je veux la vivre avec toi. Tu me manques, Élodie Jolie. Laisse-moi la possibilité de te prouver que je tiens à toi…

Voilà, c'est malin, je suis à deux doigts de pleurer. Faire partie de ma vie? Mais je crève d'envie qu'il soit celui qui vienne rompre ma solitude. Simplement, je suis morte de trouille.

– Toutes ces choses exceptionnelles, qui valent le coup d'être vécues, ne le seraient pas sans la peur qui va avec, Élo, me lance Max en m'aidant à poser le bouquet sur la table. C'est même ce qui rend les émotions si puissantes.

Je ne sais pas pourquoi j'ai le sentiment que mon avenir se trouve derrière la porte d'entrée. Il faut juste que je trouve assez de courage pour l'ouvrir et embrasser ce que le destin a prévu pour moi sans me poser de questions. Je ne m'en pose pas autant d'habitude. Ça ne me ressemble pas de tergiverser ainsi.

Max me regarde droit dans les yeux avant de me poser trois questions d'une simplicité enfantine.

– Est-ce qu'il te manque? Sois honnête.

– Oui…

– Est-ce qu'il y a un moment ces dernières semaines où tu t'es sentie toi-même ?

– Oui.

– Quand ?

Mon cœur me hurle la réponse à cette question. Je dégrise à la vitesse de l'éclair et me rue vers la porte en priant de toutes mes forces pour ne pas me ridiculiser à vie si je l'ouvre sur un couloir désert. Mais non, il est bien là. Splendide, comme toujours, moulé dans son jean sombre. Alors que je dois avoir l'air d'un chat tout ébouriffé. Il paraît soulagé de me voir et me contemple comme si j'étais un trésor.

Ses cheveux sont en bataille et des cernes soulignent ses yeux d'un bleu profond. Je me noie un instant dans son regard, incapable de faire un geste. Dieu qu'il est beau ! Je meurs d'envie de me jeter dans ses bras et de ressentir de nouveau cette force quand il me serre contre lui. Je veux qu'il répare mon cœur blessé avec ses baisers et ses caresses.

Je m'attarde sur son visage, comme si je le redécouvrais après une trop longue absence. J'apprécie de nouveau la ligne virile de sa mâchoire, la fine barbe qui mange ses joues et qu'il adore tant frotter dans mon cou. J'ai envie de m'accrocher encore à ses épaules musclées quand il me porte ou d'y enfoncer mes ongles quand la passion devient trop intense. J'ai envie d'y laisser à nouveau ma marque. Je me rends compte que son corps me manque, que sa seule présence comble le vide en moi. Et de le voir, là, dans ce couloir, m'apaise instantanément.

Je suis en manque de ses trop rares sourires. Je suis en manque de lui.

J'hésite sur le comportement à adopter. Je n'ai qu'une envie, celle de me jeter dans ses bras. Je sais qu'il me rattrapera quoi qu'il arrive. Mais ma fierté m'empêche de faire le premier pas. Mon côté garce me conseille de le laisser ramer pour revenir tandis que ma conscience me demande d'abréger la souffrance de cet apollon qui est là uniquement pour moi.

Il trouve le courage de parler le premier, et sa voix grave arrache des frissons à mon épiderme.

– Élodie… Je m'excuse vraiment pour ce que j'ai dit. Je suis un con de ne pas avoir compris qui tu étais.

– Je ne vais pas te contredire.

– Tu ne vas pas me simplifier la tâche, hein? sourit Luc.

Oui, bon, s'il continue à me sourire comme ça, je vais surtout avoir envie de virer tout le monde de chez moi pour lui faire visiter ma chambre. En le voyant si beau devant moi, je me rends compte à quel point il m'a manqué. Mon corps a un besoin vital du sien. Mon cœur est sûrement fait pour battre à l'unisson avec le sien. Quoi? Je m'emballe? Vous n'avez jamais été amoureuse? Alors laissez-moi profiter de ce revirement de conte de fées… J'ai l'impression d'être dans un téléfilm de Noël. Ou une comédie romantique.

– Mon parfum de glace préféré, c'est…

– Chocolat. Tu aimes le bleu, tu détestes la mayonnaise et tu es une folle qui vendrait son âme pour du fromage qui sent les pieds.

– Tu as déjà vu *Dirty Dancing*?

– Non.

– *Ghost*?

– Euh, non plus.

– Tu aimes les dessins animés Disney?

– Je crois bien n'en avoir jamais regardé un seul... Pourquoi toutes ces questions bizarres, Élo?

– Oh, juste pour t'annoncer à quel point tu vas souffrir...

Il ne met pas longtemps pour percuter et m'ouvrir ses bras. Cette fois-ci, plus aucune hésitation, je me jette sur lui. Quand il les referme sur moi, je me sens à nouveau entière. Je ne me sens bien qu'avec lui. Mon cœur exulte. Il me presse contre lui comme si je ne pesais pas plus lourd qu'une plume. Je m'accroche à lui, mon ancre, mon roc, mon tout.

Sans attendre, il dépose de doux baisers sur tout mon visage avant d'unir sa bouche à la mienne. Ce baiser lève les dernières barrières qui persistaient entre nous, nous libérant de toute cette rancœur pour ne laisser place qu'à un sentiment léger et profond à la fois. Celui qui fait battre son cœur plus fort et plus vite contre le mien. Celui qui nous pousse irrémédiablement l'un vers l'autre. Celui que je n'essaie même plus de nier tant il me rend vivante.

Qui aurait cru qu'après m'avoir si durement mise à terre, la vie m'offrirait une seconde chance avec un bûcheron mal dégrossi, coincé et aussi abîmé que moi. Je n'aurais pas parié un centime sur cette histoire.

– Si tu savais comme je t'aime, me souffle Luc, son front contre le mien.

– Redis-le encore une fois…

– Je t'aime… comme un fou…

– La vie n'a pas de saveur sans toi, mon bûcheron.

– Je compte bien ne plus te lâcher. Prépare-toi !

– Je suis prête. Et je t'aime…

Je ne sais pas de quoi demain sera fait, je n'ai pas envie de le savoir. Je compte bien vivre pleinement l'instant présent, en étant moi-même. Je ne laisserai plus jamais personne me façonner. Je suis moi, juste Élodie, une bibliothécaire maladroite, une miss Catastrophe pleine de mauvaise foi, sûrement emplie de défauts en tout genre.

Et si Luc est toujours à mes côtés dans mes lendemains, eh bien je remercierai chaque jour le destin de l'avoir mis sur mon chemin.

ÉPILOGUE

Élodie
Noël, un an plus tard

Luc, à mes côtés, caresse mon ventre prêt à exploser. Son sourire me fait toujours le même effet. Je suis à terme demain, le 25 décembre, si ça ce n'est pas un signe ! Comme ça, s'il ne veut toujours pas fêter Noël, Luc sera bien obligé de fêter les anniversaires de sa fille !

– Si cette demoiselle est aussi contrariante que sa mère, je parie que tu ne goûteras même pas à la bûche, plaisante-t-il.

– Ne me dis pas ça, c'est la seule chose qui m'empêche d'aller me rouler jusqu'au canapé…

Nous sommes tous réunis chez mes parents autour de la table de réveillon, et c'est un joyeux bazar. Je suis tellement heureuse d'avoir tout le monde avec moi ce soir. Logan m'embrasse sur le front avant d'aller s'asseoir tandis que Max, très prévenant, tire ma chaise pour que je puisse prendre place. Mon gros bidon m'oblige à me contorsionner pour y arriver.

– Comment tu vas, mec ? s'enquiert Logan en tapant dans le dos de Luc. J'ai du mal à croire que tu vas devenir papa !

– Si tu savais… J'ai encore du mal à réaliser. Et toi, tu digères la nouvelle ?

– Bof, apprendre que je ne pourrai jamais avoir de gosse, j'encaisse pas trop bien. Mais j'aurai une nièce à gâter, j'ai pas tout perdu !

Il me sourit affectueusement. Il ne le sait pas encore, mais il va être plus qu'un tonton pour notre petite Mathilde. Il sera son parrain, mais nous comptons lui faire la surprise à la maternité. J'espère secrètement que ce sera comme un petit baume pour lui. Le pauvre, apprendre sa stérilité lui a vraiment porté un coup. Mais nous sommes tous là pour le soutenir.

Les petits plats se succèdent, mais je n'ai pas très faim. Je regarde tout ce petit monde se régaler, ça me suffit. Mes parents adorent Luc, c'est le gendre parfait. Il complimente même ma mère sur ses expérimentations culinaires, rien qu'avec ça, il l'a dans sa poche. Ma cousine Lisa lui trouve un air sexy de Henry Cavill. Elle n'a pas tout à fait tort. Mais si elle pose ne serait-ce qu'un doigt sur lui, je la découpe en rondelles façon *The Witcher*. Je crois que Logan et ses jeux vidéo ont une très mauvaise influence sur moi.

– Et toi, Max, tu as des nouvelles pour ce local que tu veux acheter ? demandé-je.

– Oui, la vente est pour bientôt. Mon atelier de menuiserie ne devrait pas tarder à voir le jour. Et nous allons pouvoir emménager dans l'appartement juste au-dessus !

– Nous ?

Max regarde amoureusement Kelly, qui rougit comme à son habitude.

– Oui, Max et moi avons décidé de vivre ensemble.

– Oh, super nouvelle ! s'exclame Luc. Et toi, Mindy ? Tu as des choses à nous annoncer ?

– Si tu m'appelles encore une fois par ce surnom débile, je te jure que Mathilde sera ta seule et unique gamine, élude ma meilleure amie en grimaçant.

Luc ricane et je serre sa main. Il se tourne aussitôt vers moi et pose un doux baiser sur mes lèvres. Il me couve des yeux comme si j'étais inestimable. Son regard sur moi n'a pas changé, même avec vingt kilos de grossesse en plus au compteur. Je suis heureuse à ses côtés et profondément amoureuse. Il me fait me sentir vivante, et dans ses yeux je me sens plus belle que jamais.

– Je t'aime, mon bûcheron.

– Moi aussi, miss Catastrophe… Comme un fou.

– Ne t'affole pas, mon cœur… mais je crois que je ne suis plus étanche.

– Hein ?

– Je crois que je viens de perdre les eaux…

Vent de panique chez les Godichon. Ça sonne comme un film comique. Amanda essaie de me faire respirer alors que je n'ai aucune contraction pendant que Logan filme la scène en se marrant comme une baleine. Maxence me porte jusqu'à la voiture même si je peux très bien marcher toute seule et Luc arrive en courant avec deux grosses valises. Je les regarde s'agiter et je ne peux m'empêcher d'éclater de rire.

– C'est le plus beau jour de ma vie!

– Oui, mon amour, c'est le plus beau jour de notre vie, me répond Luc en posant son front contre le mien.

Oui, c'est une date parfaite pour la magnifique rencontre qui nous attend.

– Tu es prêt à rencontrer ta fille?

– Si elle est aussi parfaite que sa mère, je suis prêt à tout!

– Est-ce que tu penses que je vais pouvoir vivre à nouveau un Noël normal?

– Avec toi, il faut s'attendre à tout, miss Cata. Mais à tes côtés, je suis de taille à tout affronter…

Fin

PLAYLIST

La musique m'inspire énormément, et la plupart du temps je me mets dans l'ambiance ! Vous trouverez ici les morceaux qui m'ont inspirée pour l'écriture de ce roman.

« All I Want for Christmas is You » – Mariah Carey
« Last Christmas » – Wham!
« Let It Snow ! » – Frank Sinatra
« Hurt You » – The Weeknd
« Thinking Out Loud » – Ed Sheeran
« Best I Can » – Art of Dying

REMERCIEMENTS

C'est un exercice que je ne pensais pas avoir la chance de faire un jour… mais nous y voilà ! Mon premier roman est entre vos mains et je n'ai pas de mots pour décrire toutes ces émotions qui m'envahissent.

Cette histoire, qui n'était au départ qu'un simple défi personnel, s'est transformée petit à petit en formidable aventure, et pour ça je dois remercier des filles en or, qui m'ont encouragée, soutenue, dans ma passion pour l'écriture. Un grand merci à Lydie, Leïla, Maryline et son œil de lynx pour les coquilles, et Carole. Merci d'avoir cru en ce récit et en moi quand j'ai douté (souvent…).

Merci à mon premier fidèle lecteur, mon mari, qui m'encourage à chaque instant dans cette aventure.

Un grand merci à mon éditrice, qui a donné sa chance à cette histoire et dont les conseils m'ont été très précieux pour faire de ce premier roman un récit digne de vous.

Je tiens à remercier tous ceux et celles qui auront pris le temps de découvrir l'histoire d'Élodie et Luc. Prenez soin d'eux, je vous les confie ! J'ose espérer que vous aurez pris autant de plaisir à lire leurs péripéties que moi à les écrire…

Extrait

DONOVAN
ROI DES CONNARDS

Lena K. Summers

1

Donovan

J'ai toujours été un roi.

Celui de ma mère, de ma naissance à sa mort. J'ai toujours été sa priorité et elle était ma reine. La plus belle femme que la terre ait portée. Jusqu'à mes 15 ans, nous étions le meilleur binôme qui soit. Elle m'a élevé seule et malgré ça, je n'ai manqué de rien, bien au contraire. Tous les jours elle me rappelait à quel point elle m'aimait. « Le roi de mon cœur », comme elle me surnommait.

Puis j'ai été le roi du lycée. Une période ingrate pour certains, mais pas si terrible que ça quand on est à la tête de son établissement et que toute une cour se plie en quatre pour réaliser tous tes désirs. Au décès de ma mère, j'ai atterri chez mon père. C'était un inconnu pour moi et je l'étais pour lui aussi. Éternel célibataire, il n'a pas bien vu mon arrivée dans sa vie. Il ne me l'a pas dit, mais je l'ai compris à son soupir de soulagement quand je lui ai dit qu'à l'adolescence je n'avais plus besoin de chaperon à chaque heure du jour et de la nuit. Il m'a laissé faire mon deuil à ma manière, en devenant la superstar du lycée. À cette époque, je jouais dans toutes les équipes sportives possibles. Et j'excellais en tout. Un besoin d'évacuer une énergie et une rage que je ne savais pas verbaliser. Je crois d'ailleurs toujours détenir le record de participation au sein des équipes. Donovan McFlane est le roi en toutes circonstances.

J'ai été le roi de la fac aussi, plus pour mes talents sportifs, mais pour mon parcours scolaire. L'outsider que j'étais a bluffé tous ses profs. Il faut dire que quand ils ont vu mon dossier, ils ont grincé des dents et c'est la remarque d'un des membres du conseil qui m'a poussé à me dépasser.

– Il viendra grossir les rangs des sportifs qui nous permettront d'avoir les meilleures donations. Si jamais un sélectionneur le prend sous sa coupe, nous pourrons enfin rénover la bibliothèque.

Je n'étais pas censé entendre ces paroles, mais ce jour-là a marqué un vrai tournant. La rage qui bouillonnait en moi a trouvé une nouvelle façon de s'exprimer. Le jour même, je suis rentré chez mon père et j'ai acheté tous les bouquins nécessaires pour rattraper mon retard et faire fermer la bouche de tous ces bien-pensants. Et j'ai été brillant. Major de promo, référent pour les nouveaux étudiants et assistant de prof la dernière année. Donovan McFlane était un personnage incontournable.

Et aujourd'hui, sept ans plus tard, je suis toujours un roi…

– Oh, oui ! Donovan, ouiiiii…

La voix suraiguë de la nana sous moi me fait sourire. Je sais qu'elle est sur le point de basculer. Je m'active un peu plus, accentuant la pression de ma langue sur son clitoris, alors que ses cuisses se resserrent sur mon visage. D'un geste répété plus de mille fois, je les écarte avec mes épaules et laisse mes mains partir à la recherche de ses seins sous sa chemise rose.

– Mon Dieu…

– Appelle-moi mon roi, dis-je en me reculant de quelques centimètres.

– Tout ce que tu veux mais ne t'arrête pas… Ahhh… Ouiiii…

Elle jouit sous ma langue et je souris en sachant ce qui va suivre. Je me relève et détache la ceinture de mon jean, enfile un préservatif et la pénètre sans attendre. Putain ce que c'est bon ! Le sexe est vraiment la meilleure chose au monde. Je ne pense à rien d'autre qu'à mon plaisir puisque la demoiselle a déjà eu son compte quelques secondes avant. Chacun son tour après tout. Je bouge, laissant mes sensations m'enivrer. Je ne suis pas doux et vu les gémissements de la nana, elle apprécie le sexe sauvage. J'entends un léger grincement et reporte mon regard sur la psyché de la chambre pour voir qui se permet de jouer les voyeurs. Mon sourire grandit quand je reconnais la nouvelle arrivée. Cela va pimenter les choses ! Le O parfait que forme sa bouche quand elle me reconnaît et que ses yeux se fixent aux miens à travers le miroir m'amène à la jouissance. Je pousse un râle de plaisir alors que je quitte les cuisses de ma partenaire et me lève pour retirer la capote que je jette dans la corbeille. Je reboutonne mon jean et observe les deux femmes.

– Donovan… commence la nouvelle. Mais, Donovan…

– Tu le connais ? la coupe la seconde.

– Oui, c'est le mec que j'ai rencontré hier et qui a passé la nuit avec moi !

– Merde ! s'écrie l'autre en planquant son visage dans ses mains. Emma, je ne savais pas. Je…

– Tu plaisantes, Ella ? crie la nouvelle. Je te retrouve dans mon lit avec mon mec et tu vas me faire croire que tu ne savais pas ?

Je les regarde et j'ai envie de rire. Elles sont ridicules.

– Emma, je ne ferais jamais ça !

– C'est pourtant ce que tu as fait !

– Écoute, je ne comprends pas. Quand je suis arrivée après le boulot aujourd'hui, j'ai trouvé Donovan devant l'immeuble. Il s'est approché de moi et m'a embrassée, en me disant qu'il avait envie de moi. Je l'avais déjà vu dans la rue quelques jours plus tôt alors j'ai cru qu'il me voulait vraiment moi, pas qu'il me prenait pour toi.

C'est le moment, celui où je dois l'ouvrir. Et je ne peux empêcher un sourire de naître sur mon visage.

– Oh, mais je savais exactement qui tu étais, expliqué-je en les regardant l'une et l'autre. J'ai toujours voulu baiser des jumelles. Et vous savez quoi, les filles ? Ce que l'on dit est vrai… Vous êtes interchangeables !

Je les vois assimiler mes propos pendant que j'enfile mon blouson.

– Quoi ? hurlent-elles en chœur. Tu as fait quoi ?

– Je vous ai baisées, et cela ne semblait pas vous contrarier pendant que vous criiez mon nom.

– Mais tu es un connard ! crie Emma.

– Non, tu es le roi des connards, renchérit Ella, rouge de colère. Dégage de chez nous !

Je ne me le fais pas dire deux fois et prends la porte, un sourire satisfait sur les lèvres.

Aujourd'hui, je suis bel et bien un roi. Le roi des connards.

2

Penny

Ma vie était toute tracée. Depuis des années, je savais exactement où j'allais et ce que je voulais obtenir. Et jusque-là, j'ai tout réussi. Je peux être fière de la femme que je suis.

– Penelope Douglas, il serait temps de sortir de tes songes, plaisante Lysia.

J'observe la boule d'énergie qui est mon second et souris comme à chaque fois que je pose mes yeux sur elle. Si je devais définir Lysia, je dirais qu'elle est la personnification d'une mousse au chocolat au praliné croquant. Tout en douceur, en formes appétissantes, dont on devient facilement accro une fois qu'on y a goûté et qui possède un caractère qui marque les esprits. Bref, elle est parfaite et c'est aussi ma meilleure amie.

– Soit tu penses à un prochain dessert et, dans ce cas, je n'ai rien à dire, soit tu divagues encore et je dois m'inquiéter.

– Mais non, rassure-toi, tout va bien. Je te l'ai déjà expliqué, l'autre jour, j'ai fait une overdose de sucre. Tu savais que le sucre est la drogue la plus puissante du monde ?

– Ouais, je ne suis toujours pas convaincue. Malgré les quantités astronomiques que j'engloutis, je n'ai jamais déliré comme tu l'as fait.

C'est vrai que quand j'y repense, c'était flippant. Je ne me souviens pas de tout et si je n'avais pas visionné les enregistrements des caméras de surveillance, je n'aurais jamais cru ce que me racontait Lysia.

– Mais si, insisté-je pour changer de sujet, j'ai une constitution différente de la tienne, c'est tout. Bon, j'ai pensé à quelque chose.

– Boulot ?

– Toujours, souris-je quand je la vois lever les yeux au ciel. Une nouvelle recette de verrine à base de kiwi, sablé à la noisette, chantilly citron vert-kiwi et compote kiwi.

– Tu as rêvé de Hulk ou quoi ?

– Quoi ?

– Ça fait beaucoup de vert, tu ne trouves pas ?

J'éclate de rire face à sa réflexion, mais je dois bien avouer qu'elle n'a pas tort.

– Et si au lieu de ton sablé à la noisette, on faisait plutôt un crumble au chocolat ? Cela apporterait le contraste visuel et le chocolat noir ou le gianduja se marient parfaitement avec le kiwi et le citron !

– Mais oui, tu as raison, m'exclamé-je en tapant dans mes mains. Que ferais-je sans toi ?

– Tu passerais plus de temps dans ton labo et ce serait un drame !

– À ce point ?

– Oui, car je perdrais mon acolyte de soirée !

Je grimace en imaginant déjà dans quel plan elle va encore me fourrer. Lysia est une femme enfant qui n'a pas toujours les pieds sur terre. Amoureuse de la sensation d'être amoureuse, elle cumule les histoires éphémères avant de se rendre compte que son *crush* du moment n'est pas celui qu'elle espérait. Comme elle a déjà écumé tous les amis de ses connaissances, elle part en chasse dans les pubs londoniens et je dois l'accompagner alors que je ne rêve que d'une chose : rentrer dormir.

– Tu es certaine que…

– Aucune excuse n'est tolérée, assène-t-elle en posant ses mains sur les hanches. Ce soir, tu enfiles une tenue sexy et tu t'amuses comme la jeune femme de 28 ans que tu es.

– Oui, chef, m'amusé-je en inversant nos rôles. Je t'accompagne à la seule condition que nous ne rentrions pas trop tard, car demain est la plus grosse journée de la pâtisserie et nous devons être en forme !

– Mais oui ! Et au pire, on viendra directement de la soirée si celle-ci est vraiment démente !

– Quoi ? m'écrié-je.

– Je plaisante, ça va. Enfin, peut-être pas, ajoute-t-elle en me tirant la langue.

Ça promet !

***

Trois heures plus tard, je suis assise sur mon canapé, une lettre entre les mains. Je la relis pour la cinquantième fois depuis que j'ai découvert l'information qui va changer ma vie. Je crois être passée par tous les états possibles. J'ai crié, j'ai pleuré, j'ai refusé de comprendre les mots que j'ai lus, j'ai essayé de comprendre et j'ai lu de nouveau afin de prendre conscience de tout ce que cela allait changer dans ma vie. Tout va changer. Tout change déjà. J'ai l'impression que mon corps me lâche et de ne plus avoir toute ma faculté de compréhension.

Un bip me sort de ma torpeur et je découvre un message de Lysia.

[Dress code de la soirée :
sexy en cuir !]

Lysia, la soirée… J'avais oublié. Je m'apprête à décliner sa proposition quand un second SMS arrive.

[Je sais que tu n'as pas de cuir
chez toi, alors prépare-toi,
j'arrive avec une garde-robe
complète. Et rassure-toi,
ce n'est pas la mienne, mais celle
de Célia. Je suis chez toi dans
vingt minutes. Je veux voir
la Olivia Newton-John
qui est en toi !]

Je souris devant ses derniers mots. Nous sommes toutes les deux fans de *Grease*. J'ai longtemps espéré trouver un Danny Zuko, et Lysia me compare souvent à Sandy Olsson, le personnage joué par Olivia Newton-John pour mon côté trop sage et prévisible. Si jusqu'à présent la ressemblance avec la gentille fille de bonne famille ne me dérangeait pas, ce soir elle m'indispose. Pire que ça, elle me révulse. J'ai besoin de sortir de mon corps, de changer celle que je suis puisque je ne serai plus jamais la même. Et si le temps d'une soirée, je devenais la Sandy de la fin du film, celle qui change de look, de caractère, de vie ? Et si ce soir, c'était à mon tour de jouer mon final ?

Je me lève, prise d'une volonté nouvelle, place le courrier dans le tiroir de mon bureau, et me dirige vers la salle de bains.

Quand Lysia se présente à mon appartement, c'est la nouvelle Penny qui lui ouvre.

– Qui êtes-vous et qu'avez-vous fait de mon amie ? me demande-t-elle alors qu'elle m'observe sous toutes les coutures.

C'est vrai que le changement est assez flagrant. Moi qui porte d'ordinaire mes cheveux bruns attachés dans un chignon assez strict, je les ai laissés libres et ai accentué leurs mouvements en faisant de larges boucles qui dévalent sur mes épaules. Je ne suis pas une grande adepte du maquillage, mais j'ai pourtant réalisé un *smokey eye* dont je suis très fière. Bon, j'avoue avoir regardé deux tutos avant de trouver la bonne technique, mais le résultat est plus que correct.

– Je crois n'avoir jamais remarqué à quel point tes yeux sont clairs. Avec ce maquillage on te prendrait presque pour une personne surnaturelle !

– Je ne suis pas certaine que ce soit un compliment, dis-je, pleine de doute.

– Mais oui, patate, tu vas juste tous les envoûter ce soir ! Ils ne verront que toi. Ça va te faire du bien de lâcher la bride un peu, d'être la dark Penny, celle qui ne pense pas et vit.

– Ce soir, je me lâche !

– Et j'ai la tenue parfaite pour toi. Vire-moi ce peignoir et enfile ça !

Je découvre le pantalon slim en cuir et le top bleu turquoise qu'elle me tend. C'est loin de mon style, c'est loin de la Penny que j'ai toujours voulu être. C'est parfait ! Je ne pouvais pas rêver mieux pour changer de peau et oublier tout ce qui m'arrive.

Ce soir, je ne suis pas moi.

Extrait

COLOC AVEC MON BOSS

Erin Graham

1

Étienne

– Et donc, une campagne est prévue pour débuter dans quelques semaines, Antoine a déjà prévenu nos partenaires imprimeurs de l'urgence de votre requête. Le client semble satisfait, nous avons signé l'accord de principe la semaine dernière.

J'adresse un sourire victorieux à Antoine et Ophélie, qui eux aussi affichent un regard confiant. Une affaire rondement menée. Et franchement, je ne peux nier que je suis ravi d'arriver au bout de ces présentations. Cela fait une semaine que nous passons en revue tous nos dossiers en cours pour la satisfaction de ces investisseurs un peu trop pointilleux à mon goût. Tout ça parce que nous avons repris l'affaire familiale pour laisser nos parents s'amuser en France avec la branche française de la compagnie. Leur demande est légitime, paraît-il, mais ces gens s'avèrent plus exigeants que nos clients eux-mêmes.

J'accroche le regard de Mme Hanley mère, la patronne de la grande société d'investissement Hanley qui nous suit et nous finance depuis des décennies.

– Tout ce que nous avons entendu cette semaine est très impressionnant, me félicite-t-elle. Vraiment, je suis sous le charme. Sans manquer de respect à M. Maréchal père, ni à feu votre grand-père, je trouve vos approches innovantes et dynamiques.

Antoine ne peut se retenir de bomber le torse de fierté. Quant à Ophélie, son sourire redouble. Du beau travail d'équipe.

– Cependant… ajoute le fils Hanley d'un air soucieux, minuscule et insignifiant à côté de sa mère, nous ne pouvons décider du renouvellement de notre partenariat pour l'instant.

Un silence épais s'abat dans la salle de réunion. Je détaille l'homme, petit, mince et à l'allure peu avenante, en attendant la suite. Sûr de lui, il se redresse sur son fauteuil en jetant un regard entendu à sa mère qui hoche la tête sobrement.

C'est quoi ce changement de plan ?

– Veuillez m'excuser, monsieur Hanley, mais je pensais que nous avions répondu à toutes vos attentes, de la manière que vous souhaitiez et…

– Oui, oui, tout à fait, monsieur Maréchal, je ne remets aucunement en doute la qualité de votre travail. Le problème n'est pas là.

Antoine gesticule nerveusement sur son siège avant de prendre la parole.

– Je ne comprends pas, notre carnet de commandes est plein, comme vous avez pu le constater, nos clients se fidélisent, nous en avons même approché de nouveaux cette année, et…

– Ce n'est pas ça non plus, ajoute le jeune arriviste en face de nous.

– Ce que mon fils veut dire, tente d'expliquer d'un air calme la présidente du groupe, c'est que ce qui fait l'objet de notre réticence n'est pas votre travail en soi. Ni votre succès présent qui, effectivement, convient à notre cahier des charges.

– Alors ? s'emporte Ophélie dont le regard trahit trop bien l'agacement.

– Alors, mademoiselle Maréchal, reprend le morveux à cravate, nous nous devons de prendre en compte un autre aspect de la situation de votre société. Nous n'investissons pas avec vous quelques centaines de dollars, vous en conviendrez. L'important pour nous est de déterminer si la croissance effective en ce moment perdurera dans le temps. En d'autres termes, si cette passation de direction reste solide et fiable. Et pour cela, nous basons notre jugement sur un aspect plus personnel concernant les dirigeants. Étant nous-mêmes une société reposant sur des principes précieux, tels que les valeurs fondamentales familiales, nous nous interrogeons sur les vôtres. Pour rester crédibles, nous nous devons de choisir nos partenaires en fonction de ce paramètre également.

Je me laisse tomber sur mon siège, épuisé par ce nouveau revirement de situation. Mon for intérieur me supplie de l'envoyer paître, lui, ses principes et ses doléances interminablement changeantes. Mais le nombre d'heures passées sur ce projet m'en dissuade aussitôt.

– Bestcom est une société familiale, monsieur Hanley, me contenté-je de lui répondre. Vous le savez très bien. Notre grand-père a…

– Oui, oui, je sais tout ça, c'est d'ailleurs la raison pour laquelle nous sommes ici aujourd'hui. Mais il apparaît que pour vos cas personnels, nous nous trouvons loin de l'unité familiale.

– C'est-à-dire ? grince Antoine à ma gauche, prêt à lui arracher les yeux. Je vis avec mon frère, et ma sœur est presque mariée ! Niveau famille, on fait difficilement plus stable !

– Effectivement, reprend le fils à maman beaucoup trop arrogant, mais aucun d'entre vous ne présente l'image d'un foyer aimant traditionnel.

– Quel rapport ? siffle ma sœur, au bord de l'éruption, elle aussi.

– Je suis tout à fait conscient que ce genre de critère n'est pas très orthodoxe, mais il nous tient à cœur, s'entête-t-il sans détourner les yeux de ceux de ma sœur à présent, rose de fureur.

Homosexuelle, ma sœur n'apprécie vraiment pas que qui que ce soit la juge sur ses préférences. Et en temps normal, je la soutiens. Simplement, pour ce cas précis, nous parlons de notre support financier principal. Nous pourrions presque nous en passer, mais Bestcom sort d'une crise un peu particulière, nous avons perdu beaucoup de clients, et jouer sans aucun appui financier se révélerait dangereux et compliqué. L'heure n'est pas aux insultes ni aux discussions venimeuses, mais au calme.

– Je ne vois pas en quoi nos vies privées sont à…

– J'aimerais comprendre ce revirement de situation, interromps-je ma sœur en posant une main sur son avant-bras. Nous n'avons rien à nous reprocher sur nos manières de vivre, il me semble.

– Certes, mais aucun d'entre vous n'est un exemple de nos valeurs. Pardonnez-moi si je me montre intrusif dans mon analyse, mais il nous a été remonté ce point important. Votre frère, tout d'abord, est souvent repéré lors de soirées très… libertines, et votre sœur, même si nous sommes pour la liberté sexuelle, ne peut représenter l'unité familiale traditionnelle avec sa… femme. Quant à vous…

Quant à moi, je suis à deux doigts de te refaire le portrait, pauvre type ! Vas-y, continue comme ça…

– Quant à vous, reprend-il d'un air serein, depuis votre dernière rupture, il nous semble que vous vivez seul et apparaissez aux rares réceptions auxquelles vous vous rendez en compagnie de femmes souvent différentes… Quelle image rejaillirait sur notre société si nous choisissions de nous allier à vous ? Vos parents représentaient l'unité qui convenait à nos propres clients. Mais compte tenu du fait qu'ils ne font plus partie de cette société…

Sérieusement ? À mes côtés, ma sœur prend une grande inspiration pour se contenir et ne pas leur sauter au visage.

– Bestcom est tout ce qu'il y a de plus sérieux, grogne mon frère, hors de lui. Et la manière dont j'occupe mes soirées et mes week-ends ne vous regarde en rien ! Quelle espèce de…

– Nous savons que nos procédés peuvent vous paraître étonnants, et sans doute révoltants, l'interrompt la mère d'un ton conciliant. Simplement, le nouveau comité décisionnaire considère qu'un partenariat nous engage aussi bien financièrement que moralement. Ce n'est pas un caprice, mais bien une nécessité à leurs yeux. Professionnels comme vous l'êtes, je suis certaine que vous entendez notre besoin à ce sujet. Considérez que cette conversation a pour but de vous donner l'opportunité de contrer les propos qui nous sont remontés, bien malgré nous, par l'un de vos concurrents.

– Concurrent ? Il n'a jamais été question de concurrence dans nos rapports, me semble-t-il ? rétorqué-je froidement.

– Effectivement, cependant ce n'est plus le cas ! lâche brutalement le fiston détestable. L'agence Dynacom a sollicité notre financement. Il me semble que vous connaissez cette société.

– Shelby ! siffle Ophélie.

Shelby, mon ex. Une sacrée sal… Elle a réellement décidé de nous attaquer sur tous les niveaux.

– Tout à fait ! confirme-t-il. Mlle Rivery est venue solliciter nos services et je dois bien avouer que son argumentaire de présentation tient la route. Elle m'a présenté des idées et des contrats en cours intéressants.

Les nôtres, bien entendu. Nos anciens clients qu'elle a réussi à détourner de Bestcom. Pour tenir la route, je confirme, ils remplissent les critères, mais pour le reste… Une fois qu'elle devra trouver des idées par elle-même, on en reparlera.

– Je ne suis pas d'accord, rétorque sa mère. Cependant, notre organisation au sein du groupe nous impose la discussion et l'ouverture d'esprit quant aux différents avis du comité de direction, dont mon fils fait partie.

– Et donc ? reprend posément mon frère. Mlle Rivery vous a expliqué que nous n'étions pas des personnes fréquentables, c'est bien ça ? Vous a-t-elle décrit sa propre situation ? Sa manière de récupérer nos clients en se servant de notre propre base de données et de nos propres projets ?

Je pose ma main libre sur celle de mon frère. Nous nous sommes toujours refusés à nous abaisser à cette guéguerre contre-productive en accusant Shelby de quoi que ce soit. Cela finirait par nous retomber dessus.

– Vos accusations sont graves, monsieur Maréchal, mais il ne me semble pas avoir eu vent d'un quelconque procès à ce sujet. De plus, le groupe Hanley n'a pas vocation à jouer les arbitres dans une bataille concurrentielle. Ce qui ressort de l'étude des dossiers est beaucoup plus simple et basique. Dynacom s'avère être une entreprise florissante, et Mlle Shelby Rivery, la dirigeante principale, est fiancée à son associé…

Ce qu'il ne sait pas, le petit, c'est que Shelby ne se mariera jamais avec la pauvre cloche qu'elle a entraînée avec elle dans Dynacom. Cette femme est une pourriture – et je pèse mes mots – capable de voler des projets et d'écarter les cuisses pour arriver à ses fins. Il est beau l'esprit familial !

Mais elle ne doit pas très bien savoir contre qui elle vient de rouvrir les hostilités.

– Eh bien, vous pourrez faire savoir à Shelby que ses informations ne sont pas exactes ! affirmé-je haut et fort. Je suis également fiancé, Cathy prépare en ce moment même notre mariage. L'été prochain, je pense…

Je ne sais absolument pas d'où me vient cette « Cathy » imaginaire, mais les mots sont sortis un peu trop rapidement. Ma sœur se retourne vivement vers moi, cachant difficilement son étonnement. Quant à mon frère, inutile d'en parler. Je sais qu'il est à deux doigts d'exploser de rire. L'effort pour se retenir doit lui paraître à la limite du surmontable. Et pour mon cas, une haine profonde se déchaîne dans mes veines. Je croyais en avoir terminé avec cette vipère toxique de Shelby. Je pensais que plus jamais je ne ressentirais la moindre émotion à son évocation.

J'avais tort. La haine proche de l'amour, tout ça c'est du bla-bla… La haine n'a rien à voir avec l'amour, mais plutôt, simplement, avec des envies de meurtre profondes et brutales. Aucun sentiment affectueux là-dedans, je confirme, ça fait bien longtemps que je n'aime plus personne à l'exception de ma famille.

Non, elle, je lui voue un profond dégoût aussi moral que physique.

– Oh ! s'enthousiasme Mme Hanley. Mais vous nous aviez caché ça !

– Je ne pensais pas que la vie privée devait entrer en compte dans nos rapports commerciaux ! lui réponds-je, presque persuadé moi-même de l'existence de cette Cathy totalement imaginaire.

– Dans ce cas-là, ça change pas mal de choses, conclut le fils Hanley. Comme je tiens à suivre ce dossier aux côtés de ma mère, nous allons reprendre tout à zéro. Alors, bien entendu, votre travail reste, il me convient. Simplement, j'aimerais consulter d'autres demandeurs de financements, et soumettre les projets aux membres du comité. L'investissement est trop important pour minimiser les éventuelles offres intéressantes. Voyez-vous, je suis pour l'égalité des chances. Vous détenez sans doute les critiques les plus élogieuses, l'ancienneté comme l'un de nos plus anciens partenaires commerciaux, mais cela n'exclut pas la possibilité que certains de vos concurrents puissent vous surpasser.

– Bien entendu…

Je déteste ce type. Six mois que je passe mes nuits sur les présentations en tout genre… pour repartir à zéro. Cette fois, ils mériteraient que nous les expulsions bien proprement de nos locaux et tentions de nous autosuffire. Cependant, après cette crise que nous venons d'essuyer, ce serait suicidaire de notre part. Les parents ne nous pardonneraient pas non plus les risques encourus. Et j'apprécie la présidente. Avant, nous traitions avec elle seule et c'était parfait. Elle est même une amie de nos parents. De plus, je connais une certaine personne que notre retrait de cette course au financement rendrait trop heureuse. Hors de question de lui offrir cette satisfaction.

– Donc, nous regrouperons des équipes de travail lors de soirées et séminaires, afin de connaître mieux nos éventuels futurs collaborateurs. Vous y serez bien entendu conviés avec votre fiancée, monsieur Maréchal. Je suis réellement pressé de la rencontrer.

– Bien entendu…

Il me sourit d'un air ironique. Il n'a pas cru une seconde à l'existence de Cathy. C'est pourtant l'exacte vérité. Enfin, presque. Il doit bien y avoir une Cathy, quelque part, folle amoureuse de moi, non ?

Euh… Non. Pour l'instant… Mais je connais quelques personnes susceptibles d'avoir envie de jouer le jeu contre un contrat et quelques billets.

Il veut une Cathy ? Il va en avoir une.

Nous nous levons alors que nos clients insupportables prennent congé. Le petit gnome s'empresse d'ouvrir la porte tandis que sa mère se dirige vers moi, embarrassée.

– Je suis désolée. J'ai toujours mené la société seule depuis que mon mari s'est retiré des affaires. Mais il m'a été demandé de laisser la jeunesse prendre ses marques. Je pars en retraite dans une bonne année, je me dois de former la relève et surtout de lui laisser de la place.

– Je comprends, ne vous en faites pas, madame Hanley, la rassuré-je en pressant ses mains entre les miennes. Nous nous prêterons aux nouvelles exigences de votre comité.

– Je vous en remercie. J'ai confiance en vous. Vous êtes mes préférés, et mes protégés, je ne peux oublier toutes ces années de bon partenariat avec vos parents et votre grand-père. Vous pouvez compter sur moi pour vous soutenir.

– Merci à vous. Bonne journée.

– À vous également. Mes amitiés à votre fiancée.

– Je n'y manquerai pas…

Nous les laissons partir, ma secrétaire prenant le relais pour les raccompagner.

Bon…

***

Antoine se tourne vivement vers moi, goguenard, pour ne pas dire à la limite du rire ironique et insupportable :

– Cathy ? Un mariage ? Non mais, sérieusement ? Annoncer que tu préservais ta virginité jusqu'au mariage aurait semblé plus crédible, si tu veux mon avis !

– Je ne sais pas ce que je dois comprendre par là, rétorqué-je, légèrement irrité par son ricanement un peu trop appuyé à mon goût.

– Non, je suis d'accord avec lui ! ajoute ma sœur en croisant les bras sur sa poitrine. Franchement, où es-tu allé chercher une idée pareille ? On n'est pas dans la mouise avec tes déclarations farfelues ! Autant mettre la clé sous la porte tout de suite !

– Ouais… Toi, en couple ! répète mon frère, riant toujours, comme si je venais de lui raconter une blague incroyable.

– Pire que ça ! Marié ! Étienne, parfois je me demande ce qui se passe dans ta tête…

À les entendre, je mène une vie monacale…

– Ah ben, c'est certain que comparé au queutard de service, ma vie semble insupportablement… simple.

– Dis plutôt ennuyeuse, rétorque mon frangin en s'adossant à la table de réunion. Bon, plus sérieusement, Étienne… J'aimerais que tu répondes à une question qu'il me paraît primordial de poser.

Il retrouve son sérieux, ce qui me convient parfaitement. Il commençait à se montrer fortement vexant.

– Je t'écoute ?

– Bois-tu en cachette ?

Ma sœur retient un rire derrière moi mais pas ses répliques agaçantes, comme à son habitude.

– Je parierais plutôt sur la drogue ! Montre tes pupilles ! Dilatées ? Étrécies ?

Je crois que je les déteste. Enfin, non, à ce stade, je suis loin de la supposition. Je le sais.

JE LES HAIS !

– Quoi ? J'essaie de sauver Bestcom ! Il me semble que je suis bien le seul ici, d'ailleurs ! Marrez-vous tant que vous voulez, mais en attendant, il faut bien un superhéros dans cette histoire… Et vous n'en avez clairement pas l'étoffe !

– Oui, mais, Étienne, réplique ma sœur qui décidément trouve toujours quelque chose à redire, Superman, quand il sauve la planète, il ne lance pas des rochers en plastique sur les méchants, tu vois ? Il balance du lourd.

– Eh bien, Cathy est une arme tout aussi redoutable qu'un regard rayon laser !

– Oui, sans doute… quand elle existera, ajoute mon frère en soupirant.

– S'il n'y a que ça ! Je connais quelques femmes qui feront très bien l'affaire… Aucune inquiétude à ce sujet…

– Et franchement, reprend Oph, ses yeux lançant cette fois des éclairs, je ne sais pas si ces gens méritent que l'on coure après leur financement… Leurs propos m'ont blessée.

Cette fois, elle semble touchée, réellement, ce que je comprends. J'oublie immédiatement ses blagues plus que vaseuses pour passer un bras autour de ses épaules.

– La mère Hanley n'est absolument pas comme son fils, Oph. Ne jugeons pas l'ensemble à cause d'un simple élément perturbateur. Les parents ont toujours fait confiance à cette société, et tout s'est toujours bien déroulé… De plus, ce n'est pas comme si nous avions réellement le choix. J'ai confiance en cette femme. Beaucoup moins en son fils, cela dit.

– Tout ça, c'est à cause de cette garce ! grogne-t-elle en serrant les poings. Shelby… Je t'avoue que j'aimerais qu'elle se ratatine un jour sous tous ses sales coups minables.

À qui le dit-elle !

– Ce serait effectivement la cerise sur le gâteau, gagner ce financement et lui faire comprendre qu'elle ne pourra pas éternellement s'attaquer à nous sans retour. Nous l'avons assez laissée faire.

– Dire que c'est ton ex ! Quelle salope !

Ce petit rappel des faits n'était franchement pas indispensable à ce moment de la discussion. Il ne fait que me rappeler que je suis celui qui a fait entrer, à une époque, la louve dans la bergerie. Et que, même si nous l'en avons chassée, les dégâts de son passage restent encore bien palpables chez Bestcom. Et pas uniquement dans cette agence, d'ailleurs.

Mais c'est un autre sujet.

– Nous allons gagner ce financement, Oph ! J'en fais une affaire personnelle. En plus d'une affaire très professionnelle.

– Je suis d'accord avec ça, Étienne, intervient mon frère, mais tout ça ne sera possible qu'en la présence d'une certaine Cathy dans ta vie, dans ton lit et en instance d'entrer officiellement dans notre belle et grande famille, ce qui, pour le moment, me semble une grosse plaisanterie.

– Je viens de vous dire que j'avais la solution à ce problème, Antoine !

– Ah oui ? s'esclaffe mon frère. Et qui comptes-tu nous dégoter comme perle ?

– J'ai mes connaissances, me contenté-je de répondre.

– Si tu évoques tes plans escort, tu peux oublier ! déclare ma sœur en se servant un verre d'eau. Aucun des énergumènes que tu nous as ramenés jusqu'à présent n'a une tête de Cathy et encore moins de future épouse modèle !

– Je te trouve un tantinet vindicative, Ophélie ! Jennyfer était très bien.

– Ben voyons ! Parfaite pour un peep-show, c'est certain. Enfin, Étienne !

Ma sœur, cette ennemie infiltrée au cœur de ma vie.

– Je ne vois pas de quoi tu parles.

– Nous parlons des call-girls qui ne savent pas se tenir et que tu ramènes à nos dîners avec des clients, s'emporte mon frère. Tu as tellement peur de ressentir quoi que ce soit envers la race humaine, sous-catégorie féminine, que tu choisis systématiquement les pires. Je ne voyais pas comment t'en empêcher jusque-là, mais si ton but est de remporter ce contrat malgré les attaques de Shelby, il va falloir que tu ailles chercher ailleurs ! La garce comprendra aussitôt ton subterfuge idiot et nous perdrons la face. Donc, si tu veux coiffer la concurrence au poteau, je n'y vois pas d'inconvénient, je dirais même que ce n'est pas trop tôt. Mais Étienne, nous choisissons Cathy. Pas toi.

Non mais je rêve ou mon frère, mon cadet, me donne des ordres ?

– C'est moi le boss, on fera ce que j'ai décidé. Jennyfer.

– Dans tes rêves, frérot ! ricane ma sœur. Je me range à l'avis d'Antoine.

– Mais je ne vous demande pas votre avis, figurez-vous ! Incroyable !

– Sans moi, cette société aurait coulé depuis des années, argumenté-je en haussant le ton. Je n'ai aucun ordre à recevoir de vous !

– Sans toi et la confiance aveugle que tu as octroyée à cette pétasse, nous n'aurions pas besoin de redresser cette entreprise,

Étienne ! m'attaque Ophélie. Donc, OK pour la revanche, même si je reste outrée par ce que j'ai entendu tout à l'heure. Mais à nos conditions. Sinon, on te vire ! Et je balance tout à papa et maman…

– Tu plaisantes, j'espère ? l'interrogé-je, estomaqué, après avoir compris qu'elle ne plaisantait pas. Tu vas me faire du chantage avec les parents ? Mais tu as quel âge, sérieusement ? Si tu veux te battre et te faire tirer les couettes, vois ça avec Antoine ! J'ai légèrement autre chose à faire, même si toi comme ton « frérot » n'avez pas la moindre idée de ce que le mot « responsabilité » signifie.

– Quoi ? J'ai rien dit ! émerge mon frère, l'air absent. Et va te faire foutre, au passage. Mon boulot je le fais, et Ophélie aussi. Simplement, nous n'oublions pas nos vies, nous !

– Tout à fait d'accord ! Et s'il le faut, s'entête ma sœur, j'irai réellement en parler avec les parents, Étienne. J'en ai marre de te voir agir comme un mormon depuis cinq ans.

Mais de quoi parlons-nous exactement ? J'adore ma sœur, mais elle fait parfois preuve d'un comportement maladivement puéril. Et je ne préfère pas m'attarder sur le cas de mon frère.

– Quel rapport ? Et je ne vis pas en mormon ! Je retape la société pour…

– Pour rien du tout ! s'impose mon frère. Ophélie a raison. Il faut tourner la page et avancer. Donc, on va faire simple ! OK pour te suivre mais nous choisissons Cathy. Et tu fais le reste.

– *Yes* ! s'engoue ma sœur. Je propose Suzanne ! La petite pin-up de l'accueil. Elle a un de ces postérieurs… La perfection !

– Attends, t'étais pas censée être fiancée, toi ? s'étonne mon frère.

– Et alors, même au régime, je ne m'interdis pas de lécher la vitrine… Et encore moins de plonger un doigt dans la pâtisserie si cela s'avère nécessaire !

– Ophélie ! m'étouffé-je.

– Ben quoi ? Détends-toi, le mormon ! Je suis encore pure et fraîche, t'inquiète.

Ben voyons. Cette enfant est vraiment mal élevée, c'est incroyable. C'est moi qui vais finir par alerter les parents.

– Non, mais Suzanne, ça ne va pas, décide Antoine. Elle sent clairement le cul à des kilomètres. Je propose Léthy.

– Qui ça ?

Je ne connais pas cette personne. Ni la précédente, d'ailleurs.

– Léthy, s'agace ma frangine. Ta secrétaire à mi-temps ! Mais non, elle doit avoir maximum 15 ans cette gamine, c'est une stagiaire. Plutôt Doris !

– Doris porte bien son nom et oublie tout, Oph ! réfute mon frère. Elle gaffera ! Kareen ?

– Euh, Kareen est bizarre et trop tatouée. Le profil n'ira pas. De plus elle est mariée à un homme légèrement possessif. Mauvaise idée.

– Salma, alors ?

– Cette nana est grand-mère ! s'énerve Ophélie. Mais enfin, Antoine, arrête, tu proposes vraiment des plans glauques ! Tu veux que notre Étienne soit dégoûté du sexe, genre, à vie ? Après Shelby, il lui faut un peu de fraîcheur.

– Non, mais attendez ! les stoppé-je en me massant le front, épuisé. Déjà, de qui parlez-vous ? Je ne connais aucune de ces personnes. Et je ne vais pas coucher avec Cathy mais la payer pour qu'elle joue un rôle. Remettons les choses en place deux minutes, s'il vous plaît. Et Oph, assieds-toi, tu me colles un mal de crâne incroyable à tourner autour de la table comme ça.

– Tu ne les connais pas, me répond mon frère, mais pourtant tu les salues tous les matins, Étienne ! C'est bien ça le problème. Tu ne regardes même plus les humains qui gravitent autour de toi. Quant au fait de coucher avec Cathy, n'essaie pas de me faire avaler le fait que tu ne termines pas à l'horizontale avec tes escorts lorsque tu les raccompagnes chez elles.

Sentant un ras-le-bol incroyable poindre en moi, je ne juge pas utile de répondre et me contente de le fixer d'un air neutre.

Mon intimité n'intéresse que moi, nous sommes bien d'accord ?

– J'y crois pas ! s'écrie Oph en s'asseyant en face de moi. Tu ne couches même pas avec les greluches que tu trimbales à ces soirées ? Non, mais Étienne, si tu payes, c'est pour consommer !

Fatigué…

Et non, je ne « consomme » pas ces femmes, parce que dans le fond, je suis d'accord avec eux sur un point… Toutes celles qui m'ont accompagné se sont toujours révélées être des somnifères ambulants. Aucune conversation intéressante, aucun charme, aucun « truc » qui réveille les instincts, si ce n'est un corps parfait. Mais malheureusement, les plastiques parfaites vides de sens, j'ai appris à m'en méfier.

Pour toute réclamation à ce propos, merci de vous rapprocher de Shelby Rivery.

– Ne mélangeons pas tout ! tenté-je afin de détourner le sujet. Je vais demander à Jennyfer.

– Non ! contre Antoine. C'est non, et puis c'est tout ! J'en connais une, discrète, embauchée il y a quelques mois. Cette femme est lumineuse, elle sourit tout le temps, ça te fera du bien. De plus, elle semble sympa et marrante. C'est l'intérimaire que nous avons embauchée pour seconder Josh pendant son absence. Et sérieuse, ce qui ne gâte rien. Elle le remplace depuis trois semaines et franchement, elle fait du bon boulot.

– Oh, mais oui, Elisabeth, je crois ! Je n'ai pas l'impression qu'elle vive en couple, de plus… En tout cas, pour ce que j'en sais, elle ne porte aucune alliance et n'évoque jamais un éventuel homme dans sa vie lors des pauses-café… ajoute ma sœur pensivement.

– Qui est Josh ?

Les deux me toisent sans sympathie.

– Étienne, Josh, c'est le comptable ! Il bosse pour nous depuis des années ! Faut vraiment que tu te mettes à la page, là, parce que tu me fais flipper !

Comme si je n'avais que ça à faire ! Consulter la gazette du personnel en buvant mon café le matin, devant la photocopieuse.

Dommage pour eux, je ne bois pas de café en arrivant. Ici, je bosse. Contrairement à eux, visiblement.

– Et sinon, à part écouter les potins de couloirs, vous travaillez parfois ? Non, c'est juste pour situer jusqu'à quel point Bestcom vous arrose à ne rien faire.

Ma sœur lève les yeux au ciel en se tournant vers notre frère.

– Je suis d'accord pour la comptable.

– Non, mais sérieusement ? Une comptable ? soupiré-je

en me laissant aller contre le dossier de mon siège. Et quoi ? On va devoir lui payer l'esthéticienne pour gommer son monosourcil et lui apprendre à se maquiller, aussi ? Encore du fric perdu ! Et merci de m'épargner les longues soirées de discussions passionnantes à propos de plans comptables et d'amortissements…

– Va pour la comptable ! confirme mon frère, visiblement devenu sourd à mes lamentations. De toute manière, vu que tu ne consommes pas, inutile de faire dans la nana bandante et chaudasse. Même si, très honnêtement, elle l'est. Très séduisante. D'ailleurs, j'ai modifié mon tour du matin. Depuis son arrivée, je passe par le service administratif. Tu sais, pour glander devant la photocopieuse… Je change un peu de paysage. Les néons de ce service me vont bien au teint.

Ma sœur pouffe comme une gamine alors qu'il lui adresse un clin d'œil. Je vais virer ces deux zouaves dès la fin de l'opération « Superhéros ». Si nous perdons notre financement, ce sera toujours ça de gagné. Un sacré paquet d'économies en perspective.

– Une comptable ! me lamenté-je en m'affalant sur la table de réunion devant moi… De pire en pire.

– Allez, Étienne, s'amuse ma sœur. Dis-toi qu'elle va t'apprendre plein de secrets pour faire des économies. Ça va être passionnant.

– C'est ça ! Marre-toi !

Mon frère s'étire en se dirigeant vers la porte.

– Très bien. Allons rencontrer notre nouvelle perle. Étienne, tu es prié de sourire, pour une fois. Et rappelle-toi : race humaine, femme sans doute sensible et surtout, surtout, sa mère l'a dotée d'un prénom à sa naissance. Elisabeth. Pas Mme la comptable ! Répète après moi : E…

Je manque de lui coller mon poing en pleine tête alors qu'il tire sur mon bras pour m'enjoindre à me lever.

Qu'est-ce qu'il ne faut pas faire…

addictives

Romans déjà parus

Rose Becker
Le Bébé, mon milliardaire et moi (aussi en poche)
Torride, sexy & dangereux
Forever You – saisons 1 et 2
Dangerous

Phoebe Campbell
Tes ordres sont mes désirs – poche
Lui résister… ou pas – l'intégrale
You Again
Single Daddy. Try Me if You Can

Mia Carre
Bad for You
Teach Me Everything
Charmant connard !

Mélodie Chavin
Campus Rules
Fucking Wedding

Olivia Dean
À lui, corps et âme – volumes 1 et 2 – poche

Emma Green
Toi + Moi : L'un contre l'autre (aussi en poche)
Toi + Moi : Envers et contre tout (aussi en poche)
Toi + Moi : Seuls contre tous (aussi en poche)
Call Me Baby – volumes 1 et 2
Call Me Bitch
Love Me if You Can
Kiss Me if You Can
Bliss. Le faux journal d'une vraie romantique – volumes 1 et 2
Jeux interdits
Jeux insolents
Jeux imprudents
Une toute dernière fois

Fallait pas me chercher ! – volumes 1 et 2
Corps impatients (aussi en poche)
Cœurs insoumis (aussi en poche)
Âmes indociles (aussi en poche)
Cent facettes de Mr Diamonds – l'intégrale
Bliss. Le faux journal d'une vraie romantique – l'intégrale
(Im)parfait
Love Me if You Can – l'intégrale
Kiss Me if You Can – l'intégrale
It's Raining Love!
The Boy Next Room
Call Me Baby – l'intégrale
Call Me Bitch – l'intégrale
PS : Oublie-moi !
Fallait pas me chercher ! – l'intégrale
Recherche coloc : emmerdeurs, râleurs, lovers… s'abstenir !
10 bonnes raisons de te détester !
Just 17
Love & Lies on Campus
Bien plus forte que toi !

Kim Grey
Insolent Bastard

Megan Harold
Sublime-moi ! – poche
Breaking the Rules
Initiation with My Boss

Amy Hopper
Gone Boy
Le Coloc

Julie Huleux
Alpha Player

Charlie Lazlo
Mon insupportable boss
Kiss me I'm Famous – poche

Sienna Lloyd
Mords-moi !

Caroline Mongas
Mariage forcé. Un contrat indécent

June Moore
Étreinte – volumes 1 à 3

Zoé Murat
Stepbrother Love
Boss Me Around

Clara Oz
Arrogant

Lise Robin
Infiltrée. Sex, Drugs & Danger
Love Scandal
Forbidden Stepbrother – poche

Gaëlle Sage
Kiss, Kill & Ride

Ana Scott
Dark Ride
Last Ride
Vicious Ride
The Dominant
Evil Ride
Sensual Stepbrother

Camilla Simon
Le voisin parfait est un enfoiré
Initiation with My Enemy

Ève Souliac
Sexy Mistake

Liv Stone
Love Lessons

Lisa Swann
Adore-moi ! – l'intégrale

Louise Valmont
Toi & moi, c'est compliqué !
Campus Initiation

Chloe Wilkox
Extreme Lover – l'intégrale
Immoral
Your Game, My Rules – poche
Dominant Boss. Apprends-moi
The Virgin's Price

Luv

Romans déjà parus

Ana K. Anderson
Indompté
Scottish Bastard

Sophie Auger
Be with Me

Sonia Birdy
L'Initiation
Touchdown. Campus Star

Laura Black
Dark Initiation
Games of Desire
H.A.R.D. Hot, Arrogant, Rebelle, Déterminé
Sulfurous Bad Boy

Margot D. Bortoli
Too Young

Juliette Brunel
Delicious

Anne Cantore
Promets-moi. Louise et Marco

Sarina Cassint
Avec toi… peut-être
Insolent Boss

Mary Ann Davis
Coach Me Love

Nora Davy
Don't Resist

Gwen Delmas
Noël, toi & moi
Perfect Boss
Sex Friends. Pas de contraintes, que du plaisir !

Cléa Dorian & Ninon Vars
Dark Love

Laurie Eschard
Love Naked

Lil Evans
Savage Rider
Crash & Burn
Boss Affair

Lou Everly
Bad Boy Crush – poche

Lou Garance
Can You Keep a Secret?

Alexandra Gonzalez
Shades of You

Erin Graham
Teach Me Love
The Boss
Secret Stepbrother
Strong Addiction
Coloc avec mon boss

Joh Harper
Crazy Love

Marie Hayle
Under Control

Emma S. James
Under the Rain

Iris Julliard
Catch & Shoot

Lucie F. June
Fight with Darkness

Sara June
Rider in the Dark
Sexy Wild Rider

Lena Jung
Mon coloc, mes désirs & moi

Emily Jurius
Love to Hate You

Allie Krown
High School Challenge

Marion Laurent
Mr Alpha

Pauline Libersart
Tiger. Entre ses griffes

Nina Loren
Breaking the Ice

Ella Lores
Mariée par accident à un connard arrogant rencontré la veille…

Jessica Lumbroso
Emma X. Secrète et insoumise

Lili Malone
Coloc avec un inconnu

Mila Marelli
Dark Man in Love
Crazy Wedding

Mag Maury
Fast Games
No Love, No Limits
My Hipster Christmas

Alix Parks
Never Kiss the Boss

Jeanne Pears
Insupportable coloc
Colocs & Sex Friends
H.O.T. Hypnotique, Obstiné, Ténébreux

Alexia Perkins
Arrogant Fake Lover

Sophie S. Pierucci
L'Inconnu de l'ascenseur & Moi (aussi en poche)
My Stepbrother. L'initiation
Deep & Dark – poche

Silvia Reed
Darkest. La dernière heure
Too Close

Anita Rigins
No Rules
My Rules

Avril Rose
Coffee, Sex & Law

Jana Rouze
Effet de vague – saisons 1, 2 et 3

Wendy Roy
Une seule fois (ou presque)

Ana Scott
À corps brisés

Léana Soal
Fight & Hope

Cara Solak
Perfect Obsession

Izia Soley
Fauve

Liv Stone
Initie-moi. Mes jours contre tes nuits

Lena K. Summers
Perfect Bad Boy
Donovan, roi des connards

Kaly Swann
Austin. Breathe with Me

Alexane Tolley
The Boss Rules – poche

Lily Tortay
Dance for Me

Flore Valier
Ta peau contre la mienne

Anna Wendell
Arrogant Bad Boy
Apprends-moi le désir
Colosse. Le maître du jeu

Mina Zadig
Just Sex & Tattoos

Fauve
Izia Soley

Quand Méléri décide de fuir le carcan familial pour rejoindre l'université du Kansas, elle est loin de s'imaginer qu'elle s'apprête à revoir là-bas son premier amour, Shilow.
Ados, ils étaient inséparables. Aujourd'hui, le jeune homme a bien changé et les retrouvailles entre eux sont explosives !
Écorché vif, plein de rage et de noirceur, Shilow va chercher à la faire fuir de peur de la blesser, mais Méléri ne veut plus être cette femme qui se laisse marcher sur les pieds. Elle va tout faire pour le retenir. Et pour cela, elle va devoir entrer dans son jeu complexe et enivrant.
Jusqu'où ira-t-elle par amour ? Ne risque-t-elle pas de se brûler les ailes ?

Auteure : Lili Malone

Edisource – Éditions Addictives
100, rue Petit, 75019 Paris
Imprimé par FINIDR – Lipova cp. 1965 – 73701 Cesky Tesin,
République tchèque
Dépôt légal : octobre 2021 – Achevé d'imprimer : septembre 2021
ISBN : 978-2-37126-450-2
Réf. contrat : ZDIE_001